夏目漱石
探索人性明暗
的極致大作

彼岸過迄

夏目漱石
劉子倩 譯

目次

關於彼岸過迄

不瞞各位說，本來去年八月我的小說就該在報紙連載。但天氣酷熱，有人擔心我大病方癒身體恐怕不堪負荷，因此我就趁機多休息了二個月，結果二個月轉眼過去，到了十月我仍未提筆，十一、十二月也依然交白卷。自己該做的工作，如此因循苟且日復一日延宕，心情自然也絕不可能愉快。

當我痛下決心自元旦開始提筆時，比起長期壓抑得以抒發的愉悅，最開心的還是解決義務的時機終於來臨。但當我思考這個被我長期擱置的義務該如何做得比以往更好時，不免又感到另一種痛苦。

多少也覺得既然隔了一段時間再次提筆，就得盡量寫出有趣的東西才行，況且還有對我的健康狀況及其他問題寬容以待的報社友人，以及把我的文章當成日課每天閱讀的讀者，我深感不能辜負大家的這番好意。於是，我苦思該如何寫出好文章。但是光靠冥想自然不可能左右作品的好壞，就算我再怎麼想寫出佳作，往往連自己都無法預言成果究竟能否如己所願，因此我沒勇氣宣言這次一定能夠把長期停筆的空白填補回來。其中潛藏一種痛苦。

對於本文的公開，我只想先做以上聲明。關於文章的性質或自己對作品的見識、主張云云，我不認為必須現在陳述。老實說我不是自然派作家亦非象徵派作家。更不是最近經常聽到的新浪漫派[1]作家。我沒有那麼強大的自信說自己的作品已染上固定色彩，足以高聲標榜我是某某主義吸引路人注意。況且也不需要那種自信。我只是秉持「我就是我」的信念。既然我就是我，管他是不是自然派或象徵派乃至冠上「新」一字的浪漫派，通通都無所謂。

我也不喜歡吹噓自己的作品有多麼嶄新。我認為在當代社會，拼命追求嶄新的，應是三越和服店[2]與美國佬，還有文壇某些作家與評論家。

我不想借用一切被文壇濫用的空洞流行字眼作為我的作品商標。我只想寫出有我個人風格的東西。我只怕本領不夠寫出水準以下的東西，或者賣弄文字假裝超乎水準以上，造成愧對讀者的結果。

單就東京大阪來計算，《朝日新聞》[3]的購讀者就超過數十萬人。其中雖不知有幾人會看我的作品，但那些人大多數應該無緣一窺文壇內幕與祕辛。想必只是做為普通人率真呼吸大自然的空氣，過著穩當的生活。我相信能夠在受過這麼多教育且尋常的士人面前發表作品是莫大幸福。

〈彼岸過迄〉預計從元旦開始執筆寫到彼岸[4]過迄，因此不過是直接如此命名，名稱本身其實毫無意義。我之前就在想，如果寫出多則短篇，再把這些短篇合成一則長篇，作為報紙連載小說或許讀起來會很有意思。然則迄今始終沒機會嘗試，所以如果我的本事還行，我想把這篇〈彼岸過迄〉按照之前的想法完成。但小說畢竟和建築師畫的藍圖不同，就算文章拙劣也不免有後續情節與發展，因此雖說是自己的創作，卻經常會發生無法按照計畫進行的狀況，實乃因我們在一般世間的計畫往往意外受阻，無法如預期之中順利完成。因此本文或許也得寫了才知道，屬

1 新浪漫派，因反抗明治四十年代盛行的自然主義文學而興起的新浪漫主義文學。
2 三越和服店，現在的三越百貨公司前身。
3 《朝日新聞》，夏目漱石於明治四十年四月辭去大學教職，入《朝日新聞》報社撰稿。
4 彼岸，日本的節日之一，春分的前後各三天共七天為「春季彼岸」，秋分的七天為「秋季彼岸」。

於未來的問題。但就算計畫失敗，也可預見頂多不過是繼續撰寫不知該分該合的短篇小說罷了。我自己也認為應該沒有大礙。

明治四十五年一月此作刊登於《朝日新聞》時的序言

澡堂之後

一

敬太郎對這段時間四處活動奔走卻無甚成效已經有點厭煩了。他自知身體本就強壯，所以若只是多跑幾步路的勞動倒是沒甚麼大不了，但是計畫受阻或停滯不前，或者剛著手進行卻又突然落空，隨著一再受挫，比起身體，反而是腦子漸漸不聽使喚。再加上今晚有點氣悶，遂故意開了一瓶又一瓶並不想喝的啤酒，好讓心情盡量暢快。但無論喝了多久，還是擺脫不了強顏歡笑故作開朗的自覺，最後只好叫女傭過來收拾殘局。女傭一看到敬太郎的臉就驚呼：「天啊，田川先生！」之後又補了一句：「您可真是的。」敬太郎摸著自己的臉說，「很紅吧。這麼紅潤的氣色老是坐在電燈下太可惜了，我該睡了。妳順便替我鋪床。」女傭還想回嘴，但他故意置之不理走到簷廊。從廁所回來鑽進被窩時，他在口中喃喃自語：「看來暫時該休息一下了。」

敬太郎夜裡醒了二次。一次是因為口渴，一次是作夢。第三次睜眼時，已經天色大亮。朦朧察覺世界開始活動，敬太郎嘀咕著「休息，休息……」又睡了。再次醒來是不識相的鬧鐘不客氣地在耳邊發出震天巨響。之後怎麼努力也睡不著了。只好就這麼躺著抽了一支菸，但抽到一半時「敷島」香菸的菸頭突然斷掉，菸灰灑落雪白的枕頭。可他還是打算賴著不動，最後彷彿被東窗照入的強烈陽光狠狠敲了一記，有點頭痛，這才終於認命地起床，叼著牙籤，拎起毛巾去澡堂。

澡堂的時鐘已過了十點，沖洗場倒是收拾得空蕩蕩，一個小木桶也沒有。唯浴池中有一人側身眺望玻璃窗射入的日光，慢條斯理潑著水。那是和敬太郎住在同一個租屋處的森本，敬太郎說，「嗨，早安。」於是，對方也回他一句「早」，又接著說，

「你怎麼這個時間叼著牙籤，別開玩笑了。對了，咋晚你房間好像沒開燈吧。」

「剛入夜就一直燈火通明。我和你不同，品行端正，晚上很少出去玩。」

「的確。你就是正經。正經得令人羨慕。」

敬太郎有點想笑。再看對方，森本依然將胸口以下浸在熱水中，繼續不厭其煩地潑水。而且神情變得更認真了。敬太郎望著這個看似樂天的男人嘴邊的小鬍子邋遢地被水浸濕一根一根向下垂。

「我怎樣不重要，倒是你自己，怎麼沒去上班？」他問。森本聽了倦怠地將雙臂倚靠浴池邊緣，額頭抵著手臂趴伏，

「今天不上班。」他像頭痛的人般懨懨回答。

「為什麼？」

「不為什麼，是我自己請假。」

敬太郎不禁感到自己發現了一個同類。忍不住說，「你也要休息嗎？」對方回答，「對，要休息。」然後又像原先一樣趴在浴池邊。

二

敬太郎在小水桶前坐下，讓搓背的長工替他搓澡垢時，森本終於從熱水中露出紅通通幾乎冒煙的身體。然後一臉舒爽地一屁股在沖洗場盤腿坐下，

「你身材不錯喔。」他稱讚敬太郎的肌肉。

「最近比以前差多了。」

「怎麼會，你那樣還算差的話，那我怎麼辦。」

森本說著砰砰拍打自己的肚子給對方看。他的肚子凹陷，好像前胸貼後背。

「畢竟做我們這一行的，身體只會越來越糟。不過我自己的生活作息也很不規律就是了。」說完，他彷彿突然想起甚麼哈哈大笑。敬太郎也迎合他，說道：

「今天我也閒著沒事，好久沒聊天了，你再說說往事吧。」

「好啊，我告訴你。」森本聽了立刻很積極答道，但他只是嘴上回答得爽快，舉動與其說緩慢，更像是所有的肌肉都被熱水泡太久，暫時停止作用。

敬太郎用力搓揉抹了肥皂的腦袋，又忙著搓洗堅硬的腳底和指縫之際，森本依然盤腿而坐，壓根沒有搓洗身子之意。最後就像把整塊貧瘠的肉團丟進熱水般重回澡池浸泡，幾乎和敬太郎同時擦拭身體出來。並且說，

「偶爾早上來洗澡，乾淨又清爽呢。」

「是啊。但你不是洗澡，其實是來泡熱水所以尤其如此吧。因為你不是為了實用性目的泡澡，而是貪求快感的入浴。」

「應該也沒你說得那麼複雜吧，不過這種時候我實在懶得搓洗身體。忍不住就這麼恍惚地浸泡又恍惚地出來了。說到這點，你可比我勤快三倍。從頭到腳每個地方都很仔細清洗呢。甚至還用上牙籤。這種細心簡直令我佩服不已。」

二人連袂走出澡堂門口。森本說要去街上買信紙，敬太郎聽了也自願陪他去，於是二人沿著橫巷往東過馬路，但路況突然變得不太好。昨晚下雨泡爛的泥土地，被今早的車馬行人往返穿梭濺起滿地泥濘，二人看似厭煩又不屑地走過。太陽已高掛天上，但從地面升起的水蒸氣，迄今似乎還在地平線上方描繪出微微的波動。

「真想讓晏起的你看看今早的景色。明明有陽光照耀卻大霧瀰漫。從我這頭透過晨霧看電車，乘客就像映在紙門上的剪影一一看得分明。可是太陽在對面那頭，所以那每一個人都像灰色的妖怪，簡直是奇觀。」

森本一邊這麼敘述，一邊走進紙店，買了信紙和信封塞進懷中，稍微壓著鼓起的懷裡走出來。在門口等候的敬太郎立刻轉身朝來時路走去。二人就這樣一起回到租屋處。劈啪踩著拖鞋走完二層樓的樓梯後，敬太郎迅速拉開自己房間的紙門邀請森本入內，

「請進。」

「馬上就要吃午餐了吧。」森本說，但他躊躇一下後，意外就像進自己房間般態度大方隨意地跟著敬太郎進來了。之後自己拉開紙窗說，

「從你房間看到的景色永遠都很美。」同時把濕毛巾隨手扔在有欄杆的簷廊地

板上。

三

對於這個雖然身材乾瘦卻沒生過大病，每天去新橋火車站上班的男人，敬太郎平時就抱有某種好奇心。森本已年過三十。卻迄今仍租屋獨居，通勤去火車站上班。但是關於他在火車站是甚麼職位，處理甚麼樣的事務，敬太郎始終沒機會問他本人，森本自己也絕口不提，因此對敬太郎而言一切都是未知數。雖然敬太郎偶爾也會送人去火車站，但那種時候往往被人潮擠昏頭，無暇把火車站和森本聯想到一起，可是話說回來，森本也沒有機會在敬太郎看得見的地方露面好提醒他想起自己在火車站上班。大抵上二人只是基於長期同住在一個租屋處的緣分或同情，不知不覺變成寒暄冷暖或閒聊兩句的交情而已。

所以敬太郎對森本的好奇，或許該說是針對森本的「過去」而非「現在」更恰當。敬太郎某次曾聽森本說起昔日還是有身分地位的一家之主時的往事。也聽他提過妻子。還聽說夫妻倆的孩子死了。「小孩死掉，或許也算是讓我解脫了吧。因為河東獅的確令人害怕。」敬太郎迄今還記得他說的這句話。而且當時他不懂「何東師」是誰，還反問森本，森本理直氣壯告訴他「不就是河東獅吼的意思嗎」那種可笑都還留在記憶中。想起那些事情，敬太郎覺得森本的所有過去都有一種浪漫氣息，就像掃把星的尾巴[1]朦朧拖曳，放射詭異的光芒。

除了交到女友或分手之類的桃色話題之外，森本也是各種冒險奇談的主角。雖然似乎還沒去海豹島獵過海狗，但據說的確曾在北海道某處捕鮭魚賺過大錢。後來又四處宣傳四國一帶的某座山出產銻，但他自己都招認其實根本沒有出產，可見沒有礦產肯定是事實。不過最奇妙的還是酒塞公司的計畫，據說這是他見東京少有製作酒桶栓塞的工匠因此產生的靈感，但他說可惜和特地從大阪請來的工匠發生衝突導致未能成立公司，迄今仍頗為遺憾。

如果撇開賺錢門路只是閒聊八卦，森本也可輕易證明自己擁有非常豐富的話題。他說從筑摩川上游某處隔著河朝對面的山上望去，有熊躺在岩石上睡午覺云云還算尋常，如果再添一層神祕色彩，在信州戶隱山不為人知的深處這種普通人無法攀登的險峻之地，據說竟有盲人爬到頂端把他嚇了一跳。要去那裡，就算腳力再好的人都得在中途休息一晚，所以森本只好也在半山腰生火熬過夜間寒冷，這時下方傳來鈴聲，他正感到奇怪，鈴聲已漸漸接近，最後只見一名盲人走上來。而且盲人對森本打聲招呼就又大步繼續向上走，令他越發奇怪，再仔細一聽，原來還有一名嚮導同行。嚮導的腰上掛著鈴鐺，跟在後面的盲人就可以根據鈴聲爬上山。聽到森本如此解釋，敬太郎總算稍微明白，不過對他而言，這個故事還是相當出人意表。沒想到森本邋遢的小鬍子下又娓娓道出更誇張的故事，甚至已經離奇得近乎怪談了。據說森本某次途經耶馬溪時順便上山去羅漢寺參拜，傍晚時分沿著唯一一條路，匆匆走下成排杉樹之間時，突然和一個女人錯身而過。女人臉上塗脂抹粉，梳著參加婚禮時的髮型，身穿下擺有花紋的寬袖和服搭配厚重腰帶，穿著草鞋一個人快步朝羅漢寺走上去。女人應該和佛門寺院扯不上關係，況且寺門也已關閉，女人卻盛裝打扮獨自在黑暗中走上去了——儘管敬太郎每次聽到這種故事都不置可否，露出不怎麼相信的微笑，但他照例還是抱著相當大的興趣與緊張，洗耳恭聽森本的敘述。

1 掃把星的尾巴，明治四十三年（一九一〇年）哈雷彗星接近地球，當時掀起一陣新聞話題。

四

這天他也是盤算對方八成又會說出那樣的故事，這才故意繞路一起從澡堂回來。森本的年紀雖然還不算大，但是像他這種顯然已在社會上見過大風大浪的男人，對於今年夏天剛踏出校門的敬太郎而言，他的經驗談不僅令人深感興趣，換個角度想也能獲益良多。

而且敬太郎是個先天基因上就不甘平凡抱有浪漫情懷的青年。昔日東京的《朝日新聞》連載兒玉音松這個人的冒險談時，他就像未滿二十歲的中學生一樣懷抱熱情每天按時閱讀。其中尤其是音松和從洞中躍出的大章魚搏鬥的那段記述格外精彩，當時他還對同學興致勃勃說，「你知道嗎，音松拿手槍對準章魚的大腦袋發射，可是章魚滑溜溜的根本打不進去，後來從大章魚身後絡繹出現許多小章魚繞著他圍成一圈，他正好奇小章魚想幹嘛，原來是來看熱鬧，想看看誰輸誰贏。」結果同學聽了半帶戲謔說，「像你這麼愛耍寶的人，終究不可能去考高等公務員腳踏實地過日子，等你畢業後，不如乾脆豁出去，前往南洋獵捕你喜歡的章魚算了。」從此「田川捕章魚」這個名詞就在朋友之間大為流行。之後每當遇到畢業後就馬不停蹄四處奔波求職的敬太郎，他們就會問：「怎麼樣，成功抓到章魚了嗎？」

就算對敬太郎而言，去南洋捕章魚也太異想天開，所以他沒勇氣真的豁出去實行，但是去新加坡栽培橡膠林他倒是在學生時代就考慮過。當時敬太郎不斷想像，在幾百萬棵足以淹沒無垠曠野的茂密橡膠林中央，建造一棟木造平房，身為栽培監督者的自己就在那屋子朝夕生活。他會刻意讓木屋的地板毫無修飾，以便鋪上巨大的虎皮。牆上鑲嵌水牛角，用來掛獵槍，下方應該會放置裝在錦袋中的日本刀。然後自己頭上纏著雪白的頭巾，躺在寬闊陽台的藤椅上，瀟灑地抽著香氣濃郁的哈瓦那雪茄。不僅如此，他的腳下還蹲踞一隻蘇門答臘的黑貓——這隻怪貓擁有天鵝絨似的皮毛與黃金般的雙眼，以及比身子還長的尾巴，拱起的背脊如山高。他這樣浮想聯翩直到自己滿意後，終於開始實際著手盤算。沒想到，首先要租借種植橡膠樹用的土地就需要麻煩的手續與時間。而且要開墾租來的土地絕不容易。其次整地種植樹苗所需的金額更是意外地龐大。況且還得長年雇用工人除草，想到還得像傻子一樣含著手指乾等六年的樹苗生長期，敬太郎已經很想打退堂鼓了，這時指點他這方面種種事情的橡膠樹專家又嚇唬他說，等到再過一陣子，那邊收成的橡膠供應量超過全球需求後，栽培業者肯定會掀起極大的恐慌，於是他從此連橡膠的橡字都絕口不提了。

五

但他對奇聞異事的渴求似乎很難因為這點小事就冷卻。他住在東京的中心，不僅靠著想像遙遠的人們與國度取樂，就連看到每天在電車上偶然同一車廂的普通女人，或者散步時在路上擦身而過的男人，他都會懷疑對方的披風裡或外套袖子中是否藏著超乎尋常的怪異。而且他很想設法掀開那披風或外套，哪怕只瞄一眼也要看到那怪異之處，之後再假裝若無其事走開。

敬太郎這種傾向，似乎是從他還就讀高等學校時，英語教師選擇史蒂文森[2]的《新天方夜譚》這本書當作教科書時就已逐漸萌芽。過去他明明很討厭英語，可是自從看了這本書後，他一次也沒忘記預習，如果被老師叫到名字就會立刻起立翻譯，可見他對這個故事抱有多麼大的興趣。當時他在亢奮之餘忘了小說與事實的區別，曾經認真問過老師，十九世紀的倫敦是否真的發生過這種事。那位老師不久前才剛從英國回來，從黑色莫爾敦毛呢做的黑色西裝褲屁股口袋取出亞麻手帕擦拭鼻子下方，一邊回答，「別說是十九世紀了，現在恐怕都有，倫敦實際上是個不可思議的都市。」當時敬太郎的眼中放出驚嘆的光芒。結果老師從椅子站起來說：

「不過作者也很不簡單，觀察力相當奇特，對事件的解釋也與常人不同，或許才能寫出這種作品吧。實際上史蒂文森這個人就算看到街上等著載客的馬車，都能從中發現某種浪漫。」

說到載客馬車與浪漫，敬太郎就有點不懂了，但他熱切聆聽說明，這才恍然大悟。從此之後，每當他看到在這平凡至極的東京隨處可見、最最平凡至極的人力車，就會猜想這輛車昨晚說不定曾載著懷中藏刀準備去殺人的客人在街頭奔馳，或者為了趕上與追捕者猜測的方向相反的那班火車，人力車或許還曾將美女藏在車篷中奔向某個火車站。然後自己為之感到驚恐或有趣，享受那種幻想的樂趣。

隨著這樣的想像增加，他自然開始認為，自己如此混跡世間，就算不可能完全

---

2 史蒂文森（Robert Louis Stevenson，1850-1894），英國小說家、詩人。著有《金銀島》等冒險小說與遊記。夏目漱石在小說創作方面頗受其影響。

如自己的推測，但好歹也該發生一次和尋常生活略有不同的新鮮事件，足以讓他的神經大吃一驚。可惜他的生活自從出了校門就只有搭乘電車，以及拿著介紹信拜訪陌生人，除此之外沒有任何值得一提的小說情節。他每天看租屋處的女傭臉孔都已看膩了。每天吃租屋處供應的飯菜也吃膩了。為了打破這種單調，如果在滿州鐵路那邊或在朝鮮找到工作，至少還能在糊口之外得到幾分刺激，可惜兩者顯然在近期之內都毫無希望，他越發懷疑眼前的平凡與自己的無能有密切相關，非常失落。因此別說是為生計奔走，就連抱著沿路尋找地上有無掉錢的悠哉心情搭乘電車，漫不經心打探他人私事的勇氣都沒了，所以昨晚才喝了很多並不愛喝的啤酒就倒頭大睡。

在這種節骨眼，光是看到只能評之為「擁有豐富的非凡經驗的平凡人」的森本，對敬太郎而言已經是一種刺激。所以他才會特地陪森本去買信紙，把他帶回自己房間。

六

森本在窗邊坐下朝樓下眺望片刻。

「從你房間看到的景色還是這麼美，今天尤其賞心悅目。那蔚藍如洗的天空下方，染上秋色的叢叢樹木溫暖的色塊之間露出紅磚的景致，的確如詩如畫。」

「是啊。」

敬太郎不得不這麼回答。這時森本從自己支肘的窗台看著伸出一尺長的邊板說，

「這裡應該放一兩盆植物才完美。」

敬太郎心想原來如此，但他已經連再說一次「是啊」都提不起力氣，於是問道：

「你連繪畫與盆栽都懂啊？」

「問我懂不懂這我就有點惶恐了。我完全不是那塊料，這麼問我也沒用——不過在你面前我就直說吧，別看我這樣，其實我玩盆栽也養金魚，有一陣子也愛畫，還畫了不少呢。」

「你真是全才。」

「我是樣樣通樣樣稀鬆，最後才會落到這種境地。」

森本如此斷言，對自己的過去既無悔恨，對現在也不悲觀，幾乎沒露出任何激

動的表情，只是面色尋常看著敬太郎。

「但我每每在想，只要一下子也好，真想嘗試看看你這樣多采多姿的經驗。」敬太郎認真地說。森本就像喝醉酒似的舉起右手在臉前誇張地左右搖晃。

「那簡直糟透了。年輕時——不過，你我年紀好像也沒差幾歲——總之年輕時都會想做做看出格的行為。但做盡那種出格舉動之後再仔細想想，只會覺得很可笑，早知如此還不如不做更好。像你這種人，今後來日方長。只要安分守己前途不可限量，所以如果在關鍵時刻鋌而走險或搞叛逆鬧起低氣壓，那可就是不孝了。——對了，我老早就一直想問你，只是太忙，始終沒機會問，你找到甚麼好工作了嗎？」

誠實的敬太郎頹喪地照實回答。並且補充說，暫時也沒希望找到適合的工作，所以打算停止奔走先休息一陣子再說。森本聽了露出有點驚詫的神情。

「啊？這年頭就算大學畢業也會找不到工作啊？那真是太不景氣了。不過明治時代也已經四十幾年了，所以也難怪吧。」

森本說到這裡略歪著頭，似乎在咀嚼自己的哲理。

敬太郎看著對方，雖然不覺得有那麼滑稽，但他在內心思忖，此人是明知如此故意這樣說話嗎？或者是因為書念得不多，除了這麼說不知其他表達方式呢？這時森本突然把腦袋豎直。

「我看這樣吧，如果你不反對，就去鐵路局。要不我幫你說說看吧？」

就算是生性浪漫的敬太郎也無法想像靠這個男人能夠得到好職位。但是對於此人如此輕易開口打包票的親切，他也沒有彆扭到非要解釋成是戲弄自己。因此他只是無奈地苦笑，叫來女傭吩咐：「把森本先生的飯菜也送到這裡來。」並且命女傭備酒。

七

森本雖然嘴上說最近為健康著想在戒酒，但是只要替他斟酒，他就會立刻喝光。最後甚至一邊說不能再喝了，卻自己拿起酒瓶倒酒。他平時就屬於在冷靜中略帶輕鬆的風格，隨著酒喝多了之後，那種冷靜也變得熱情，輕鬆隨意似乎也逐漸膨脹為自大。他自己也炫耀：「我就是這麼泰然自若。哪怕明天被免職，我也不會大驚失色。」敬太郎酒量很差，因此只是偶爾想起似地舉杯略微沾唇配合森本，見他

如此，森本說，

「田川先生，你其實不能喝酒嗎？真不可思議，你酒量這麼差卻熱愛冒險。其實所有的冒險都是始自喝酒，並且終於女人。」他剛剛還貶低自己說自己的過去一事無成，可是喝醉之後突然態度一轉，用那種簡直堪稱散發聖光的態度氣焰囂張地說大話。那大抵都是虛張聲勢。而且他還當面教訓敬太郎，

「像你這種人，恕我冒昧直言，才剛踏出校門根本不懂真正的社會。就算有甚麼學士學位或博士學位，打著那個旗號四處唬人，我也不吃那一套。因為我可是腳踏實地走到今天。」森本似乎完全忘記剛才他還對教育抱著莫大敬意，毫不客氣地批評。但他緊接著又像打酒嗝似地嘆口氣，對於自己沒念過書很窩囊地抱怨：

「簡而言之，這些年我像猴子一樣在社會上打滾。這麼說雖然可笑，但我自認的確比你多累積了十倍的經驗。可我到現在如你所見仍未能脫離苦海，完全是因為我沒學問，沒念過甚麼書。不過如果我受過教育，或許也不可能這樣動輒換工作了。」

敬太郎打從之前就把對方視為可憐的先覺者，對這種事很注意聆聽，可是或許是因為喝了酒，今天森本比平時更愛說大話，牢騷也更多，沒有照例敘述那種純趣

味的故事讓他感到很遺憾。雖然找機會把酒撤下了，但還是不過癮。於是他又泡了茶給森本，問道：

「你的經驗談不管甚麼時候聽來都很有趣。不僅如此，像我這種沒見過世面的人，每次聽你說話都受益匪淺非常感謝你，不過在你多年來的生活中，最愉快的是甚麼呢？」森本吹著熱茶，略顯充血的眼睛眨了兩三下陷入沉默。最後他把瘦長茶杯中的茶一口飲盡，如此說道：

「這個嘛，事後想想，全都很有趣，又全都很無趣，自己也有點分不清——不過基本上你所謂的愉快，是指女人那方面嗎？」

「那倒不是，不過如果你有那方面的故事也無所謂。」

「少來，其實你就是想問那個吧——不過講正經的，田川先生。撇開有趣不有趣先不談，我記得我曾經度過一段舉世無雙的悠哉生活。我就說說那個故事當作感謝你的熱茶招待吧。」

敬太郎當然是求之不得。森本說著「那我先去小便一下」就作勢起身，又特別強調「但我可要先聲明，和女人無關喔。不僅和女人無關，故事中根本就沒有半個人」才走出房間。敬太郎抱著某種好奇心，靜待他回來。

八

可是眼看已過了五分鐘、十分鐘，冒險家始終沒露面。敬太郎終於忍無可忍，自己下樓去廁所找人，卻連森本的影子都沒看到。為求謹慎起見他又上樓，來到森本的房間前，只見紙門拉開五、六寸的縫隙，枕著雙臂躺在房間中央面朝那頭的正是森本。「森本先生，森本先生。」他喊了兩三聲，但對方毫無動靜，這下子敬太郎也火大了，直接闖入室內，二話不說就扣住森本的脖子用力搖晃。森本就像突然被蜜蜂叮咬，驚叫一聲幾乎跳起來。但當他轉頭看到敬太郎的同時，立刻又恢復半夢半醒的惺忪眼神，

「原來是你啊。大概是喝多了，感覺有點不舒服，所以我回來休息一下，忍不住就睏了。」看他辯解的樣子並不像是愚弄人，因此敬太郎也平息了怒氣。但他苦等的冒險談這下子等於泡湯了，於是他打算獨自回房間，不料這時森本說，「真不好意思，辛苦你久等了。」又跟著敬太郎回來了。森本規矩跪坐在之前坐過的坐墊上說，

「那我就開始說說那段舉世無雙的悠哉生活吧。」

森本所謂的悠哉生活，是距今十五、六年前，他被雇用為技工，去北海道內地四處測量時的故事。他們在本就杳無人煙之處搭帳篷生活，工作完畢後，又扛起帳篷朝下一個目的地出發，因此的確如他所聲明的，在這個故事中根本不可能有女人出現。

「我們得劈開高達二丈的山白竹才能開出一條路。」他說著，將右手舉到比額頭還高，形容山白竹是如何高大茂密。而且早上起來一看，只見劈開的小路旁，有蝮蛇蜷成一團任由陽光照在鱗片上。他說他們先從老遠的地方拿棒子壓住蛇，之後才走近把蛇打死後烤蛇肉吃。敬太郎問他蛇肉是甚麼味道，森本想不太起來了，但他回答大概介於魚肉和獸肉之間。

他通常把竹葉和竹枝放在帳篷中堆成小山，接著就將疲憊的身子往上一躺幾乎埋進枝葉中，但有時也會在野外生火，還看到大熊在眼前出沒。野外蚊蟲很多，因此始終掛著蚊帳。有一次他扛著蚊帳走到溪裡，撈了溪裡的魚回來，從那晚起蚊帳突然充滿魚腥味讓他很困擾——這些都是森本所謂悠哉生活的一部分。

此外他也採摘山中各種菇類吃。據說硫磺菌約有大鍋蓋那麼大，切碎了煮味噌湯吃起來的味道就像魚板，蛋黃菌也很大叢，可惜不能吃，還有叢枝瑚菌就像鴨兒芹的根部一樣可愛……森本解說得相當詳細。他還補充說，當時摘了很多野葡萄放在大斗笠中帶回來，結果只顧著吃那個弄得舌頭都破了，無法吃飯很傷腦筋。

正覺得他怎麼一直講吃的，緊接著他又提到斷糧一周的悲慘遭遇。當時大家的乾糧都吃光了，挑夫去村子拿米還沒回來，偏偏這時下起滂沱大雨。本來要去村子必須走下溪邊，沿溪一路下行到村落，但是突來的大雨令山溪暴漲，這下子根本不可能扛著米糧回來。森本餓得受不了，只好仰臥不動，呆望天空，最後逐漸意識不清，連白天黑夜都分不清楚了。

「那麼長的時間不吃不喝，一定也沒有大小便吧？」敬太郎問。「哪裡，還是會有喔。」森本頗為輕鬆地回答。

九

敬太郎不由微笑。但讓他感覺更好笑的，是森本形容的狂風。據說他們一行人在測量途中走到蒼茫的芒草原野，突然遇上無法正面頂上的強風時，他們只能匍匐在地，逃入附近的密林中，但是足可一兩人環抱的巨樹枝幹發出淒厲的聲音，被狂風狠狠淩虐，那種動搖傳達至根部，他們踩踏的地面就像地震一樣不停晃動。

「如此說來，就算逃入樹林中也無法直立行走吧？」敬太郎問。「那當然是趴著的。」森本回答，但就算狂風呼嘯，也不可能真的撼動扎根土中的巨樹根部引起地震，因此敬太郎不禁噗哧笑了出來。於是森本也事不關己般同樣放聲大笑，笑完之後，他突然臉色一正，比手勢制止敬太郎開口。

「聽來的確可笑，但這是真的。我的經驗本就超乎常識，聽來雖然荒謬，但那都是真的。——尤其像你這種有學問的人聽來一定都像在唬弄人吧。但田川先生，這世上除了狂風還有很多很有意思的事，而你似乎千方百計想遇上那種有意思的事，不過大學畢業就沒希望了。因為一碰到狀況通常就會想到自己的身分。就算願意自貶身價，可這又不是要報殺父之仇，這年頭也沒人真的會無聊到這麼認真拋棄自己的地位四處流浪。先不說別的，旁人就不會任你如此，所以不用擔心。」

森本這番話，敬太郎聽來既失意又得意。而且他暗想，原來如此，一般大學畢業生或許的確過不了那種超乎尋常的怪異生活。但他覺得這種說法好像連自己都要被貶低，因此刻意用反抗的語氣說，

「可是，我雖然是畢業了，到現在都還沒找到工作呢。你再三提到甚麼地位云云——實際上我已厭倦為工作奔走了。」他自暴自棄說。森本一聽，露出比較嚴肅的神色，

「你是無職實則有。我是有職實則無。這是唯一的差異。」他用教導年輕人的態度回答。但敬太郎聽不太懂這種像籤詩一樣莫測高深的話有何涵義。二人抽著菸沉默片刻。

「我也是。」森本終於開口。「我也是，這三年多雖然去鐵路局上班，但我已厭倦了，最近正考慮辭職。不過就算我不辭職，對方也會把我解雇。三年多對我而言已經算很長了。」

敬太郎沒說是辭職好還是不辭好。因為自己沒有辭職的經驗也沒有被解雇的閱歷，所以他覺得旁人的去留都無所謂。但他至少還有自覺知道話題變成講道理很無趣。森本或許也察覺這點，急忙換個口氣，快活地閒聊十分鐘左右後，「唉，謝謝你的招待——總之田川先生，不管做甚麼事都得趁年輕喔。」森本彷彿五十歲的老人撂下這句話後才離去。

接下來的一星期，田川沒機會好好和森本多聊，但二人都住在租屋處，幾乎沒

有哪天早上或晚上沒看到他。在洗臉的地方遇到時，敬太郎總是發現他穿著黑領大棉袍。有時又見他穿著開領的新西裝，拿著奇妙的洋拐棍，下班回來之後經常外出。看到那支手杖放在門口的陶瓷傘架內，敬太郎總是一邊想著「啊，說書大師今天在家」一邊進出大門。沒想到有一天那支手杖還放在老地方，森本卻突然消失了。

十

起初一兩天還沒留意，到了第五天仍未看到森本的人影，敬太郎終於產生疑問。他向來伺候的女傭打聽，據說森本是因為辦公單位的公務去某處出差了。森本既然在外上班，當然隨時有可能出差，但敬太郎平時和此人相處，一直判斷森本應該是在火車站內處理貨物發送，所以聽到他去外地出差不免有點意外。但女傭說他出發至今已有五、六天，今天或明天應該就會回來，敬太郎也就以為是那樣。沒想到過了預定歸來的時日，依然只有森本的手杖插在傘架中，他本人穿棉袍的身影卻始終未在盥洗室出現。

最後房東太太來了，問他森本先生可有跟他聯絡。敬太郎回答自己還正想下樓去打聽呢。房東太太貓頭鷹似的圓眼閃爍不安的神色離去。之後又過了一星期，森本依然沒回來。敬太郎也再次起疑。經過一樓櫃台前的時候，甚至刻意停留打聽森本回來了沒有。但那時他又回心轉意再次開始忙著四處求職，自然多半整天只想著找工作的事，遂未再繼續深入打探森本的下落。老實說，他果真如森本的預言，為求衣食溫飽已經放棄好奇的權利了。

不料某晚房東說「可以打擾一下嗎」一邊已拉開紙門進來了。房東從腰間取出老舊的菸盒，拔開筒子時響起砰的一聲。然後將碎菸葉塞進銀製菸管，靈巧地從鼻孔噴出濃煙。對方如此慢吞吞擺開陣仗的用意，敬太郎直到對方開口之前完全一頭霧水，只覺得莫名其妙。

「其實我今天是有點事情想拜託您。」房東說著稍微壓低音量，「能否請您告訴我森本先生在哪裡？我保證絕對不會給您惹麻煩。」最後還突兀地如此補充。

敬太郎聽到這意外的詢問，好半天說不出話，最後終於湊近房東的臉問：「這到底是怎麼回事？」他試圖從房東的臉上讀出用意，但房東的菸管似乎塞住了，只顧著拿起敬太郎的火筷通菸管頭。通完之後吸了幾口測試是否暢通，這才慢吞吞地開始說明。

根據房東所言，森本積欠了六個月房租。但他住在此處已超過三年，又不是遊手好閒沒工作的人，因此房東還是相信他說「今年年底一定會設法繳清」的說詞，並沒有催他繳錢，結果就發生了這次的旅行不歸。本來家人深信他是去出差，但過了期限之後始終等不到他回來，而且也沒有捎來任何音信，最後他們終於開始懷疑了。於是一方面調查了森本的房間，另一方面也去他在新橋的工作單位詢問出差地點。沒想到房間那邊行李原封不動，和他住在這裡時毫無分別，新橋那邊給的答案卻很意外。大家一直以為森本是出差，但據說他上個月就已被解雇了。

「我看您平時和森本先生關係很好，所以我想如果來請教您，應該可以知道他的下落，這才特地來拜訪。我絕對不是要您替森本先生還清房租甚麼的，所以能否拜託您把他的下落告訴我？」

敬太郎身為失蹤者的友人，被房東懷疑和森本的惡行似乎脫不了關係，當下覺得很倒楣。當然，若就事實而言，直到不久之前他的確是懷著某種意味的讚賞刻意接近森本，但如果被解讀為連這種現實問題都與森本密謀勾結，身為一個前途光明的青年未免有損顏面。

十一

誠實的他因房東的誤解而暗自惱火。但在發怒之前，首先有種被迫抓著冰冷蛇身的恐懼。這個異樣鎮定地從樣式古老的菸盒取出一撮菸絲塞進菸管的男人，無論他誤解與否，同樣都帶給敬太郎不安。他是那種會在談判的同時用藝術般的靈巧把玩菸管的男人。敬太郎朝他打量片刻。他很遺憾自己除了說不知道之外別無方法能夠打消對方的懷疑。最後房東並未輕易將菸盒收進腰帶。他只是不斷把菸管放進筒子又取出來。每次照例都會發出砰的一聲。到最後敬太郎滿腦子只想著無論如何都得驅逐這種噪音。

「如你所知，我才剛畢業，是個連固定工作都沒有的窮學生，但我好歹也受過一點教育。如果把我和森本那種浪蕩之徒相提並論，未免有損我的顏面。更何況是猜疑我和他狼狽為奸，即使我堅稱不知情還是執拗地懷疑我，豈不是太不講理了？你如果要用這種態度對待住了二年之久的房客那也行。我自有我的對策。過去這二年來住在你們這裡，我可曾拖欠過一個月房租？」

房東當然是再三強調自己絕對沒有那種冒犯敬太郎人格的懷疑。並且懇求敬太郎如果收到森本的音信，知道他的下落了，千萬別忘記通知一聲，最後還說如果剛才問的話有得罪之處，要他怎麼賠禮都行還請多多包涵。敬太郎只希望房東趕緊把菸盒塞回腰間，因此只簡單回答「好」。房東這才把談判的道具塞進腰帶後方。他離開時的樣子倒是看不出有懷疑敬太郎的神色，因此敬太郎認為發發脾氣果然是對的。

之後又過了一陣子，森本的房間不知幾時住進了新房客。敬太郎對於房東要如何處理森本的行李抱持疑問。但自從房東上次拿著菸盒來談判後，敬太郎就已下定決心再也不過問森本的事情，因此內心想法姑且不論，至少表面上佯裝若無其事。同時對於依然沒著落的工作，雖不至於像之前那麼焦躁，但他還是把那個當成自己的第一要務，有耐心地四處求職。

某晚他也為了求職前往內幸町，不幸撲了空，只好又搭電車折返，偶然發現對面坐了一個穿黃八丈[3]棉袍揹嬰兒的婦人。此女有著柳葉黑眉，脖頸線條優美，嚴

3 黃八丈，八丈島生產的黃色絲綢衣料。

格說來屬於風流俊俏的類型，實在不像會穿棉袍揹嬰兒的婦人。不過，敬太郎認為背上那孩子顯然是她自己的孩子。再仔細一看，圍裙下方露出格子花紋[4]的衣物，越發讓敬太郎感到奇怪。外面正在下雨，五、六名乘客都把傘收起拄著。女人的傘是黑蛇目傘[5]，但她似乎討厭手裡拿著冷冰冰的東西，把傘豎立在自己身旁。敬太郎眼尖地發現摺疊起來的蛇目前端用紅漆寫著「加留多」三字。

這個不知是風塵女子還是良家婦女的女人，以及不知是私生子還是普通婚生子的嬰兒，還有她皺成八字的濃眉、略顯低垂的白皙臉蛋，以及她的服裝，乃至黑蛇目傘上鮮豔的加留多這幾個字交互刺激敬太郎的神經時，他忽然想起據說和森本生了孩子的那個女人。他一邊斷斷續續想起森本親口說過的「這麼說好像還餘情未了很可笑，但我老婆長得不錯。眉毛很黑，不時還習慣皺著八字眉對人說話」這些話語，同時也暗中留意傘上寫有加留多的女人。後來女人下了電車消失在雨中。剩下敬太郎獨自在心裡描繪森本的臉孔與樣子，他思索著命運此刻不知將森本帶往何處，就此回到租屋處。隨即在自己的桌上發現一封沒有寫寄信人姓名的來信。

十二

敬太郎在好奇心的驅使下匆匆撕開這封無名氏的來信。首先映入眼簾的就是西洋橫式信紙的第一行「親愛的田川君」以及最下方的落款「森本敬上」。敬太郎立刻又拿起信封。他試著一再變換視線角度，努力辨識郵戳的文字，可惜郵戳太淺怎麼看都看不清。他只好又回頭看信，決定先從那個解決。信中內容是這樣的。

「我突然消失你肯定很驚訝吧。就算你不驚訝，雷獸[6]以及梟婆（森本平時將房東夫婦稱為雷獸和梟婆。梟是貓頭鷹的簡稱）二人鐵定也很驚訝。坦白說，我欠了一點房租，如果事先說出來，雷獸和梟婆肯定會囉哩囉唆，因此我刻意不告而別逕自行動。如果清理我房間的行李——我的衣物及其他物品都放在行李中，我想應

4 格子花紋，江戶時代以來，常用於舞台服裝。

5 黑蛇目傘，黑傘中間為白色，中心及周邊為黑色，如蛇眼，故有此名。

6 雷獸，日本傳說中會隨著打雷出現的妖怪。

該能賣不少錢。所以我想請你轉告他倆，隨便他們要賣掉或自己留著穿都行。不過你也知道雷獸老奸巨猾，因此或許不等我同意早已這麼做了。不僅如此，等我這邊順利離開後，他說不定還會給你出離譜的難題，想讓你替我收拾爛攤子，但你絕對不能答應他。像你這種受過高等教育剛出社會的人，是雷獸那種傢伙最喜歡的獵物，因此這點你絕對要小心。我雖然沒受過甚麼教育，好歹也知道欠債落跑是不對的。我打算明年一定會還清。我雖有種種離奇經歷，但你若連我這點都懷疑，那我等於失去一個難得結交的摯友，將會深感遺憾，因此請你千萬不要為了雷獸那種人誤解我。」

森本接著寫出自己目前在大連電氣公園負責娛樂工作的緣由，並附帶提及明年春天為了採購電影應該會來東京，現在就已期待屆時能夠在東京與敬太郎重逢。之後他又大肆吹噓自己去滿洲旅行的情形，描述得極為有趣。其中最讓敬太郎吃驚的，是他在長春某賭場的情景。那是據說曾當過馬賊頭子的日本人經營的賭場，去了一看，只見場內聚集幾百名骯髒的中國人擠得水洩不通，人人都賭紅了眼，互相噴出某種臭氣。而且長春的富豪據說會為了消遣，故意穿著髒兮兮的衣服偷偷出入賭場，所以敬太郎猜想森本還不知是如何效法的。

這封信的末尾提到盆栽。

「那盆梅樹是我在動坂的園藝行買的，雖然不是甚麼老梅古幹，不過放在房間窗口早晚欣賞倒是恰恰好。那盆送給你，你拿去你的房間吧。不過雷獸和梟婆二人都不解風雅，說不定隨手扔在壁龕，早已經枯死了。另外，進門的脫鞋口那個傘架應該還插著我的手杖。就價格而言雖然不是甚麼昂貴的東西，卻是我的心愛之物，我想送給你留作紀念。就算是摳門的雷獸和梟婆，那支手杖你若要拿走，他們應該也不敢反對。所以你千萬別客氣，收下留著用吧——滿洲地方尤其大連是個好地方。暫時應該是最適合你這樣的有為青年發展之處。你要不要鼓起勇氣過來看看？我來到此地後在滿州鐵路也認識了很多人，如果你真的想來，我應該可以幫你安排不錯的工作。不過屆時麻煩你要來之前先通知我一聲。請多保重。」

敬太郎把信折好放進桌子抽屜，並未對房東夫妻提起森本的消息。手杖依然放在傘架中。敬太郎每次出入看到它都會萌生一種異樣之感。

車站

一

敬太郎有個朋友名叫須永。須永雖是軍人子弟卻最討厭軍人，雖然念的是法律，但他不想當公務員也不想當上班族，是個奉行退縮主義的男人。至少在敬太郎看來是如此。不過須永的父親據說早已過世，如今母子倆相依為命，過著似寂寞又似優雅清靜的生活。他父親以前身為主計官職位相當高，而且本就精通生財之道，因此迄今母子倆仍能衣食無憂，家境相當優渥。他的消極退縮似乎也有一半是因為習慣了這種安逸的環境，失去奮鬥的刺激所致。不過，或許是因為父親生前是高官，他不僅有良好的家境，實際上也有親戚照顧，還主動表示可以替他安排工作從此平步青雲，可他卻找了一堆任性的藉口拒絕，看他到現在還無所事事也知道。

「你這樣挑三揀四太浪費了。不喜歡工作不如讓給我。」敬太郎也曾半開玩笑地要求。須永聽了總是露出看似惆悵又憐憫的微笑拒絕，「可你就是不行，我也沒辦法。」被拒絕的敬太郎雖說是開玩笑，當然也不是滋味。也曾大發豪情決定靠自己找到工作給對方看。但他本身個性就沒那麼執著，自然不可能為了這點小事永遠保持對須永的反感。再加上工作還沒找到，沒有安心的背景撐腰，讓他從早到晚只能乾坐在小房間苦不堪言。就算沒事做也必定有半天出門走走。並且經常去須永家。一方面或許也是因為不管他幾時去，須永大抵都在家，這也讓登門造訪的敬太郎更起勁了。

「糊口當然是得糊口，不過在糊口之前，我想見識一些值得驚嘆的事件，可我就算搭乘電車走遍各處也毫無斬獲。甚至沒遇上扒手。」才見他這麼抱怨，他卻又憤懣地嘆息：「我告訴你，如果你把教育當成一種權利，那完全是束縛。就算學校畢業又怎樣，連飯都沒得吃還談何權利。可是若因此以為職位不重要所以肆意妄為也沒關係，它偏偏還是有關係。教育真是討厭地束縛人啊。」須永對於敬太郎的任何不滿似乎都沒有太多同情。首先，從敬太郎的態度就無法分辨他到底是認真的或者只是閒著乾焦急。某次須永見敬太郎老是這樣夸夸空談，忍不住問：「那你到底想做甚麼事？我是說如果撇開衣食溫飽的問題。」敬太郎回答他想像警視廳的探員那樣。

「那你去做不就好了，這不是很簡單。」

「可惜偏偏不行。」

敬太郎認真說出自己為何不能當探員的理由。本來探員就像從社會表層潛入水底的社會潛水夫，堪稱是最能夠發掘人性之不可思議的職業。況且探員的立場只是觀察他人的黑暗面，沒必要擔心自己墮落的危險性，所以顯然更加理想，但畢竟做這行的目的在揭發罪惡，等於是基於陷害他人這個前提的職業。自己做不出那種缺德事。自己只想做人性的研究者，不，是抱著驚嘆，冷眼旁觀人性的異常構造在暗夜如何運作。——這就是敬太郎的想法。須永安靜聆聽並未反駁，也沒有做出甚麼批判。敬太郎對此單純解釋為此人雖看似老成其實很平庸。而且認定對方的冷靜態度是不把自己放在眼裡，於是憤然拂袖而去。但不到五天他又想去須永家了，於是出了門直接搭乘開往神田的電車。

二

要去須永家，必須以從前的小川亭劇場，亦即現在的天下堂洋貨店這棟高聳的建築為目標，從須田町右轉沿著小巷走上小坡，沿路兩拐三轉的，地方非常不好找。那是民宅櫛比鱗次的後巷，所以和山手高級住宅區不同，房子當然不可能占地太廣，但從大門到玄關還是得走過三、四公尺的花崗岩石板，才能摸到格子拉門的電鈴。那本來就是須永家的房子，有段時間借給親戚住，過了很久之後因為父親死了，母親說家裡人口少，這房子的地點和大小想必恰到好處，於是賣掉駿河台的老家搬來此處。不過之後又經過大肆整修。須永曾經解釋說其實和重蓋新房子沒兩樣，敬太郎當時聽了恍然大悟，還四處打量二樓的柱子和天花板。二樓作為須永的書房，是事後加蓋的，因此狂風大作的日子會有點搖晃，另外還有整潔明亮無可挑剔的二坪與三坪房間相連。坐在室內，可以看見院子種的松樹枝幹，還留有斧頭鑿痕的木板圍牆上方那一截，以及牆頭防盜的鐵蒺藜。走出房間從走廊欄杆俯瞰時，敬太郎望著松樹根部開滿整片的鷺蘭，還曾問過須永那個白白的是甚麼。

他每次來找須永被帶進這個房間時，總會忍不住想起窮學生與富家少爺的雲泥之別。並且在鄙視須永過著這種小資情調生活的同時，也不免羨慕好友這種閑靜富裕的生活。青年有時覺得那種生活會把人養廢，有時又渴望嘗試一下那種生活，今天也同樣懷著這二種矛盾造成的不平衡興味來找須永。

他照例沿著那條小路拐了兩三個彎，來到須永住的那條巷子轉角時，只見一名女子比他先一步走進須永家大門。敬太郎只瞄到一眼女人的背影，但年輕人皆有的好奇心加上他固有的浪漫天性作祟，令他被牽引般急忙奔向同一扇門前。稍微探頭一看，女人已不見蹤影。只有把手貼著紅葉圖案的紙拉門閑靜地緊閉，敬太郎有點意外且不滿地看了一會，最後在門前的脫鞋石上發現脫下的木屐。那雙木屐當然是女用的，規規矩矩地向內併攏放置，完全看不出女傭重新排放的痕跡。敬太郎從木屐的擺放方向，以及女人比想像中更快進屋的舉動判斷，女人應該不是請女傭通報而是自行開門進屋，想必是關係親密的訪客。再不然就是自家人，但若是那樣又有點奇怪。因為敬太郎很清楚，須永家只有他們母子與幫傭和打雜的女傭共四人生活。

敬太郎在須永家門前站了一會。他倒不是想從牆外偷窺剛進屋的女人有何動靜，毋寧是在幻想須永和這個女人正以甚麼方式編織二人的浪漫，但他還是豎起耳朵傾聽。可惜屋內一如往常悄無聲息。別說是女人的嬌聲了，連一聲咳嗽都聽不見。

「會是未婚妻嗎？」

敬太郎首先這麼猜測，但他的想像並未受過收發自如的訓練可以就此打住。——須永的母親帶著幫傭去拜訪親戚今天不在家。廚房的女傭也回女傭房去了。只有須永和那個女人此刻面對面呢喃私語——如果真是如此，自己像平時那樣拉開門大喊「有人在嗎」也很奇怪。或許須永也和母親及幫傭一起出門了，女傭正在睡午覺。女人這時擅自潛入。如此說來那是小偷。自己不能就這樣離開。——敬太郎如中邪似地失神呆立。

三

這時二樓的紙門倏然開啟，須永拎著藍色玻璃瓶的身影忽然現身簷廊，把敬太郎嚇了一跳。

「你站在那幹嘛？是不是掉了甚麼東西？」敬太郎聞聲望向樓上一臉狐疑發問的須永，只見他的咽喉周圍裹著白色法蘭絨布。手裡拎著的似乎是漱口藥水。敬太郎抬頭和須永交談了幾句問他是否感冒了，不過這期間他始終站在門口，動也沒動。須永最後叫他進屋。敬太郎刻意反問他：「真的方便進去嗎？」須永彷彿完全沒領會他的含意，輕輕點頭後就突然縮回房間了。

上樓梯時，敬太郎覺得裡屋好像有細微的衣服摩擦聲。二樓只扔著大概是須永之前穿的黑絲領棉袍，除此之外看不出任何異狀。無論就敬太郎的個性或他與須永的交情而言，既然他對女人如此好奇，照理說就算直接詢問須永也不是不可以，可是剛才肆意做出罪惡的想像讓他有點心虛，況且自己還抱有不方便一見面就開口的諷刺目的，因此也沒勇氣天真地詢問剛剛進入須永家的女人到底是誰。反而像要壓制自己不受控制想入非非的心思說，

「我已暫時不再幻想。因為工作更重要。」之前從須永這裡聽說有位姨丈住在內幸町，他想為找工作之事面見此人，因此認真拜託須永居中介紹。這位姨丈是須永母親的妹夫，從政界轉換跑道進入企業界，目前參與四、五家公司的經營，地位相當高，但須永似乎無意借助那位姨丈的力量發展，敬太郎記得之前他曾對敬太郎提過，「姨丈給我很多建議，但我不大有興趣。」

須永今早本來該去見那位姨丈，但因喉嚨痛臨時取消外出，但須永保證四、五天之內想必就能康復出門，屆時一定會替敬太郎說說看，之後又特地聲明，「姨丈也很忙，況且好像很多人都來求他幫忙，因此我不敢保證一定能成，總之先見面再說。」敬太郎猜想須永大概是怕自己對他期望過高，但總比見不到面好，因此反常地認真懇求。不過，他心裡的擔憂和煩惱並沒有嘴上懇求得那麼嚴重。

本來他為了在畢業後謀求不錯的工作，處心積慮四處奔走，到現在還在繼續找工作，的確如他本人所言是事實，但雖說迄今不見成效的曙光，不過在他還能哀號抱怨時，至少有五成是誇大其辭。他不像須永是獨生子（但妹妹已出嫁），家中只剩老母一人倒是二人的共通點。他家雖不如須永家是收租的地主，卻也有幾分薄田。本來稻作產量就不高，但每年都可以賣米換得固定的金錢，因此倒也不愁付不起二、三十圓的房租。而且仗著母親的溺愛，過去也三番兩次預支家產向母親討零用錢。所以他嘴上嚷嚷著工作、工作雖非完全瞎起鬨，但的確是受到對親朋好友乃至自己的虛榮心煽動。既然如此就該趁著求學時代用功一點取得好成績，可他偏又因為生性浪漫，素來對學業成績盡可能刻意怠惰又怠惰，結果最後頗為不體面地勉強及格。

四

但在和須永對話的一小時之間，敬太郎雖然主動提及找工作或衣食溫飽這類苦澀的問題，仍舊惦記著剛才驚鴻一瞥的女人背影，對於最重要的謀職一事無法像嘴上說得那麼認真。樓下房間一度傳來年輕女人的笑聲時，他曾考慮過是否該問須永是不是有客人來。但他陷入沉思之際，就已打破自然的氣氛，好好的問題失去發問的時機，因此終究還是未能說出口。

不過須永似乎也盡量在找話題迎合敬太郎的好奇心。他告訴敬太郎，自己住的電車後巷由於房子小巷道也小，被劃分成骰子狀，形成無名社會人士的祕密巢穴，幾乎家家戶戶都在上演社會上流階層看不到的戲碼。

首先，距離須永家五、六戶之外住了日本橋邊某五金行退休老闆的外室。這個女人另有情夫，對方是在宮戶座劇場表演的演員。包養她的老闆也默許此事。對面橫巷住的不知是律師還是做職業仲介，房子小巧整齊有格子拉門，門口不時會掛出黑板寫著「急徵女記者一名、女廚師一名」。某次有個二十七、八歲的美女裹著平整的深藍色絲質長披風，打扮得像個西洋護士來委託仲介工作。那家主人赫然發現她是昔日雇用自己當工讀生的大宅千金，因此不僅主人詫異，連妻子也很驚訝。接著來到他家背後的巷子，那裡住著滿頭白髮、嬌妻卻才雙十年華的高利貸業者。傳言他的妻子是別人用來抵債的女人。還有他隔壁的賭徒，聚集大批同類互相廝殺賭紅了眼之際，妻子揹著嬰兒來接沉迷賭博的丈夫。妻子哭著哀求丈夫一起回家，丈夫卻說回去當然是會回去，但要再玩一小時把輸的撈回本再回去。結果妻子說你越不認輸只會輸得越徹底，苦苦哀求丈夫立刻回去。一個堅持不走，一個苦勸回家，在路面結冰的寒夜驚醒睡著的左鄰右舍……

聽著須永的敘述，敬太郎漸漸覺得，住在這種天天上演社會寫實小說的地方早已司空見慣的須永，或許也在偷偷演出旁人看不見的大戲，抹著嘴故作若無其事。不過他這種猜疑的背後，當然籠罩剛才那個背影驚鴻一瞥的女人淡淡的投影。

「順便也說說你的故事吧。」敬太郎尖銳地試探，但須永哼了一聲只露出淺笑。之後只簡單表示「我今天喉嚨痛」。聽來似乎是暗示我當然有故事，可我就是不告訴你。

敬太郎從二樓走下玄關時，那雙女用木屐已經不見了。是離開了還是收進鞋櫃，抑或是機靈地藏起來了，他完全無法判斷。一走到門外，不知是甚麼心態，他立刻衝進一家香菸店。從店內叼著一根菸走出來。他邊抽菸邊打算走到須田町搭乘電車，這時忽然想起車內禁止吸菸的規矩，於是又走向萬世橋的方向。他打算靠這支菸撐到走回本鄉的租屋處為止，因此慢吞吞邁步，一邊還在想須永的事。但須永並不像以往那樣單獨浮現腦海。如今每次想到他，必然有那個背影女子跟著閃現。

最後甚至感覺彷彿被須永嘲笑：「你從本鄉台町的三樓房間用望遠鏡眺望世間，就自以為可以做到甚麼浪漫的探險嗎？」

五

到今日為止，他對一般所謂的老街生活[1]既不習慣也不感興趣。偶爾經過日本橋的後街，看到必須側身才能鑽過的格子門，還有門口上方莫名其妙垂掛的鐵燈籠，脫鞋口下方鋪滿光潔亮麗的竹片，不知是杉木還是甚麼做的單薄拉門透過日光顯得發紅的門板中間那截，他就會產生很拘謹的感覺。這樣事事井然有序且乾淨發亮實在教人不自在。過著如此規律死板生活的他們，想必連餐後用的牙籤該怎麼削都很計較吧。一切悉數被傳說的法則支配，就像他們用的香菸盆，想必也頂著祖先代代擦拭的習慣當作名分大義，乾淨得發亮吧。就連去須永家，看到他們給無用的松樹裹上防雪罩，仔細用枯松葉鋪滿小院子禦寒，他都不免會聯想到在纖細的江戶式文明開化的懷抱中懵懂長大的少爺。先不說別的，須永紮緊腰帶端坐的模樣在他看來就很怪。再加上他那個據說愛好長歌[2]的母親不時出現，用流暢卻又口音很重的江戶腔，對他說出親切悅耳的寒暄時，就像把以前放進疊層套盒收在倉庫二樓的東西如今又取出，比剛做好的更美味，所以當然不覺得是陳腔濫調，只覺得背後潛藏著歷經幾代人練習出來的巧妙口才。

簡而言之，敬太郎想要的是稍微脫離常軌的自由。但今天的他，至少在想像上和平日的他有點不同。他很想在依然瀰漫德川時代濕氣的黑色倉庫林立的後街，住在祖傳的房子，和嚷著「小敬！出來玩」的玩伴，玩著官兵抓小偷和大將軍的遊戲長大。也想每個月去一次蠣殼町的水天宮和深川的不動明王拜拜，並且參加護摩儀式[3]。（如今須永就是陪伴母親理所當然地遵循這種舊習）。他還想穿著鐵青色素面大褂，恍惚走在街頭瀰漫歌舞伎氣息的城區。也想在其中發現被習慣束縛卻又超脫習慣的香豔之感情糾葛。

這時他的腦海忽然浮現森本二字。於是環繞這二字的幻想忽然莫名地變色。他

---

1 老街生活，這是相較於「山手」高級住宅區，專指商家聚集的淺草、神田、日本橋、深川等地區。仍保有江戶時代的風俗，有獨特的生活方式。

2 長歌，江戶的地方民謠之一，是一種三弦琴音樂。

3 護摩，梵語Homa，火供作為驅魔祈禱的儀式。

出於好奇心主動接近這個背景可疑的奇人示好，結果差點被對方拖累蒙上不白之冤。幸好房東相信自己的人格，但如果真要懷疑他的確很值得懷疑，因此房東的態度如果不善，他說不定還得上警局。這麼一想，他在空中自行編織的浪漫就突然失去溫馨，如同醜陋想像形成的雲峰，毫無意義地瓦解。但在那深處，唯有森本那張邋遢垂著小鬍子、雙眼皮的瘦臉執拗地縈繞不去。他對那張臉孔既想親近又想輕蔑，還有點憐憫。而且他覺得這張平庸的臉孔背後朦朧站著不可解的怪物。然後他聯想到對方說要送給他作紀念的奇妙手杖。

這支手杖是用竹根彎曲當握把，造型非常簡單，唯一和普通手杖不同之處就是雕了蛇。不過並非外銷品常見的蛇身纏繞竹子上的可怕毒蛇，雕刻的只有頭部，頭部張嘴正要吞噬東西的地方就是握把。但蛇正要吞噬的是甚麼東西，由於握把前端被削得光滑圓潤，誰也看不出是青蛙還是雞蛋。森本說那是他自己砍竹子自己雕刻的蛇。

六

敬太郎走進租屋處大門時首先看到這支手杖。或者該說，由於路上的聯想，一拉開玻璃門，他的視線就不由自主射向陶瓷傘架。老實說，他剛接到森本的來信時，每次看到這手杖，就有一種自己也無法說明的異樣感，因此他出入時總是避開視線，刻意不去看手杖。可是這樣一來又開始為經過傘架時刻意視而不見而苦惱，雖然很輕微，但是好像中了這支古怪手杖的邪。他自己也開始對自己的神經感到不可思議。基於某種利害關係，他害怕被追究過去遭到懷疑，雖然他沒把森本的下落和他的信中所言轉告房東夫妻的確落下了把柄，但那還不至於令他良心不安。對方刻意表示要送給他當紀念，他卻沒勇氣爽快接受，想到辜負了他人好意，心裡的確不是滋味，但也不至於讓他痛苦。只是森本浮沉人世的命運將在近日宣告結束（想必會以潦倒死於街頭的結局告終吧）。那支手杖插在傘架中，彷彿現在就開始預告那可悲的結局。多才多藝的森本親手雕刻的蛇頭，要吞噬某物又吞不下，要吐又吐不出，永遠只能在竹棍前端兀自張開大嘴。——這樣把森本的命運和默默代表那命運的蛇頭聯想在一起後，想到那每天握著代表命運的蛇頭四處走，不久將會潦倒死在街頭之人的託付，敬太郎這時不由萌生異樣感。他無法主動把這支手杖從傘架取出，也不可能命房東把手杖拿到自己看不見的地方去，這麼想雖然有點誇張，但簡直是一種因果宿命。不過所謂以詩意渲染的色彩和以散文謀取生計，大抵也難免有所牴觸，說實在的，他還沒有被手杖困擾到覺得換個住處更安心的地步。

今天手杖依然插在傘架中。蛇頭面向鞋櫃。敬太郎側目一瞥就走進自己房間，之後他在桌前坐下，開始給森本寫信。先為之前森本的來信道謝後，他覺得附帶兩三行解釋自己為何沒有及早回信也可以，但是想到那個原因說穿了只能說就是因為有你這種浪子當知己有損我的名譽，所以提不起勁回信，因此他還是簡單用一句「照例忙著找工作無暇寫信」含糊帶過。其次稍微恭喜森本在大連找到好工作，之後再寫幾句溫言軟語，提及東京也逐漸變冷，滿州的風霜想必煎熬，尤其以你的身體想必不好受，因此千萬要小心別生病——站在敬太郎的立場，其實這才是寫信的主要用意，他想盡量寫得巧妙且冗長得足以讓對方感受到自己的同情，並且任誰看了都能感到他的誠意。可是寫完重讀，除了普通人會用的普通寒暄用語之外果然毫無新意，因此他有點失望。不過，他早有覺悟，自知並未帶著給情人寫情書那麼熱切的真心。況且自己文筆拙劣，再怎麼重寫也沒用，於是仗著這個藉口索性就這樣硬著頭皮繼續寫下去。

七

森本不告而別後，關於他的行李如何處理，基於道義還是得稍做說明。但敬太郎不想問房東是如何處置的，不問又無法寫出詳細報告，敬太郎的筆尖停在半空中思索片刻，最後終於寫道，「關於你的行李，你叫我轉告房東隨他的方便處置，但如你的千里眼所料，我還沒告訴雷獸，他似乎就已自行處理了，所以事情就是這樣請見諒。你說要把那盆梅樹給我，但我壓根沒看見，因此無法收下，但還是要謝謝你的好意。還有，」寫到這裡，他又停筆了。

敬太郎終於寫到手杖。他是個生性誠實的男人，無法撒謊說那支手杖蒙你好意餽贈，我收下之後每天散步都在使用，可他更無法寫說你的好意我心領了但我不能收。無奈之下，他只好虛偽地說「那支手杖迄今還插在傘架。彷彿站在原地日夜等候主人的歸來。雷獸也不敢碰觸那個蛇頭。我每次看到那蛇頭，都不由佩服你的雕刻手藝」，藉此含糊帶過真相。

在信封寫上收信人姓名時，他試著回想森本的全名，但就是想不出來，只好寫上大連電氣公園內娛樂組森本先生收。基於之前的糾紛，這封信不得不避開房東夫妻的眼睛，因此也不能叫女傭拿去投入郵筒，敬太郎只好立刻藏在自己的袖子中。他打算晚餐後散步時順便去寄信，走下寒冷的樓梯時，須永打電話來了。

須永表示今天姨丈家的孩子從內幸町來訪，提及姨丈四、五天之內或許要去大阪一趟，他怕那樣會耽誤太久，因此打電話詢問姨丈能否在出發前撥冗見面，對方回答沒問題，既然要去還是越早越好吧。不過因為喉嚨痛無法在電話中詳談，所以這通電話主要就是先知會敬太郎一聲。敬太郎說「謝謝。我一定會盡快造訪」道謝後就掛斷電話，但他想既然要去不如今晚就立刻去，於是轉身又回三樓穿上不久前剛做的嗶嘰布正式褲裝出門。

當他走到轉角時也沒忘記把信放入郵筒，但森本本人的安危此刻在敬太郎心中已經只剩些微星火。不過他還是把信塞進郵筒，當信咚的一聲掉到郵筒底部時，他想像對方在一星期之內拆信閱覽的樣子，應該不至於不高興吧。

之後他只是一路大步前進去搭電車。思緒也直接環繞著內幸町，但當電車來到神田的明神下，他漫不經心在腦海回想須永剛才在電話中所言，不禁大吃一驚。須永的確說「今天姨丈家的孩子從內幸町來」，無庸置疑自然就是姨丈的孩子。至於那孩子是男是女，由於語意含糊籠統因此完全無法確認。

「究竟是男是女呢？」

敬太郎突然開始耿耿於懷。如果那是男的，就無法據此推斷那個背影女子的身分。因此女人只是徒然刺激他的好奇心，關於她的來歷卻毫無進展。可那孩子若是女的，無論就日期或時間，乃至女人自行進須永家的舉動來判斷，應該就是比自己先一步進去的那個女人。擅長串聯想像與事實的他，還無法確定就已經武斷地如此認定了。這麼解釋時，他感到自己這段期間沸騰的好奇心彷彿注入了幾分冷水有點滿足，同時也感到出現的線索比預期中更平凡未免有點無趣。

八

當電車行至小川町時，他很想下車直奔須永家門口，從友人口中問出事實真相，但除了單純的好奇心以外，他找不出任何正當理由足以打聽人家的私事，因此只好忍住，立刻轉搭三田線。不過即便在車子筆直穿過神田橋急奔丸之內之際，他也沒忘記自己現在正奔向須永的表親家。他本來應該在勸業銀行一帶下車，卻坐過頭到了櫻田本鄉町，急忙又朝暗處回頭。雖是清冷的夜晚，但他立刻發現要找的目的地。他探頭朝圓形瓦斯門燈寫有「田口」的門內一瞧，建築格局似乎比想像中更深邃。但實際上只不過是碎石子小路與道路斜向因此遮住玄關，再加上擋住正面的黑壓壓樹叢茂密聳立，所以給夜色平添幾分嚴肅氛圍而已，走進門內才發現這房子並不像外表看起來那麼寬闊。

玄關的二扇西式玻璃門緊閉，無論是喊「有人在嗎」或按電鈴都無人出來應門，敬太郎只好站在一旁窺探室內情況。這時，不知從哪終於傳來腳步聲，眼前的毛玻璃倏然亮起燈光。接著響起兩三聲木屐走過脫鞋口的腳步聲，玄關門已被拉開一扇。這時敬太郎並未好奇地幻想來人的風采，只是漫不經心站著，但他還是期待出現的會是身穿飛白大褂的工讀生，或是穿著雙線織綿袍的女傭規矩一鞠躬接下他的名片，沒想到門扉半啟站在他面前的，竟是一位服裝體面的老紳士。此人背對燈光，因此看不清臉孔，唯有白色皺綢腰帶立刻映入他眼中。那一瞬間，敬太郎立刻猜到這位大概就是須永的田口姨丈。但事態發展太出乎意料，一時之間他甚至沒想到要打招呼，只是有點愕然地呆站著。而且對於自認還很年輕的敬太郎而言，四十幾、五十幾乃至六十幾歲幾乎都一樣是老頭子，對老人本就毫無親近感。他對年長者沒有那麼多同情心去區分四十五和五十五歲，同時也對這二種年齡都不適應，往往有面對不同人種的恐怖感，因此更加遲疑。不過對方似乎不以為意，直接問他有甚麼事。這種不算客氣也不帶輕蔑的隨意口吻，讓敬太郎稍微恢復了鎮定，這才有機會報上自己的姓名並且簡單扼要說明來意。年長的男人一聽似乎這才想起，說道：「對了，剛才市藏（須永的名字）打電話跟我說過。但我沒想到你今晚就會來。」而且言下之意似乎在責怪敬太郎不該這麼快上門，因此敬太郎感到有必要盡力解釋。老人看起來也不知到底有沒有聽進去，只是默默佇立，最後說道：「那你改天再過來吧。我四、五天之內要出一趟遠門，行前如果有空，見一面也行。」敬太郎鄭重道謝後走出大門，但在黑夜中，他覺得自己道謝的方式有點過於謙卑了。

直到很久之後，敬太郎才從須永的口中得知，這家的主人，這時本來在靠近玄關的客廳獨自下棋，正在一邊交互放下白子與黑子一邊沉思。那是他和客人下過的一盤殘局，他非得把某個難題解決才甘心，沒想到緊要關頭卻被敬太郎像鄉巴佬似地在玄關叫囂，於是決定先趕走礙事的不速之客，這才在焦慮之下親自出來應門。

聽到須永敘述這個原委時，敬太郎越發覺得自己的道謝太客氣了。

九

隔了一天，敬太郎理直氣壯打電話到田口家，詢問現在過去拜訪是否方便。對方接聽電話的人，似乎根據敬太郎比較傲慢的遣詞用字和說話態度判斷他是個大人物，因此恭敬地表示，「請您稍等一下，我現在就去稟告。」可是等到對方再回來轉達時，口氣比之前粗魯多了：「喂，我家老爺現在有客人，不方便。老爺叫你下午一點左右再過來。」敬太郎回答：「是嗎，那我一點去拜訪，請向先生致意。」然後掛斷電話，但內心有點厭煩。

他打算十二點整吃午飯，事先就已吩咐女傭準備，可是時間到了還不見飯菜送來，敬太郎彷彿被吵鬧的大學鐘聲催促般催促女傭，盡可能迅速解決午餐。在電車上想起前晚見到田口時對方的態度，思忖著今天說不定也會被那樣隨意對待，抑或，這次是對方說要見面，態度會親切一點也未可知。只要能憑這位紳士的好意得到不錯的工作，就算得稍微卑躬屈膝，他也打算忍耐。不過如果像剛才田口家接電話的人那樣，不到五分鐘就變得態度輕慢，未免太不愉快，但願這次不會又是那傢伙來應門。可是他卻完全沒意識到自己打電話的口氣略顯傲慢。

在小川町的轉角，看到斜著通往須永家的橫巷時，他驀然想起那個背影，腦中的想像突然從陰影來到陽光下。比起意識到自己想盡辦法要去哀求一個臭臉老頭子賞他一份工作，倒不如告訴自己，今天是要拜訪須永的美麗表妹家，這樣對他來說會更加舒坦。他雖然自行認定須永的表妹和田口老頭是父女，同時卻又徹底把二人分開看待。前天晚上與田口站在玄關門口面對面時，光線的關係讓他全然不知對方的相貌，但單就五官的輪廓判斷，田口長得並不怎麼好看，這就是老頭子當晚在敬太郎心裡留下的第一印象。可是他完全沒想過若真是此人的女兒，不管和須永的關係如何，恐怕長得也不怎樣。他對田口家就是抱著這種分分合合陰陽互為表裡的矛盾印象。那印象反覆交錯之後，他終於來到田口家的門前。這時他看到門前有輛大轎車，司機還坐在車上等候，當下便有點不安。

他去玄關遞上名片後，穿小倉和服寬褲的年輕工讀生收下名片說聲「稍等」就進屋去了。這個聲音分明就是之前接電話的人，因此敬太郎目送他的背影暗想，討厭的傢伙！結果那人拿著名片又出現了。並且擋在敬太郎的面前表示：「很抱歉，老爺現在有客人，請改天再來。」敬太郎頓時有點氣憤。

「剛才我打電話問幾時方便，他明明說有客人，叫我下午一點來。」

「就是之前那位客人還沒走，現在正在用餐，忙得分身乏術。」

如果冷靜聽來，這個解釋倒也不是毫無道理，但敬太郎之前打電話時就已對此人不滿，所以不管對方怎麼說他都覺得不順耳。於是不知是打算先發制人還是怎麼的，沒頭沒腦地撂下一句：「是嗎，辛苦你了。請向你家老爺致意。」彷彿對這輛車很不屑似地掠過車旁拂袖而去。

十

這天他本來打算順利解決這場必要的會面後，就去剛在築地成家的朋友那裡，把自己發揮想像力巧妙串聯須永與他表妹及姨丈田口編出來的故事好好講給朋友聽，消磨到晚上。但走出田口家大門站在日比谷公園旁時，他已經沒有那種閒情逸致了。雖只見過背影，但「查出她的住址，現在上門來拜訪」的快活心情早已消失。更沒有自己是來謀職的自覺。他只感到屈辱，因此只有滿腔怒火。並且感到把自己介紹給田口這種男人的須永，也該對自己受到的冷遇負起當然的責任。他打算在回程去找須永，逐一說明經過後好好抱怨一番。於是又搭乘電車，直接折返小川町。一看懷錶，還有二十分鐘才二點。來到須永家門前，他刻意從路上喊了二聲須永，也不知他在不在家，只見二樓的門窗緊閉始終沒打開。不過須永愛面子，平日就說過這種叫人的方式像鄉巴佬很討厭，所以該不會是聽見也佯裝不知吧，於是敬太郎正式走向玄關的格子拉門。但是聽到出來應門的幫傭說「少爺中午過後就出門了」，敬太郎有點失落，默默站了一會。

「他不是感冒了嗎？」

「對，少爺感冒了，不過他說今天已經好多了，所以就出門了。」

敬太郎想走。但幫傭說「我去對老夫人稟告一聲」，讓敬太郎在門口等候，自己就進裡屋去了。隨即從門後出現須永的母親。這是身材高挑頗有老街庶民氣質的長臉婦人。

「請進。他應該很快就回來了。」

被須永的母親這麼一說就沒轍了，不習慣江戶人作風的敬太郎，到現在還不知該怎麼婉拒對方立刻離去。首先他根本找不到機會插話，對方親切的好話就源源不斷流暢地在他耳邊響起。那和一般的客套話不同，被這麼挽留之際，擔心會打擾對方的顧慮不知不覺消失，逐漸產生「不好意思拒絕，所以不如聊兩句再走」的心態。最後敬太郎依對方所言又去書房坐下。須永的母親說一定很冷吧，替他關上隔間的拉門，還勸他伸出手，對著燒佐倉炭的火盆烤烤火，他原本激昂的情緒也逐漸冷靜下來。他望著拉門上那叫做甚麼織的白色絹布上大片秋田款冬圖案，以及似乎是中國桑木做的油亮黃色手爐，與這位溫婉健談、從來不會怠慢他人的母親聊天。

根據她所說，須永今天是去矢來的舅舅家。

「我叫他回來的時候順便去小日向的寺廟拜拜，結果他走的時候還嘴巴不饒人地嘮叨說，『媽妳最近無精打采呢，之前不也是托人代為參拜，這是因為妳年紀大了吧。』但他自己其實打從之前就感冒喉嚨痛，所以我勸他今天不如別出門算了，可是年輕人看似謹慎偏偏有點莽撞，壓根不把我們老年人講的話放在心上……」

須永不在家時去拜訪，他母親唯一的樂趣就是這樣談論兒子。敬太郎如果也談起須永，他母親更是逮著那個話題不放，往往無法輕易改變話題。敬太郎也早已習慣了，所以這時只是老實傾聽並且應聲附和，靜待話題告一段落。

十一

後來話題不知幾時從須永本人轉移到矢來的舅舅。此人和內幸町的姨丈不同，據說是須永母親的親弟弟，敬太郎曾聽須永說過此人頗為奢華。他到現在還記得，須永說舅舅聲稱外套內裡必須是緞子做的否則太丟臉不能穿，成天把玩號稱早年從國外進口的無用更紗玉，也不知那玩意到底是石頭還是珊瑚做的。

「還有甚麼比不做事便可奢華玩樂更好，真是好福氣啊。」敬太郎這麼一說，須永母親就接腔否定，「怎麼會，老實說，他的生活也只是勉強過得去，甚麼奢華玩樂還差得遠呢，沒那回事。」

須永家親戚的財力和敬太郎無關，所以他就此沉默。但須永的母親似乎覺得對話中斷都是自己的過失，立刻又開口說：

「不過我妹夫那邊倒是托各位的福，參與各家公司的經營，算是過得相當富裕，可我家和住在矢來的弟弟說穿了就像是落魄武士，和以前相比，只剩下空殼子了，我經常和弟弟這麼說著笑成一團呢。」

敬太郎不禁反思自身家境有點羞愧。幸好對方滔滔不絕，自己不必思考如何回答，所以他就安心繼續聽下去。

「況且如您所知，我家市藏是那種內向的男孩子，光是供他學校畢業，還不能安心，真是傷透腦筋。我每次叫他趕緊娶個中意的妻子，好讓我這個老太婆安心，他就會說世事不可能完全按我的心意，根本不聽我的。既然如此就拜托有門路的人，隨便去哪上班都行，找個工作不也很好，可是他對工作又完全不積極……」

敬太郎在這點其實平時就認為須永過於任性。「恕我多嘴，何不讓他去請教長輩，讓長輩給點忠告呢。比方說剛才提到的住矢來的舅舅。」他懷著對老太太的同情說。

「問題是他是個最討厭交際的怪胎，別說是忠告了，他甚至說去銀行劈哩啪啦打算盤簡直太蠢了，所以根本沒得商量。他自己反而還很得意。他說喜歡舅舅，和舅舅合得來，所以經常去他舅舅家。今天又是星期天，天氣很好，本來該趁著內幸町的姨丈去大阪前過去露個面，但他還是選擇去他喜歡的矢來舅舅家。」

敬太郎這時又開始重新思考自己今天為何一陣風似地趕來須永家。他本來打算一看到須永就強烈譴責對方所托非人，撂下「我再也不會踏入那家大門，你給我記住」這種台詞就拂袖而去，可惜須永不在家，他母親毫不知情，反而還找各種話題跟他聊天，敬太郎的怒氣當然早就消失了。不過，事情演變至此，自己沒見到田口的來龍去脈就算告訴這位母親也無所謂，所以好歹還是該說一下吧。況且正好談到要不要去內幸町，所以現在提起應該最好——敬太郎如是想。

十二

「其實我今天也去了內幸町。」他這麼一開口，滿腦子只想著自家兒子的母親這才察覺，露出抱歉的神情說，「哎呀，這樣子啊。」打從之前敬太郎努力找工作，並在四處碰壁後請須永介紹門路，須永受其委託代為周旋讓他見到內幸町的姨丈，這些事情須永的母親都在旁邊悉數眼見耳聞，因此如果真是周到細心的人，自己還沒開口之前，起碼就該問問自己結果如何才對。敬太郎如此觀察後，就用這句話當開場白，努力把之前發生的經過一五一十說出，但對方不時說出「就是啊」或「真是的，太不巧了」等等好像對雙方都很同情的感嘆，於是自己只好略去了氣憤之下口吐惡言的那段。須永的母親再三表達同情之意後，像要替田口辯解似地說——

「事實上他真的很忙。對我妹妹也是那樣，雖然住在一個屋簷下——也不知是怎樣——恐怕一個星期沒有一天能夠好好講幾句話。我看不下去也曾勸他說，就算賺到再多的錢，把身體累壞了豈不是得不償失，偶爾也該休息一下，俗話說身體就是本錢嘛。他聽了只是一笑置之說他也這麼想，但是事情不斷找上門，如果不趕緊處理，就會越堆越多放到臭掉所以沒辦法。我心想原來如此，結果他又說今天要帶我妹妹母女去鎌倉，叫他們立刻準備，簡直像有甚麼十萬火急的大事……」

「他們有女兒啊？」

「對，有二個。二人都已是適婚年齡，也差不多該嫁出去或找個贅婿了。」

「其中一人不能嫁給須永君嗎？」

須永的母親有點詞窮。敬太郎頓時醒悟自己只顧著滿足好奇心，問得太過深入。正當他思忖該如何轉移話題之際，對方意味深長地說，

「誰知道。對方父母也有父母的想法吧。況且當事人的想法也得問了才知道。這種事就算我一個人急著想怎樣也沒有用。」敬太郎一度已消退的好奇心差點又被這個回答激起，但立刻被另一股自知這樣不妥的理智壓下。

須永的母親猶在替田口辯解。她說田口那麼忙碌，有時難免也會迫不得已失約，但他只要答應過的事就絕對不會忘，所以她也給敬太郎不知算是提醒還是安慰的建議，勸他不如等田口旅行歸來，緩過一口氣後再去見面。

「矢來那邊是就算在家也不見客，這個不能勉強，但內幸町那邊是就算不在家，只要抽得出空也會趕回來見面，所以等他這次旅行歸來，就算不主動對他說甚麼，他肯定也會對市藏有所表示。我敢保證。」

被她這麼一說，田口的確像是那種人，但那也得自己這廂安分才管用，如果像之前那樣沉不住氣發怒肯定無法成事。不過事到如今也不可能坦白招認，因此敬太郎只是沉默不語。須永的母親還在說「別看他那樣板著臉，其實是個很愛開玩笑寶裡寶氣的人」，然後獨自笑了起來。

十三

寶裡寶氣這種形容詞，就田口的外貌及態度看來，敬太郎實在無法苟同。不過實際一聽，原來如此，好像的確有點道理。據說田口以前去某茶屋，曾對店員說，小姐這個電燈太熱了，能否調暗一點。女服務生面露詫異，問他是否要換個小燈泡，他一本正經吩咐說，不用，只要把這個燈稍微轉暗就行了。女服務生大概以為他是沒見過電燈的鄉巴佬，吃吃笑著說，先生，電燈和油燈不同，就算去扭它也不會變暗，只能關掉，你看。說著啪的一聲，室內變得一片漆黑，隨即又啪地恢復光明，而且她還像逗小娃娃似地大聲喊「哇」。但田口絲毫不為所動，甚至還煞有介事地忠告：「奇怪，你們這裡還使用舊式燈具啊。太難看了吧，和這個房子一點也不搭，還是趕緊向公司申請改裝才好，會按照順序替你們更換的。」女服務生也信以為真，似乎很佩服他的意見，也贊成改裝，說道，「這樣的確不方便，開燈睡著時嫌太亮，想必有很多人覺得困擾。」

還有一次是他去門司還是馬關辦事時，更是煞費心思惡作劇。當時本該一起去的A男臨時有事，他在旅館多待了二天等候對方。期間為了打發無聊，他決定戲弄A一下。這是他走在街上時，在一家照相館門口忽然想到的惡作劇，他從該店買了一張地方藝妓的照片。背面寫上「A先生惠存」，弄得就像是隨信附贈的小禮物。接著雇用一名女子，給她充分的時間使出渾身解數寫一封足以打動A的情書，不僅任誰收到都會高興，並且在信中表示「看今天的報紙，您明日應該就會抵達此地，久未問候特寫此信，盼您閱信之後能來某某處一敘」，總之內容相當曖昧。當晚他自己把這封信投入郵筒，翌日郵差來送信時又自己收信，然後靜待A的來臨。A到了之後，他也沒有立刻取出這封信。極力一本正經地針對公事嚴肅討論，最後二人共進晚餐時，他才好像突然想起似地從袖中取出那封信交給A。A看到信封上寫著「請盡速親展」，於是放下筷子立刻拆信，看了一下後抽出隨信附上的照片翻到背面一看，立刻揉成一團塞進懷中。問他是否有甚麼急事，A也只是含糊其辭地說沒事，心神恍惚地又拿起筷子，好像有點坐立不安，最後丟下尚未談完的公事，說聲「我肚子痛，稍微失陪」就回自己房間去了。田口叫來女服務生吩咐說，十五分鐘之內A應該會外出，當他出門時必須備妥車子，不待A開口就載著他上路，並且按照他的意思在某處的某店門口放他下車。他自己則比A先一步前往那一家，叫來那家的老闆娘請求，「待會，會有這樣一名男子乘坐亮著我旅館燈籠的車子前來，等他來了請立刻帶他進漂亮的包廂，鄭重奉為上賓，在他開口之前就先告訴他，他的同伴早已在此等候，然後妳就可以退下，立刻來通知我。」之後他獨自抱臂抽菸，靜待事件發展。於是一切按照預定計畫進行，終於輪到自己該出場了。這時他走到A的房間旁拉開隔間的紙門，打招呼說：「嗨，你來得真快。」A當下驚訝得臉色大變。田口在他面前一屁股坐下，把自己的惡作劇一五一十全告訴他，最後笑著說，「今晚我請客，當作戲弄你的賠禮。」

「他就是會做出這種惡作劇的男人。」須永的母親說完後自己也忍不住笑了。敬太郎一邊猜想上次那輛轎車該不會也是惡作劇，一邊回到租屋處。

十四

轎車事件後，敬太郎已對托田口找工作一事絕望了。同時，他想到那個疑似須永表妹的背影，想到自己才剛摸到答案的入口便就此擱淺，不禁感到恨得牙癢又割捨不下的不快。他並不認為自己是靠個人力量一路衝刺到今天。無論是念書或活動乃至其他任何事，他從來不曾認真地有始有終完成。打從出生到現在唯一做到的，頂多也只是把大學念完。就連那個學位，他也提不起勁念完，完全是人家把他拉扯到終點，因此雖然沒有半途而廢，卻也沒有終於努力鑿出一口水井時的暢快。

他就這樣恍恍惚惚過了四、五天。忽然想起學生時代學校邀請來的某宗教家說過的話。那位宗教家的家境優渥，照理說對家庭和社會應無不滿，卻自願遁入佛門，說起當時種種，他表示因為實在太不可思議才會走上這條路。此人即便站在清透的蔚藍晴空下，據說也只覺得四面八方無路可走喘不過氣。總覺得樹木房子和路上來往的行人雖然都能鮮明看見，唯有自己被關在玻璃箱中，無法和外界直接接觸，最後逐漸痛苦得幾乎窒息。敬太郎當時聽了之後，還曾懷疑此人或許罹患某種精神疾病，直到今日此刻之前都沒放在心上。然而這四、五天恍惚鬱悶中仔細想想，他過去從未感到完成任何事的快感，或許與這位宗教家未出家前的心境有相似之處。當然自己的鬱悶微弱得無法與之相較，而且性格也截然不同，沒必要像這位僧侶一樣毅然做出了不得的決斷。只要稍微奮發向上，就算沒成功也能比現在活得更痛快，可是自己卻直到今天都沒在那上頭用過心。

敬太郎獨自如此思索，決定要勇往直前試試看，可是另一方面，又覺得為時已晚，於是又漫無目標地虛度了三、四天。期間他去過有樂座戲院，也聽了相聲，和朋友聊天，在路上散步，做了各種事，但不管做甚麼都像去抓滑不溜手的光頭，絲毫無法掌握這世間萬物。他想下棋，卻感覺只能旁觀棋局。既然同樣是旁觀，他更想看波瀾曲折的有趣棋局。

於是他想像須永和那個背影女子的關係。本來就不是甚麼能在腦中胡亂著色的親密關係，況且就算真有關係也輪不到他來多管閒事，他一邊自嘲，心想「唉，真可笑」，卻還是有「但他們果真有甚麼瓜葛吧」的好奇心如之前一樣不時閃現。他忽然有個想法，如果有耐心地堅持走這條路，或許可以遇見自己以往從未經歷過的某種浪漫。於是他開始反思，自己在田口家玄關發怒，甚至為此放棄追查女人身分的這種急躁，是和好奇心不相稱的弱點。

關於求職也是，為了那點小誤會心生厭煩，哪怕只要說句話解釋一下，自己現在也不至於沒臉再去見田口。不管事情能不能成，尚未決定的未來就這樣不上不下地中斷了。而且還優柔寡斷地如此苦惱。按照須永母親的保證，田口這個老人應該是面冷心熱的人，或許等他旅行歸來，還肯再見敬太郎一面。但，自己必須再次打電話詢問對方幾時方便見面，萬一被對方不屑地當成沒常識的笨蛋也很沒意思。可是為了確切掌握貫徹到底的決心，就算被罵笨蛋，恐怕也有必要堅持到底——敬太郎鬱悶地左思右想。

十五

但這和當場決定自身大事的非常狀況不同，敬太郎的思緒在鬱悶的背後，還有一點輕飄飄的悠哉。到底該一條路走到底，還是就此打住，另尋一個新目標呢？這個問題不用考慮太久，打從當初就已極為簡單地有了答案。之所以為此猶豫，不是因為一旦抽錯籤就完了，會遭遇永無出頭之日的悲慘下場，而是因為不管選哪個都沒有太大影響，不知不覺產生了無所謂的怠惰心態。他就像是那種想睡覺時看書的人，一邊不想抗拒睡意，同時又試圖理解文字的意義看進腦海，在悠哉的懷中孵決斷之蛋，徒然為無法順利孵化而苦惱。在必須逃離這種優柔寡斷的藉口下，他暗自企圖滿足自己的好奇心。並且想把自己的未來交給算命師的八卦命盤來決定。他雖未受過那種不科學的教育，對於加持、祈禱、護身符、符咒、請巫降靈之類完全不相信，但他對這些東西的興趣，從小到現在都沒消失。他父親是個擅長占卜吉凶、且頗為神經質的人。記得在他小學時，某個星期天，他父親把衣襬撩起塞到腰間，扛著鋤頭跳下院子，敬太郎很好奇父親要做甚麼，正想跟過去，父親卻吩咐他說，

「你就待在這裡替我看著鐘，等到十二點鐘響了，立刻大聲通知我，到時候我就會開始挖那個位於乾位[4]的梅樹根部。」敬太郎幼小的心靈猜想八成又是要看家中風水，時鐘一響就按照父親的命令，大喊十二點到了。於是，當場倒是順利完成了，可是父親既然打算那麼精準地開挖，應該先校對一下時鐘的時間正不正確才對。敬太郎覺得父親的糊塗很可笑。因為學校的鐘和家裡的時間差了將近二十分鐘。沒想到之後他去摘草回來時，不慎被馬踢落河堤。不可思議的是他竟毫髮無傷，祖母非常高興，說這都是地藏菩薩的保佑，代替你受此一劫，不信你看，說完把他帶到繫馬柱旁邊的石頭地藏前，只見石像的頭部不翼而飛，只剩下紅色圍兜。敬太郎的腦中打從那時開始流入一抹怪誕色彩的雲朵。那抹雲彩因身體及周遭狀況時淡時濃變化不一，但唯一可以確定的是，直到他長大成人的今天仍未徹底消失。

因此，他總是望著路旁算命攤的燈籠，視之為流傳到明治時代的有趣職業之一。不過他還沒有迷信到花錢去算命的地步，只是趁著散步時，偶見被燈籠的火光照亮清冷面孔的女人悄然站在算命攤前，他就會好奇地想，像這種未來籠罩暗影，沉思苦惱的可憐人，算命師究竟能夠帶給她多大的希望與不安、畏懼、自信？於是他經常半帶好玩地悄悄走近，躲在暗處偷聽。他有個朋友，對自己的腦力深感悲觀，正在煩惱該參加考試還是放棄升學時，有人在旅途中順道求來善光寺如來的神籤，是第五十五號吉籤，特地郵寄給這個朋友，籤詩中有一句「雲破天開月光明」，還有一句「繁花綻放榮景再」，於是此人說凡事總得試了才知道，決定去考試，結果順利考取，他高興之下，甚至四處去神社參拜求籤。而且他求籤並無特別目的，所以這種人就算是平時，肯定也有充分的資格當算命師的顧客。相較之下，面對這次的情況，為了尋求些許慰藉，敬太郎也萌生了不如去算命的念頭。

十六

敬太郎思忖該去找哪個算命師，可惜他毫無頭緒。過去倒是聽說白山後面或芝公園內、銀座幾丁目有兩三家算命的，但他覺得那些名氣最響亮的算命師似乎都是騙子所以不想去，可是那種明知自己說謊還強詞奪理說得頭頭是道的傢伙更糟，可以的話他希望找一家沒甚麼客人的算命攤，聽聽留鬍子的沉靜老先生以警世之語簡

4 乾位，西北方。戌與亥的中間。

潔道破天機。他一邊這麼想，一邊在腦中描繪出父親以前常去請教的故鄉一本寺隱居老人。之後驀然察覺，自己不知在思考還是呆坐的模樣太可笑，於是決定姑且先在那一帶走走，他戴上帽子模糊想著，命運之神應該會引導自己撞見算命師的招牌吧。

他來到久違的下谷的車坂，從那裡向東直走，一路看著左右兩側的寺門、佛具店、老舊的中藥行、陳列著德川時代蒙塵已久的各種破銅爛鐵的古董店等等，刻意穿過東本願寺別院，來到奴鰻鰻魚店的轉角。

他小時候常聽熟知江戶時代淺草的祖父說起淺草觀音寺的繁華。甚麼仲見世[5]啦，奧山[6]啦，並木啦，駒形啦，在他聽到的這林林總總之中，甚至有現代人很少提及的名字。也聽過不少關於食物的故事，例如廣小路有隅屋這家供應菜飯[7]與田樂[8]的雅緻餐館，駒形堂前掛著美麗門簾的泥鰍料理店是多年老店云云，但是其中最刺激敬太郎的，還是長井兵助[9]表演的拔刀術，表演吞刀子的豆藏[10]，以及生活在江州伊吹山麓的四隻前腳六隻後腿的大蛤蟆曬乾的樣子。還有收在倉庫二樓櫃子裡的插圖小說，不知帶給孩童天馬行空的幻想多少解釋。例如穿著單齒木屐蹲在小型三寶供台上的男人，正要拔出比身體還高的刀子；盤腿坐在大蛤蟆上的怪盜兒雷也正使出某種魔法；白鬍子老公公拿著比臉還大的放大鏡，坐在中式桌子前，俯視趴伏在地的髮髻男人……大抵上所有不可思議的事物都是來自故事書，繽紛陳列在他想像中的淺草。因此敬太郎腦中的淺草觀音寺境內，有歷史性光怪陸離的色彩籠罩十八間本堂，從小就經常氤氳朦朧。來到東京後，這怪誕的迷夢雖然被狠狠打破，但不時還是會因為想到觀音寺的屋頂迄今或仍有鵲鳥築巢的念頭而動搖。今天也在「去淺草不知會如何」這個想法的驅使下，雙腳自動朝那裡走去。但當他從夜間遊樂場後方走到電影院前時，那人潮雜沓的盛況令他後知後覺地吃了一驚，覺得這絕對不是算命師會待的地方。但他想至少該去摸一下御賓頭盧[11]，卻忘記塑像在

---

5 仲見世，淺草的雷門至仁王門之間的商店街。

6 奧山，淺草公園北側一帶，江戶時代常有雜耍及馬戲在此表演。

7 菜飯，將青菜切碎與白米煮成的飯，或將青菜燙熟切碎拌入米飯。

8 田樂，將豆腐或蒟蒻、茄子塗上味噌醬燒烤的料理。

9 長井兵助，淺草知名的賣藝人。在路旁表演拔刀術來推銷藥膏。

10 豆藏，淺草代代相傳的賣藝人。擅長變魔術。

11 御賓頭盧，釋迦牟尼的弟子賓頭顱尊者，十六羅漢之一。塑像放於堂前，據說病人只要依自己患病部位摸塑像即可康復。

何處，他走上本堂，只看了魚河岸的大燈籠及源賴政降伏妖怪奴延鳥的畫就走出雷門。敬太郎判斷，從這裡走到淺草橋的路上應該會有一兩家算命館。如果看到了，就不管三七二十一直接進去吧。或者在高等工業學校前面拐彎穿過柳橋那邊也行，他就像用餐時間尋找適合的飯館一樣隨意漫步。沒想到真要找的時候偏偏找不到，平時只要出門散步到處都能看到算命的招牌，今天這麼寬的大馬路上居然一家算命館都看不到。敬太郎想到這個計畫或許也將照例半途而廢，不禁有點失望地來到藏前。這時終於看到一家他要找的算命館。細長的硬木厚板上，「占卜運勢」這行字的下方，用白字雕刻「金錢卦」，再下方，畫著塗漆的紅辣椒。這個奇怪的招牌首先吸引了敬太郎的目光。

十七

仔細一看這是某家藥材行隔出的空間，利用較狹小的地方向外搭建小屋，其中陳列七味辣椒粉的袋子，可見的確如招牌所言，除了賣那個也替人算命。敬太郎如此觀察，悄悄探頭朝貌似紅豆餅店的小屋內部一看，只見一個小老太婆獨自做針線。明明只有這一間小屋，卻壓根沒看到算命師的影子，或許是店主外出，只有妻子看家，但根據店面構造推測，後方或許與藥材行相連，因此也不能斷定店主是否真的外出。於是他上前兩三步，窺看藥材行，店內沒有吊掛八目鰻魚乾，也沒有裝飾大型龜殼，更沒有那種把假人的肚子打開露出五色內臟，陳列在架子上的傳統擺飾。當然也沒有貌似一本寺隱居老人的長鬍子老頭坐鎮。敬太郎又轉身，從掛著「占卜運勢」與「金錢卦」招牌的入口鑽進門簾內。做針線的老太婆停下手，從大眼鏡上方睨視敬太郎，最後只問了一句「算命嗎」。敬太郎說，「對，我想算命，可是算命師好像不在啊。」老太婆一聽，把膝上的柔軟布料收到角落，對他說「請進」。敬太郎老實地依言進屋一看，室內雖狹仄但並未髒得讓人呆不住。榻榻米甚至才剛換過還散發出嶄新的香氣。老太婆把沸騰的水壺滾水倒入茶杯，把香煎茶放到敬太郎面前。然後從以前似乎是放藥箱的架子取下小桌。桌上鋪著素面呢絨布，老太婆把小桌放到敬太郎的正對面，隨即又坐回原先的位子。

「我就是算命師。」

敬太郎大感意外。他完全無法想像，這個梳著小圓髻，身穿黑色緞領和服外罩樸素的條紋大褂，專心做針線看來像個家庭主婦的女人，竟然是自己未來命運的預言者。而且這個婦人的桌上沒有筮竹也沒有算籌或放大鏡，令他滿臉不可思議地乾瞪眼。老太婆拿起桌上的細長型袋子嘩嘩作響，取出九枚有孔的銅錢。敬太郎這才猜想這大概就是招牌上寫的「金錢卦」用的銅錢吧，但這九枚銅錢和冥冥之中操縱自己的命運之線究竟有何關係，他自然無從想像，只能來回比對銅錢上鑄造的圖案，以及裝銅錢的袋子，始終不發一語。袋子似乎是用能劇衣裳的碎布或裱褙剩餘的布料做的，雖有金線閃爍，看起來已經很舊，由於摩擦及歲月留下的痕跡，已完全失去亮麗色彩。

老太婆用不像老年人的纖纖玉指將九枚銅錢三枚一列排成三列，倏然抬頭問，

「你要算自身運勢嗎？」

「聽聽我這輩子的運勢當然也可以，不過我更想知道此刻該怎麼做才好，決定這個問題對我而言很重要，所以想請您指點迷津。」

老太婆回答「是嗎」，又問敬太郎今年貴庚。然後確認他的出生日期。之後似乎在心算，只見她時而屈指時而沉思，最後又用漂亮的手指重新排列那些銅錢。敬太郎用飽含深意的眼神旁觀她將銅錢時而翻到正面出現波浪，時而翻到背面出現文字，不斷變換三列銅錢的順序與排列。

十八

老太婆將手放在膝上半晌，不發一語凝視舊銅錢，最後似乎得出明快的結論，「你現在很猶豫。」她斬釘截鐵說著望向敬太郎。敬太郎刻意不回答。

「你在猶豫該前進還是作罷，這樣會吃虧喔。繼續前進或許暫時似乎不如意，但到頭來還是對你有好處。」

老太婆到此打住，又閉嘴窺探敬太郎的反應。敬太郎原本打從一開始就暗自下定決心，自己只負責嗯嗯有聲地聽對方說，並不打算說任何話，但老太婆的這句話，似乎在自己懵懂的腦中，隨著對方的聲音倏然現形，令他忍不住想回應那個刺激。

「前進也不會失敗嗎？」

「對。所以你要盡量成熟應對。千萬不能急躁。」

雖然覺得這根本不是預言，只不過是適用於任何人的常識性忠告，但老太婆的態度看不出故弄玄虛的跡象，因此他又繼續發問：

「若要前進，又該往哪個方向前進呢？」

「這個你自己應該很清楚。我只能說，你應該再往前走幾步，那樣對你有好處。」

如此一來，敬太郎礙於情勢也不可能說聲「是嗎」就退縮了。

「可是路有二條，我想知道該走哪一條比較好。」

老太婆再次沉默望著銅錢，最後用比之前凝重的口吻回答，「都一樣。」然後撿起剛才做針線時散落的線頭，從中挑出相當長的紅色與深藍色絲線，當著敬太郎的面，開始俐落地搓繩子。敬太郎以為她只是閒著無聊搓著玩，並未特別留意，但老太婆仔細搓成五、六寸長，放在銅錢上。

「請看。這樣搓在一起，一條線等於二條線，二條線也等於一條線。而且是鮮豔的紅色和樸素的深藍色。年輕時總是滿心只想奔向鮮豔的一方，往往因此失敗，但你現在就像這條搓好的繩子，正好二者合為一體所以很幸運。」

絲線的比喻聽起來怪有趣的，但是聽到老太婆說他很幸運，敬太郎感到的不是開心反而是可笑。

「那您是說如果我按照那深藍色絲線腳踏實地，期間自然會有鮮豔的紅色出現嗎？」敬太郎像是終於領會對方的意思如此問道。

「是的，應該會如此。」老太婆回答。打從開始，敬太郎就沒有苦惱到非得靠算命師的一句話來作出命運的抉擇，但光是這樣就離開又有點不甘心。老太婆說的話，如果是和自己的心事相隔十萬八千里的另一個世界的訊息，那自然沒啥好說，但換個角度解釋或許也能應用在自己此刻煩惱的問題上，因此敬太郎還有點意猶未盡。

「您沒有其他的指點了嗎？」

「這個嘛，近日之內或許發生一點事情。」

「是災禍？」

「應該不算是災禍，但你如果不小心就會受挫。而且一但受挫就再也無法挽救。」

十九

敬太郎的好奇心頓時變得稍微敏銳。

「到底是指甚麼性質的事呢？」
「那要等事情發生了才知道。不過應該不是盜竊或水難之類的。」
「那我應該怎麼下功夫才能避免失敗，您也不清楚囉？」
「也不是不清楚，如果你想，我可以再替你算一次。」
敬太郎當然只好說那就拜託您。老太婆又靈巧地運用纖細的指尖，把那些銅錢重新排列。在敬太郎看來，之前的排列方式和這次的大抵上很相似，但老太婆似乎看出其中有甚麼重大差異，即便只是翻動其中一枚也沒有輕率下手。好不容易九枚都各自調整好之後，老太婆才對敬太郎說，「我大致知道了」。
「我該怎麼做才好呢？」
「該怎麼做不能問我，算命只是根據陰陽之理顯現大概輪廓，實際上還是得靠各人當下面臨狀況時配合那個大概輪廓去思考，卦象就是這樣。你擁有似自己又似他人的，似長又似短，似出又似入的東西，所以下次如果發生事情，首先請別忘記這個。如此一來必然順利。」
敬太郎只覺得一頭霧水。就算是根據陰陽之理顯現了大概輪廓，這樣甚至連個方向都沒有，令他如墜五里霧中。不管是真是假，至少得讓老太婆再說得更明確一點以便參考，於是他又試著提了兩三個問題，可惜還是含糊不清。敬太郎終於將這宛如禪宗夢話的占卜，如同手巾包裹的懷爐囫圇塞在懷中就此離去。臨走時還買了二袋七味辣椒粉塞進袖子。

翌日他坐在早餐桌前，掀開冒煙的味噌湯碗的蓋子時，忽然想起昨天買的七味辣椒粉，連忙從袖子取出那袋辣椒粉，充分撒在味噌湯上，忍著火辣辣的刺激用完早餐後，他試著回想老太婆所說的「根據陰陽之理顯現大概輪廓」，卻還是一片模糊。但他並非熱中算命的人，還不至於為了這種無從破解的謎題煞費苦心，因此他也沒有非要找到解釋的焦慮苦悶。只是覺得那種神祕莫測有點異樣的趣味，趁著還沒忘，把老太婆說的話抄寫在紙條上放入桌子抽屜。

對於是否該設法再見一次田口，敬太郎認為昨天老太婆的建言已經斷定。但他認為自己並非因為相信算命才行動，只不過是在即將行動之際得到老太婆促使他行動的機緣。他想去找須永問問看他姨丈從大阪回來了沒有，但轎車事件的記憶猶新，沉甸甸壓在心頭，令他沒勇氣前去。這種時候也不方便打電話。迫不得已，他決定寫信。他在信中將之前對須永母親說過的話扼要重述一次之後，詢問田口是否已旅行歸來，如果回來了，雖知對方忙碌甚感惶恐，能否安排他再去見對方一次，自己閒著沒事，因此對方指定的任何時間他都能配合。總之他表現得好像已把上次自己發怒之事忘了一乾二淨。寄出這封信的同時，他預測須永應該明天就會有回音。不料過了兩三天還沒動靜，他開始有點忐忑不安。也有點後悔自己不該被算命的幾句話就說動，這樣丟臉豈不是太沒意思。結果到了第四天上午，田口突然打電話來找他。

二十

他接起電話一聽，意外地竟是田口本人，簡單詢問他能否現在立刻過去。敬太郎說他馬上出門，但光是這樣就掛電話好像有點太冷漠無情，於是為了增添一點人情味，他問田口：「須永君是否跟您說了甚麼？」。結果對方說，「對，市藏說你想見我一面，為了節省麻煩所以由我直接跟你聯絡。那我就在家等你，請立刻過來。」說完就結束這通電話。敬太郎又穿上那條正式寬褲，心想這次應該大有希望。之後從帽架取下前不久剛買的紳士帽，憧憬未來的臉孔充滿蓬勃生氣，暢快地出了門。外面的日光已融化白色冰霜，也沒有冷風呼嘯，溫暖地照耀安詳的街道。

敬太郎在穿越其間的電車上，感到自己正破光前進。

田口家的玄關和上次不同，頗為蕭瑟冷清。上次那個穿寬褲的工讀生出來應門時，敬太郎雖然有點尷尬，但他也開不了口說上次失禮了，因此只是裝作若無其事地鄭重表明來意。工讀生不知還記不記得敬太郎，只是應了一聲接下名片就進屋去了，之後出來說聲這邊請，把他帶去會客室。敬太郎換上工讀生替他併攏放好的拖鞋，像個客人一樣進去，但他隨即有點遲疑，不知自己該坐在四、五張椅子的哪一張。基於「總之選最小的應該就不會錯」的謙遜，他選了沒有扶手也沒有裝飾看起來最輕的那張椅子，故意選擇不好的位置坐下。

之後主人出來了。敬太郎說出生疏的客套話，對初次謀面而造訪及對方同意接見表達謝意後，主人只是隨便聽聽，嗯嗯啊啊地接腔。而且不管敬太郎停頓幾次，對方都沒有說話。他對主人的態度雖不至於失望，但自己已經掰不出話繼續下去，因此有點傷腦筋。把事先設想的客套話都說完之後，敬太郎就沒戲唱了，明知氣氛很乾卻還是不得不陷入沉默。主人從菸盒取出一根敷島，接著把菸盒朝敬太郎那邊稍微推過去。

「我從市藏那裡聽說了一點你的事，你究竟希望找甚麼工作呢？」

老實說，敬太郎並沒有任何特別的希望。他一心只想著能得到不錯的工作就好，因此被這麼一問，只能愣怔回答：

「我對各方面都懷抱希望。」

田口笑了出來。然後露出愉悅的表情，誠懇地勸告他，如今大學畢業生變得這麼多，就算有人出面關照，也不可能一開始就得到很好的職位。但這點用不著田口再次說明，敬太郎自己早就痛切理解了。

「我甚麼都願意做。」

「甚麼都願意做？你總不可能去鐵路局當剪票員吧？」

「不，我可以。至少總比遊手好閒強。只要是有前途的工作，我真的甚麼都願意做。不說別的，光是能夠擺脫遊手好閒的痛苦就夠了。」

「既然你這麼想，那我也盡量替你留意吧。不過恐怕無法立刻安排。」

「您放心——您可以先試用看看，比方說府上的——這麼說或許很怪，但府上的私事也行，總之可以試著差遣我。」

「那種事你也願意做嗎？」

「是的。」

「那好，說不定還真有甚麼事情要拜託你。甚麼時候都可以嗎？」

「對，不過當然是越快越好。」

敬太郎就此結束會面，神清氣爽地離去。

二十一

安穩的冬天又持續了兩三天。敬太郎從三樓房間眺望窗口映現的天空、樹木和屋頂瓦片，這溫煦的陽光以橙色溫暖大自然，彷彿是為自己照亮世界，讓他滿心愉快。上次會面後，他開始堅信，近日之內就會有對自己有利的好結果落到頭上。而且那個結果會偽裝成如何怪異的形狀出現在他眼前，成了他最大的期待。他委託田口找的工作，甚至包含超乎一般委託者的期盼。他不僅希望得到一份固定工作，也期待從田口那裡得到充滿刺激的臨時任務。以他的個性，他不禁認為只要有成功的影子倏然閃現，想必就會有不同於尋常雜務、特別精彩的任務猝然扔到他面前。抱著這種希望，他每天沐浴美麗的日光。

過了四天之後，田口再次打電話來。他說有點事情想委託，但特地把敬太郎叫去也不好意思，打電話得解釋半天反而更麻煩，無奈之下只好寫信寄限時專送，詳情請敬太郎看了自然就明白。如果還有不清楚的，屆時再打電話詢問亦可。敬太郎頓時有種本來視線模糊的望遠鏡終於對準焦距時的愉快。

他寸步不離桌前，等候限時專送送達。期間不斷發揮自己的想像力，在心中揣測田口所謂的事情。上次在須永家門前看到的背影女子，一不留神就擅自闖入他的想像中。當他驀然驚覺，想到自己應該思考更實際的事物時，這才譴責自己不著邊際的幻想，就這樣焦慮地度過。

最後他苦等的信終於落入他手中。他唰地一聲撕開信封。來不及喘口氣就一口氣把信看完，不禁低聲驚呼。因為對方委託給他的差事比他幻想的更浪漫。信中內容很簡單，除了差事之外沒有任何贅詞。信中說今天下午四點至五點之間，有一名年約四十的男子會從三田那邊搭乘電車在小川町車站下車。此人戴著黑色紳士帽穿白點外套，是長臉高個、身材乾瘦的紳士，眉心有顆大黑痣是此人最大的特徵，而敬太郎的任務，就是監視此人下電車之後二小時內的行動，然後向田口報告。敬太郎忽然感到自己像是危險的偵探小說中的主角之一。同時也開始懷疑，田口是否為了維護自己在社會上的利益，私底下做這種見不得人的舉動，掌握他人弱點以備他日之需。這麼想時，他感到做他人走狗的不名譽和不道德，腋下流出苦悶黏膩的冷汗。他抓著信，兩眼發直就此僵住了。但根據須永母親那裡聽來的田口個性，以及自己當面見到他時的印象來推斷，田口應該不是那種壞人，所以就算要打探別人的私事，也不見得是出於那麼下流的居心，敬太郎這麼推斷之後，原先僵直的肌肉底層又開始有熱血流動，沒有悖德的噁心，能夠遊刃有餘地純粹基於興趣好玩看待這個問題。於是作為接觸社會的第一次經驗，他決定無論如何一定要按照田口的委託完成這個任務。他再次慎重重讀田口的來信。確認是否能夠單憑信中所寫的特徵與條件得到滿意的結果。

二十二

田口告訴他的對方特徵之中，真正不離其身的，只有眉心的那顆黑痣，但如今晝短夜長，要在午後四、五點的昏暗光線下，從匆忙上下車的大量乘客中，根據田口指定部位的一顆黑痣正確找到那人並非易事。尤其是說到四、五點之間，正是下班時間，光是從丸之內搭乘唯一一條線的電車去神田橋的公務員人數就不少。況且下車地點又和別處不同，是熱鬧的小川町，眼看年關將至，兩側店家除了燈火通明，還會擺出布條、樂隊、留聲機等等裝飾炒熱買氣，招攬路過的客人，這種混雜情況也得列入考慮。想像那種情景之後再考慮事情的成敗，他不禁對自己的能力產生懷疑。不過只要看到有人穿白點外套戴黑色紳士帽下電車，便還有一絲希望找到目標人物。當然，如果只有白點外套，絕對不可能當成線索，但是如果還戴了黑色紳士帽，這年頭除了品味奇特者，無人會戴那種帽子，所以應該一眼便可發現。如果用那個當目標注意觀察，說不定會成功。

這麼一想，敬太郎決定不管怎樣先去車站再說。一看時鐘，才剛過一點。他預訂三點半抵達，所以三點出發的話時間綽綽有餘，還有二個小時。他打算善加利用這二小時，坐著不動。但眼前只有美土代町和小川町呈丁字型交叉的三角地帶的雜沓映現，卻想不出足以成功完成任務的手段。他越想，思緒就越被同一個地點吸引就此停滯不動。這時，深怕見不到目標人物的憂慮，伴隨不安在心頭騷動。敬太郎決定乾脆在外面走路直到時間來臨為止。下定決心後，雙手撐著桌邊正欲猛然起身之際，他忽然想起上次在淺草，算命老太婆提醒他的那句「近日之內會有事發生，屆時別忘記如何如何。」雖然他把老太婆當時說的話當成無解之謎，幾乎已拋到腦後，但是為了留作參考，他還是特地抄寫下來放在桌子抽屜。於是他又取出那張紙條，不厭其煩地打量「似自己又似他人的，似長又似短，似出又似入」這句話。起初還是像之前一樣根本看不出有甚麼意義，但是一再重看的過程中，他開始覺得只要耐心思考，或許真的會出現具有這種奇妙特性的東西。而日敬太郎記得老太婆提醒過他，自己身邊就有這樣東西，還叫他遇上緊要關頭千萬別忘記。總之是甚麼都行，只要能夠從身邊的物品中，找到似自己又似他人，似長又似短，似出又似入的東西，便可在較小範圍內解決這個問題，說不定能夠意外地迅速完成任務。於是他決定把接下來自由活動的二小時拿來解謎，好好加以利用。

可是他先從眼前的桌子、書籍、手帕、坐墊依序搜尋，乃至行李箱和襪子，卻始終沒找到符合的物品，眼看時間已過了一小時。腦子隨著焦躁逐漸混亂。他的思緒在室內四處穿梭無法鎮定，甚至不聽控制地跑到戶外。最後在他眼前，一個穿著白點外套頭戴黑色紳士帽身材高瘦的紳士，帶著他正要尋找的那個人物的權威，活生生地出現了。那張臉忽然變成人在大連的森本的臉。當他用想像之眼望著森本那張滿臉邋遢鬍子的臉孔時，忽然像觸電般叫了一聲。

二十三

森本二字早已成為在敬太郎耳中傳達異響的媒介，但這時更加升級，變成一種符號。本來只要這人的名字出現，必然會聯想到那支手杖，但無論是把手杖解釋為牽起二人的緣分，或者視為插入二人之間的障礙，總之森本與這根竹棍之間有種距離，照理說不可能一眨眼就能從這頭移轉到那頭，可是現在二者合一，說到森本就想到手杖，說到手杖就想到森本，強烈刺激敬太郎。在他受到刺激的腦中，手杖似乎是自己的又似森本所有，無法斷定屬於誰的念頭，隨著熱血流過偶然浮現時，他忽然大叫「啊，就是這個」，從凌亂逃竄的黑影中猛然捕捉到那支手杖。

他堅信這下子終於解開老太婆說的那個「似自己又似他人的」的謎語，獨自為之欣喜。但是他還沒想出「似長又似短，似出又似入」的解答，於是企圖從這支手杖中也同樣找出另外二條的特性，更加賣力地動腦筋。

起初他想，或許意思是根據不同的看法可長也可短，但更深入思考後，他發現那太平凡，有解釋也等於沒解釋。於是又回頭在口中喃喃重複「似長又似短」這句話不斷思索。但是看來並不容易解決。一看時鐘，可以自由運用的二小時已經只剩三十分鐘了。他對自己的判斷產生懷疑，深怕自己該不會是把死巷誤當成捷徑，陷入自尋煩惱的苦悶。他一下子覺得與其這樣停在死胡同鑽牛角尖，還不如回到原點另尋他途。一下子又覺得時間已所剩不多，要重新來過終究來不及。不如把目前得到部分成功的進展當作好兆頭，繼續向前努力才是正理。這樣左思右想拿不定主意之際，他的思緒忽然抽離整支手杖，轉向握把雕刻的蛇頭。那一瞬間，他不禁拿鱗片閃亮的細長蛇身與貌似湯匙的短小蛇頭做比較，蛇頭沒有身體，所以本該很長卻被切得很短，他當下醒悟那正是似長又似短之物。這個答案如閃電掠過腦海深處，得意洋洋地躍現。剩下「似出又似入」這個謎題也沒費甚麼力氣，大約只花了五分鐘就想出解答。他想起那個難以名狀不知是雞蛋還是青蛙的東西在蛇口若隱若現，既沒有被完全吞下，也沒有徹底逃離，處於不知是出是入的狀態，於是立刻判斷答案就是這個。

敬太郎心想這下子萬事解決了，雀躍地離開桌前，把懷錶的鍊子纏在腰帶上。手拿著帽子，沒穿正式寬褲就想出門，但是怎麼把那支手杖帶走的問題讓他有點躊躇。森本丟下手杖不告而別已經很久，事到如今即使沒有徵得房東同意，別說是碰觸，就算是從傘架取出手杖，房東肯定也不會責怪或起疑，但是若要趁房東夫妻不在家，或者就算在家也沒看到時把手杖拿走，還是需要相當的計畫或準備。

在迷信的家庭長大的敬太郎，以前在家鄉就常聽母親說，傳說中碰觸符咒加持的物品時（接下來就打算用於那種目的），一定要趁著別人沒看見時偷偷進行才管用。敬太郎假裝要看掛在租屋處門口正面的時鐘，悄悄走下二樓樓梯的一半偷窺樓下的狀況。

二十四

房東在三坪的起居室照例抱著巨大的陶瓷圓火盆。沒看到房東太太。敬太郎在樓梯中央彎著腰，隔著門上的玻璃窺探室內，房東的頭上忽然響起刺耳的鈴聲。房東仰頭看房間號碼，對隔壁房間喊道，「喂，有沒有人在！」敬太郎又慢吞吞回到自己三樓的房間。

他特地打開櫃子，取出扔在行李上的嗶嘰布料寬褲。穿上時，把腰部硬挺的襯板向後扯，在室內走來走去。之後他脫下足袋，換上襪子。簡單換好衣服後，他又下樓。探頭一看起居室，依然不見房東太太的人影。女傭也不在。鈴聲也沒有再次響起。家中悄然無聲。唯有房東像之前一樣倚靠圓火盆，面向門口坐著不動。敬太郎不敢真的走到樓下，站在樓梯高處側窺房東弓起的背脊，他心忖這樣還是不方便，終於鼓起勇氣下樓來到脫鞋口。房東果然打招呼說「您要出門啊」。然後照例準備喚來女傭替敬太郎取出放在鞋櫃的鞋子。敬太郎要瞞過房東一人的眼睛就已煞費苦心了，如果連女傭都來了只會更棘手，於是忙不迭說「不，不用麻煩了」，一邊自己掀起鞋櫃的簾子，迅速取下鞋子。幸好直到他走下脫鞋口，女傭都還沒出現。不過，房東依然面朝著他這邊。

「有點小事想麻煩你。我房間桌上應該有這個月的法學協會雜誌，能否請你替我拿來？我已經穿鞋了，懶得再脫鞋上樓。」

敬太郎知道這位房東對法律稍有心得，故意這麼拜託。房東知道這種事除了自己誰也辦不了，因此說聲「沒問題」就爽快起身上樓去了。敬太郎利用這空檔從傘架抽出那支手杖，藏在外套底下抱住，趁著房東還沒回來悄悄出門。他將杖頭彎曲的一角夾在右邊腋下，快步來到本鄉的街上。這時他從外套底下取出手杖凝視蛇頭。用袖子裡的手帕從上到下把灰塵擦得乾乾淨淨。之後像拿普通手杖一樣用右手握住，大力揮舞著前進。在電車上，他雙手交疊在蛇頭，下巴靠在那上面。他終於可以回顧到此告一段落的努力成果，安心鬆了一口氣。同時他又開始惦記接下來去田口指定的車站後能否順利完成任務。仔細想想，他其實根本沒考慮過，如此大費周章偷偷摸摸拿出來的手杖，要怎麼幫助自己找出眉心有黑痣的男人。他只是按照算命老太婆所言，拼命尋找似自己又似他人的、似長又似短、似出又似入的東西，然後千方百計帶在身邊罷了。這支看似古怪又平凡、而且輕得要命的竹棍，不管是讓它躺著或豎著，拿著或藏在袖中，對自己尋找陌生人物究竟能派上甚麼用場？當他這麼懷疑時，他忽然像甩掉瘧疾般豁然清醒，環視車廂內，並且對之前急躁得幾乎頭頂冒煙的努力感到羞恥。為了掩飾自己的作為，他故意重新握住手杖，叩叩輕敲電車的地板。

終於抵達目的地時，他先從青年會館前折返，來到小川町的街上，距離四點還有十五分鐘左右，因此他越過行人穿梭電車鳴響的大馬路到對面。那裡有個派出所哨亭。他就像站在派出所前的警察一樣，從紅色郵筒旁眺望筆直往南的大馬路，以及畫出徐緩弧度繞向左右的寬闊道路。好歹檢視過自己接下來將要活躍的舞台後，他立刻去確認車站的位置。

二十五

從紅色郵筒向東走十公尺左右，白漆寫著小川町車站的鐵柱立刻映入他的眼簾。他心想只要在這裡等候，就算因人潮擁擠一時找不到目標人物，至少可以依賴自己提前在規定時間抵達部署的這個優勢，有了這樣的安心感後，他又離開那根鐵柱，環視四周的情景。在他身後就是傳統倉庫構造的陶瓷店。許多小酒杯並排放在箱中，鑲在玻璃框內掛在簷下就像一幅畫。也掛著鐵製大鳥籠，籠子外頭綁了幾個陶瓷做的鳥食罐。隔壁是皮件行。眼睛和爪子依然栩栩如生的大塊虎皮，鑲了紅色毛呢滾邊，成了這家店主要的裝飾。敬太郎深深凝視那琥珀似的虎眼。也有細長潔白的皮毛做成類似圍巾的東西，末端還附帶小狸貓似的臉孔看起來很滑稽。他取出懷錶看時間，一邊走向下一家店。然後湊近珠寶店的玻璃櫥窗窺看裡面美麗陳列的瑪瑙雕刻的透明兔子、紫水晶做成的方形印石、翡翠掛飾、孔雀石繩扣及金戒指、金鍊子等等。

敬太郎這樣一間一間依序逛過去，最後越過天下堂前來到中國木工藝品店前。

這時從後方駛來的電車突然在自己走的街道對面停下，他抱著一絲懷疑，越過馬路走近位於窄小橫巷轉角的舶來品店，只見那邊也有一根鐵柱，和之前的鐵柱一樣用白漆寫著小川町車站這行字。為求保險，他站在這個街角等了兩三班電車。起初來的那班車是從青山發車。其次來的是從九段新宿發車。但都是從萬世橋那邊過來的直行車，所以他總算安心了。這下子再也不用擔心，差不多該回原先的位置了，於是他轉身邁步，這時有一班電車從南邊駛來在美土代町的轉角迴轉，在敬太郎身旁停下。他看到電車司機頭上高掛的「巢鴨」這二個黑字，這才發現自己的疏忽。從三田那邊穿過丸之內在小川町下車，可以筆直穿過神田橋大道左轉，在敬太郎此刻站的車站下車，也可以右轉在他之前檢查過的陶瓷店前下車。而且二者同樣都用白漆寫著小川町車站，自己接下來要跟蹤的黑色紳士帽男人到底會在哪一邊下車，他完全摸不准。他抬眼目測二根紅色鐵柱之間的距離，還不到一百公尺，但就算相距不遠，以他的監視能力連專門盯著一邊都沒把握，更何況是要求兩邊都得滴水不漏地全程監視，就算敬太郎想如何高估自己的本領，以他現在的能耐也絕對做不到。他基於自己住處的地緣關係，通常只搭乘往返本鄉與三田之間的電車，直到此刻之前，壓根沒察覺還有一條從巢鴨經過水道橋同樣通往三田的電車路線，他對自己的糊塗深感後悔。

他在困窘之下忽然想到一個逼不得已的辦法，那就是向須永求助。但是只剩七分鐘就要四點了。雖然須永就住在這後面的巷子，可是算上跑到須永家門前的時間，和大略說明原委所需的時間，終究來不及。就算時間來得及，如果讓須永負責盯住另一邊，萬一那個紳士在須永那邊下車，須永必須以某種手段通知敬太郎。而且是在這擁擠的人潮中，光是舉手或揮舞手帕恐怕不管用。為了明確知會敬太郎，甚至可以說只能用驚動眾人的大嗓門吼叫，但這麼唐突的舉動，須永那種就算在緊要關頭也注重體面的男人絕對做不出來。就算須永勉強答應這麼做，等到敬太郎趕過來時，那個戴黑色紳士帽的男人說不定也已不見了。——敬太郎這麼思忖後，只好決定聽天由命，自己堅守某一方車站。

二十六

雖然下定決心，但那就像為了不離開現在站的地方找藉口偷懶，所以他不禁感到刻意將成敗置之度外時的那種不安。他伸長脖子，又望向東邊的車站，不知是因為位置，還是坐向，抑或是自己平時習慣在那上下車的關係，總覺得那邊看起來特別熱鬧。他感到要找的人好像也會在那邊下車。他思忖著是否該再次更換監視地點，猶豫不決地躊躇片刻。這時有一輛開往江戶川的電車緩緩停下。車掌確認無人下車後，不到一分鐘又準備開車。敬太郎背對穿過錦町的小巷，拿不定主意該留在這裡還是去那邊，因此幾乎完全沒注意到眼前的電車。這時後方的小巷突然跑出來一個男人，用力推開敬太郎，跳上手握方向盤準備發車的司機車上。敬太郎猶在驚魂未定時，電車已喀噹一聲啟動了。跳上車的男人從玻璃窗探出半截身子說抱歉。敬太郎與那個男人面對面時，注意到他最後的視線落在自己的腳下。原來剛才他撞到敬太郎時，把敬太郎手裡的手杖踢到地上了。敬太郎立刻彎腰想撿起手杖，這時他察覺蛇頭湊巧倒向東方。而且蛇頭的樣子就像是指點方向的指標。

「還是東邊比較好吧。」

敬太郎立刻快步回到陶瓷店前。打起精神瞄準寫有本鄉三丁目的電車，盯著下車的乘客一一檢視。他像盯著殺父仇人似地，用可怕的眼神檢視起初抵達的兩三班電車，之後隨著心情逐漸從容，底氣也越來越足。他把自己放眼所及的廣場當成一個舞台，發現有三個男人和自己的態度一樣。其中一人是派出所的警察，和自己面向同樣的方向同樣站立。另一人是天下堂前的轉轍員。最後一人是在廣場中央把紅旗和藍旗當成神聖象徵揮舞著指揮交通，看起來頗有智慧的中年人。敬太郎暗想，這幾人之中恐怕只有警察和自己期待著不知幾時會發生的任務，在旁人看來只是百無聊賴地杵著吧。

電車輪番在他面前停下。要上車的人硬生生擠進擁擠的車廂內，要下車的人蠻橫地從車上壓下來。敬太郎一次又一次看著不知身分來歷的男男女女聚集又分散，在自己眼前粗魯地上演爭先搶快。但他等了又等還是沒看到他要找的黑帽男人出現。說不定對方早已在西邊的車站下車了？這麼一想，他就覺得這樣猛盯著無用人群的臉孔，呆站在一個地方看得眼花實在太蠢了。敬太郎覺得之前坐在租屋處桌前腦袋發熱浪費掉的二小時，還不如用來與須永充分討論取得他的援助，才是更符合常識的做法。當他痛切嘗到這苦果時，天空已漸漸失去光芒，眼中所見的事物全都沉入暮色。替陰鬱的冬日黃昏增色的瓦斯燈與電燈開始一盞接一盞照亮各處的商店玻璃。驀然回過神一看，敬太郎這才發現二公尺外站著一個梳廂髮[12]的年輕女子。

12 廂髮，前髮與兩鬢向前鼓起的一種束髮髮型。明治至大正初年流行。

他自認為每次電車上下客人，他的視野餘光都有朝自己的左右掃視，可是意外在身旁發現不知何時從哪走近的女人時，他當下先被女人的存在嚇了一跳。

二十七

女人配合年齡穿著長得幾乎拖地的樸素大衣。敬太郎想像衣服裡面裝飾年輕人肉體的華麗色彩。女人好似要刻意與世間隔絕般把自己包裹起來。連襯衣的領子都用絲質圍巾遮住。絲絹的潔白隨著暮色逼近突顯在空氣中，除此之外女人周身並沒有任何吸引他人注意的衣飾。但她完全不在乎季節色彩，只管個人喜好的單一色彩，在敬太郎看來反倒格外惹眼。與其說他在漸暗的寒冷天空下撞見不協調的異物，更像是在灰撲撲的往來行人中發現一個亮點，因此注意到女人的頸部。女人正面承受敬太郎的注視時，立刻稍微轉身換了個方向。但她似乎還是不自在，抬起右手把鬢邊落下的頭髮撩到腦後。女人的頭髮本就很整齊，在敬太郎看來此舉只是故作姿態，但是看到那隻手時，他又對女人產生新的注意。

女人沒有像一般日本女性那樣戴絲質手套。山羊皮手套恰到好處地包裹纖細的手指。皮肉與羊皮完全貼合，看起來就像有一層薄薄的著色蠟液流過手背，沒有一絲皺紋也沒有一分鬆弛。敬太郎發現女人抬起手時，這手套將女人雪白的手腕也遮住三寸。他看到這裡又把視線轉向電車。但上下車的混亂結束後，目標人物沒出現，他心中又多了兩三分閒情逸致，雖然沒有執著到連這點工夫都要利用，他還是趁著電車沒出現的空檔，不引人注目地悄悄注視女人。

起初他以為這個女人要搭乘「開往本鄉」或「開往龜澤町」的電車。但即便這二輛電車依序抵達，停在面前，女人也毫無上車之意，他覺得有點奇怪。他又猜想，或許比起硬擠上客滿的車廂，忍受被人推擠得喘不過氣，女人寧可浪費一點時間獲取更舒服的乘車品質，但即便電車並未掛出客滿的牌子，看起來絕對有一兩個空位，女人也壓根沒有要上車的跡象，讓敬太郎越發感到奇怪。女人似乎發現受到敬太郎超乎尋常的注視，只要他稍微變換手腳姿勢，女人就會像沒下雨前先撐開傘的人一樣，刻意準備避開他的觀察。她會故意看著反方向，或是朝前方走出兩三步。因此，異樣謹慎的敬太郎也盡量不再露骨地朝女人望去。但最後他驀然察覺，這個女人該不會是因為路不熟，自以為是地隨便選了個車站，苦苦等候永遠不可能出現的電車吧。若是那樣應該好心提醒她才是。敬太郎忽然萌生勇氣，於是毫不猶豫地正面面對女人。這時女人忽然邁開腳步，走到五公尺外的珠寶店櫥窗，彷彿壓根沒發現敬太郎的存在，把額頭抵著櫥窗玻璃，開始瀏覽裡面陳列的戒指、腰帶扣、珊瑚擺飾等等。敬太郎本來好心想幫助陌生人，反而拉低了自己的位分和格調，讓他感到很荒謬。

女人的容貌從一開始就不怎麼吸引人。正面一看倒還好，可是側面望去鼻樑顯然有點塌。不過膚色白皙，雙眸炯炯有神。珠寶店的燈光此刻隔著玻璃照亮她的鼻子以及部分豐潤臉頰與額頭，在斜向而立的敬太郎看來，光影明暗形成一種奇妙的輪廓。他把那輪廓與女人包裹長大衣的身影收進心頭，又朝電車的方向轉頭。

二十八

又來了兩三班電車。而且那兩三班電車再次令敬太郎失望地朝東遠去。他似乎已對成功徹底絕望，從腰帶取出懷錶看。時間早已過了五點。他彷彿此刻才發現，仰望頭頂籠罩的黑色夜幕，苦澀地啐了一聲。如此大費周章張網捕鳥，鳥卻從西邊車站若無其事地逃走了，這麼一想，老太婆刻意揑造的唬人預言，還有他慎重取出的手杖，以及那根手杖給予的方位暗示，悉數令他憤恨不已。他環視黑夜中閃爍眼前的燈光，發現自己置身在那中心時，不由懷疑這燈火輝煌或許終究也只是自己做的殘夢幻影。雖覺掃興，卻仍抱著那種恍惚的心境佇立，最後終於覺悟不如趕緊回住處做個正常人。手杖等於是嘲笑自己愚蠢的證物，他決定在回去的路上找個無人看見的地方折成二半，把蛇頭和鐵箍都砸得稀巴爛，從萬世橋上扔進御茶水。

就在他邁步準備離去時，又發現之前的年輕女子。女子不知幾時已離開珠寶店的櫥窗，站在原先離他二公尺之處。她的身材高挑，手腳都比常人更修長，他從一開始就很欣賞，這時尤其是女人的右手吸引了他。女人態度自然地垂著手，完全沒料到旁人的注意。藉著夜晚的光線，他看見她規矩併攏的五根手指，被柔滑山羊皮緊緊包裹的手腕，以及手腕與袖口之間微露的膚色。這是個沒甚麼風的晚上，但是站久了還是很冷。女人不由把下巴埋進圍巾，垂眼靜止不動。敬太郎深信女人這種刻意不把他放在眼中的眼神，反而證明了女人很在意他。他從剛才就睜大眼睛尋找戴黑色紳士帽的男人，這個女人或許也以和他相同的敏銳注意力，不斷朝他這邊射來觀察之箭？或許過去這一個多小時，當他在這裡偵查某男子時，也正被某女子偵查。但一如他不明白到底為何要偵查那個身分不明的男人不知要幹嘛的行動，他同樣也不明白，自己為何會被一個身分不明的女人當成不知會做出甚麼舉動的人偵查。敬太郎覺得如果自己主動向前走幾步，應該會更清楚對方的意圖，於是緩緩從派出所後方向西走。當然為了不讓女人發現，他硬是不敢向後看。但是如果直視前方一直往前走，就沒機會達成最重要的目的，因此他大概走了二十公尺左右，就故意瀏覽並不想看的玻璃櫥窗，假裝在打量櫥窗內天鵝絨領的女用披風，一邊悄悄向後轉頭。頓時發現女人並不在自己背後。伸長脖子也只看到形形色色的路人從後方不斷超越他，就是沒看到女人的白圍巾和長大衣。他懷疑自己是否還有繼續前進的勇氣。關於那個戴黑色紳士帽的人物，現在早已過了約定的五點，就此放棄也不會有太大的遺憾，可是女人這邊，不管最後結果會是多麼無聊，他都想再觀察一下。懷疑自己正被女人監視的念頭，反而激起他的好奇心，他決定接下來觀察一下女人的行動。他就像要回頭撿拾失物般快步回到派出所附近。他躲在暗處窺探，只見女人依然文風不動面朝馬路的方向佇立。彷彿完全沒發現敬太郎回來。

二十九

這時敬太郎的腦中出現一個疑問：不知此女是黃花閨女還是有夫之婦？她像當代多數日本婦女一樣梳著廂髮，所以打從一開始就無法辨別身分。不過，敬太郎躲在暗處，從後方打量女人的身影時，又萌生一個疑問：對方屬於甚麼社會階級？

從外表看來她或許有過嫁人的經驗。但身體發育遠甚於常人，所以說不定其實年紀並沒有那麼大。既然如此為何要穿得那麼老氣？敬太郎是個對女裝的顏色和花樣無權置喙的男人，但他好歹有點印象，知道年輕女子通常會用足以趕走這陰鬱歲暮空氣的鮮豔色彩著裝。這個女人年紀輕輕，卻沒有任何足以刺激自己熱血的色彩，令他感到不可思議。女人全身的衣物只有包裹頸部的絲綢圍巾能夠稍微吸引旁人注意，但那也只不過是會讓人感到清潔的冷色調。其他部分都被與冬日寒空相輝映的長大衣徹底掩蓋。

敬太郎從後方再次看著她這身就年齡而言毫無女人味的衣服，判斷她絕對已有過男人。而且她的態度有點成熟女人的落落大方。他不認為那種落落大方純粹來自品行與教育。他懷疑那是接觸到家庭之外的空氣後，清純的羞怯宛如灑在手帕上的香水氣味自然消失。不僅如此，他之前就看到，在她的落落大方之中，還有點躁動不安，不時化為全身的動作，或是眉眼嘴巴的動作。而且他早已發現，活動最敏銳的應是女人那雙眼睛。但他同時也發現，女人在極力讓那雙敏銳靈動的眼睛不要動。所以他斷定，這個女人的沉穩，伴隨著自我壓抑的自覺。

不過從後方看來，女人無論身體或情緒都比較沉靜，似乎在二者之間取得平衡。此刻她和之前不同，沒有再換姿勢，也沒有走來走去，沒有湊近珠寶店的櫥窗，更沒有不勝寒冷的樣子，幾乎可以用嫻雅來形容，亭亭立在高出一段的人行道邊。旁邊等電車的人三三兩兩。他們都盯著從對面過來的電車，似乎恨不得把車子盡快招來自己身旁。敬太郎退開後似乎讓女人大為安心，成了其中最熱心等候的一人，動也不動地注意馬路對面的轉角。敬太郎從派出所後面繞到前面走下車道。以外牆粉刷油漆的派出所當掩護，從警察站的位置旁偷窺女人。隨即又對女人的表情變化暗自驚訝。之前從暗處望著女人背影時，他根據包裹她全身的暗色大衣、頎長身材、巨大廂髮為材料，遨遊在想像世界做出過度自由奔放的結論，但是此刻在她不知情的情況下放肆望著那張臉，就好像邂逅一個全新的人。簡而言之女人看起來比之前更年輕。那殷切等待的眼睛與嘴巴，充滿一種生動的嬌豔，除此之外看不出其他表情。敬太郎甚至在其中發現處女的天真無邪。

之後，一輛電車從女人凝視的方向緩緩沿著彎曲的軌道駛來。電車在女人面前滑行停止時，從車上走出二個男人。一人提著紙張包裹的紙箱，大步越過警察前面衝上人行道，另一人下了車立刻走到女人面前，就此駐足。

三十

敬太郎這時第一次看到女人的笑容。他從一開始就把薄唇大嘴當成女人的特徵之一，但是當女人露出美麗的貝齒，水汪汪的烏黑大眼笑得瞇起，上下睫毛幾乎貼到一起時，他的腦中又對女人產生作夢也沒想到的嶄新印象。敬太郎對女人的笑臉與其說看得失神，毋寧是驚訝地將視線轉移到男人身上。他這才發現男人頭上戴著黑色紳士帽。外套有沒有小白點看不清楚，但和帽子一樣黑暗的光澤射向敬太郎的雙眸。而且男人很高。也很瘦。但是說到年齡，敬太郎難以判斷。不過至少可以確定，那人一定比自己多活了很多年，因此他毫不猶豫地認定這人有四十歲。這麼多特點幾乎是不分先後同時進入心頭，他不得不斷定，自己從之前就痴痴苦等的目標人物此刻終於下車出現了。雖然早已過了指定的五點，卻因為突然奇想仍在原地閒逛的自己真是走運。他很慶幸偶然遇到那個年輕女子勾起他的好奇心，才能讓他突發奇想。也很慶幸那個年輕女人抱著比自己多一倍的自信與耐心，終於等到自己要找的人。因為他相信，他不僅可以針對這個X男向田口提供某些訊息，那些訊息想必也能滿足自己對Y女的幾分好奇。

這對男女似乎完全沒察覺敬太郎的存在，也對前後左右毫無顧忌，還在站著講話。女人始終面帶微笑。男人也不時笑出聲。從二人剛才碰面時打招呼的樣子看來，關係絕不疏遠。他們看似有異性關係，實則並不來電，雙方都看不出有那種男女間特有的親密舉動。男人甚至懶得把手搭在帽沿致意。敬太郎很想面對面看清帽沿下是否真有大黑痣。如果女人不在場，或許他早就大步走到男人面前，隨便找個藉口發問，趁機確認男人臉上的異樣黑點了。再不然，大概也會直接走到男人身旁，盡情端詳那張臉。此刻妨礙他做出這種大膽行動的，正是那個站在男人面前的女人。問題在於女人是否已把敬太郎的態度往壞處猜疑，之前二人在同一個地方站了半天，他親眼看到女人對他的舉動抱有懷疑。明知如此，自己如果還毫不顧忌地出現在女人的視線內，不僅不夠紳士，也等於刻意加強自己的嫌疑，不啻自毀長城。

敬太郎這麼一想，判斷在合適的機會自然來臨前，還是別急著看清有無黑痣方為上策。相對的，他決定跟在二人身後，就算只是隻字片語也好，最好能盡量偷聽到他們的對話。對於自己未經許可就偷窺對方言行，是否在道德上有可議之處，他不認為必須受到良心譴責。他爽快地相信，自己如此大費周章得到的結果，必然會假老於世故的田口之手得到善意的利用。

之後男人似乎在邀請女人。女人笑著婉拒。最後，原本半側身面對面的二人並肩走近陶瓷店的屋簷邊。從那裡並肩朝東走去，只差沒有手挽著手。敬太郎快步上前四、五公尺緊跟在後。接著他把步調調整到和對方同速。為了避免女人回頭看到他時產生懷疑，他始終沒看他們的背影。就像湊巧在路上同向的路人，故意看著別的方向邁步。

三十一

「太過分了。讓人家等這麼久。」

傳入敬太郎耳中的第一句話，就是女人說出的這句，但他完全聽不清男人對此的回答。之後又走了十公尺左右，二人忽然放慢步調，並排的影子幾乎堵在敬太郎前方。敬太郎這廂必須搶先走過去，免得從後方與對方撞個正著就尷尬了。他怕二人轉身回頭，急忙靠近路旁的點心店。並且假裝盯著店頭陳列的大玻璃罐中的餅乾，一邊等待二人行動。男人看似把手伸進外套，手抽出後側著身，低頭把右手拿的東西對著店面燈光看。這時敬太郎才發現，在男人臉孔下方發亮的是金色懷錶。

「才六點。還不晚。」

「六點已經很晚了。再過一會我就得回去了。」

「真不幸。」

二人又邁開腳步。敬太郎也不管玻璃罐裡的餅乾了，連忙繼續跟上。二人來到淡路町，從那裡拐進穿過駿河台下的小巷。敬太郎也跟著準備轉彎，卻見二人走進那個轉角的西餐廳。這時他從側面瞄到一眼這對男女沐浴在門口強光下的臉孔。他們離開車站時，敬太郎完全無法想像二人相偕前往何處，但是看到他們突然進入這種店，正因為平凡無奇，反而不由感到意外。那間店叫做寶亭，是敬太郎本就知道的西餐廳，從早年就是大學的合作業者。最近整修後重新粉刷的漆色半露在電車馬路旁，斜立的建築朝南，因此他經過馬路時經常會注意到。他甚至記得在那淡藍色油漆發亮的店內，他曾幾度仰望著裱框的慕尼黑啤酒海報，一邊用刀叉與肉排拼命格鬥。

關於二人的去向，敬太郎雖未抱有特別樂觀的希望或期待，但他隱約感到或許會被帶進令人瞠目的迷宮，所以才一路跟來，結果眼前這個廚房瀰漫油炸馬鈴薯和牛肉的油煙味甚至溢到路上的西餐廳，看起來實在太平凡了。不過，比起對方躲進自己無法接近的幽深巢穴，這個餐廳對他而言遠遠更方便，因此二人走進任何人都能接近的普通西餐廳的油漆門面內，毋寧讓他更安心。幸好他的錢包還足夠他進這種價位的餐廳，可以滿足被冬天冷空氣刺激的食慾。他立刻緊隨二人之後想上二樓，但是來到燈光強烈射向馬路的店門口時，他忽然想到一個問題。既然已經被女人記住他的長相，幾乎同時進同一家店的二樓顯然不妥。等於故意提醒對方懷疑此人說不定在跟蹤。

於是敬太郎裝作若無其事，穿越射向馬路的燈光，沿著黑暗的小路走到一百公尺外。之後從小路盡頭的坡下又躲進黑暗中，像要把影子收進體內般悄悄回到燈光明亮的店門口。接著他走進那扇門。他有時會來，因此大略知道店內格局。樓下沒有待客用的空間，只有二樓和三樓營業，但除非是熟客才會帶去三樓，通常都是在二樓用餐，因此上樓後只要看右後方或左側的大廳，大抵上肯定能看見二人的座位。如果沒看到他們，那就打開靠前的那個細長房間的房門看看。他抱著這想法上樓後，赫然發現白衣服務生站在樓梯口正準備給他帶位子。

三十二

敬太郎是拿著手杖拾級而上，因此服務生給他帶位前，先接過那支手杖。同時說聲「這邊請」，轉身帶他去右邊的大廳。他從服務生身後一眼就看見自己的手杖被安置在何處。那裡掛著他之前注意的黑色紳士帽。白點外套也和女用大衣掛在一起。服務生撩開大衣下擺，把竹杖插進去時，素面絲綢內裡在敬太郎眼前閃現。等到蛇頭被大衣遮住後，他又把目光轉向大衣的主人。幸好女人和男人相向而坐，背對入口。即使聽到新來的客人發出動靜想回頭看，大動作轉身恐怕也有失餐桌的優雅禮儀，因此除非必要，一般婦女應該會避免這種動作吧。如此推斷的敬太郎，望著女人的背影暫且安心了。女人果如他的推斷沒有轉身向後看。他走到女人位子旁邊，打算在背對背的第二排桌子坐下。這時男人抬起頭，看著尚未就坐也沒轉身的敬太郎。他的餐桌上放著種在中式花盆的松樹與梅樹盆栽。在他面前有一碗湯。他把湯匙放入碗中時正巧與敬太郎面對面。二人之間不足六尺的距離被明亮的燈光照得鉅細靡遺。白色桌布更增添這種明亮，潔淨的燈光從四周餐桌反射。敬太郎在條件如此完美的室內，終於得以看清男人的面孔。那張面孔的眉心，的確如田口所言有顆大黑痣。

除了這顆黑痣，男人的容貌並無特殊之處。五官都很普通。但是隔了一段距離看，當平凡的五官湊在一起，在長臉各據一方時，任誰看來他都是一位品格出眾的紳士。與敬太郎打照面時，他的湯匙還放在湯裡，暫時停下喝湯的態度，毋寧帶有一種高尚的風儀。敬太郎就此背對他坐下，但他在心理思索偵查這個名詞的一般定義，總覺得此人無論外貌或態度顯然都和偵查扯不上關係。在敬太郎看來，此人在面相上沒有任何值得偵查之處。無論看他臉上的任何五官，都平庸得不可能藏有祕密。當他坐下時，當初答應田口接下這件夜間任務的興趣似乎已有三分之一蒸發，只覺得失望。首先他就懷疑在道德上是否該答應田口做這種任務。

他點完餐便呆坐著，也沒碰麵包。男女二人對這個在他們身旁坐下的新客人似乎略有顧忌，對話暫時中斷。不過當熱呼呼的白色餐盤送至敬太郎面前，二人好像又恢復熱絡，聲音交互傳入敬太郎的耳中。

「今晚不行。我有點事。」

「甚麼事？」

「當然是重要大事。不方便輕易說出。」

「哎喲少來了。我清楚得很。——讓人家等這麼久你也好意思。」

女人的說話態度似乎有點使性子。男人對四周略顯顧忌，低聲笑了。二人的對話就此陷入沉默。最後男人的聲音忽然響起。

「今晚有點晚了，所以算了吧。」

「一點也不晚。如果搭電車去不是很快嗎？」

敬太郎充分聽清楚了女人的慫恿和男人的躊躇。但他們打算去何處？他對這個關鍵的目的地毫無頭緒。

三十三

想到如果再多聽一會或許能知道目的地，敬太郎望著自己面前用完的餐盤上的刀子，以及旁邊的一塊胡蘿蔔。女人似乎還不肯放棄說服男人。男人每次都找藉口推託。但始終保持不激怒對方的溫柔態度。敬太郎面前送來肉與青豌豆時，女人終於開始妥協了。敬太郎心裡一直偷偷祈禱女人能夠倔強到底，或者男人妥協投降也行，所以當他發現女人沒有他想像中那麼強硬時，不禁萬分遺憾。本來他想，至少得找機會偷聽到二人之間因為沒必要提及名稱一直被省略的目的地，可是二人越來越談不攏，話題自然不得不轉移至其他，所以暫時也沒那個希望了。

「那你不去也沒關係，把那個給我。」最後女人說。

「那個？妳光說『那個』誰聽得懂。」

「就是那個嘛。上次那個。你應該知道吧？」

「我一點也不知道。」

「你真的很過分。明明就知道。」

敬太郎有點想轉頭向後看。這時樓梯上傳來一陣響亮的腳步聲，三個客人鬧哄哄地一起上樓來了。其中一人是身穿卡其色軍服和長靴的軍人。伴隨他走過的腳步聲，腰上的配劍也喀喀響。三人上樓後被帶往左邊的房間。這番動靜擾亂了那對男女的交談，敬太郎的好奇心在閃爍的劍光消失前也只好暫時打住。

「就是上次你給我看的那個嘛。你懂吧。」

男人沒說懂或不懂。敬太郎當然更是無從想像。他暗自埋怨女人為何不肯爽快說清楚自己想要甚麼東西。他很想知道那究竟是甚麼。這時男人說，

「那種東西怎麼可能現在帶在身上。」

「又沒人要你現在帶在身上。我只是叫你給我。下次也行。」

「既然妳這麼想要，給妳也可以。不過……」

「啊，太好了！」

敬太郎又想轉頭看女人的臉了。也想順便看一眼男人。但是顧及自己和女人正好背對背坐著，這時千萬不可盲目行動，因此他有點不知該把眼睛往哪放，只是愣怔環視前方。這時服務生從廚房的送餐口那邊端著二個白盤子走來，放在二人面

前，順便把用過的盤子收走。

「是烤麻雀。妳不吃嗎？」男人說。

「我已經飽了。」

女人似乎完全沒碰烤麻雀。因此嘴巴閒著沒事幹，遠比男人饒舌。從二人的對話判斷，女人逼男人給她的似乎是珊瑚珠之類的東西。聽男人的語氣似乎精通此道，對女人做出種種說明。不過，對敬太郎而言，那只不過是好事者喜歡賣弄的知識，他對那個沒興趣也不懂。男人仔細告訴女人，有些贗品是用黏土做的，再壓上指紋往往可以巧妙騙過客人，但那種東西摸起來很粗糙，和真正的古代舶來品一比就能分辨得出。敬太郎綜合前後談話，大致猜出女人是逼男人答應給她某種頗為珍稀、這年頭不易入手的古董珠子。

「給是可以給妳，但妳要那種東西做甚麼？」

「我還想問你一個大男人留著那種東西做甚麼。」

三十四

過了一會，男人問女人，「妳要吃糕點還是吃水果？」女人回答，「都可以。」這個簡單的問答也可視為二人的晚餐終於接近尾聲的信號，之前一直專心偷聽二人對話的敬太郎，頓時就像被這句話提醒了他的義務，他認為二人離開餐廳後的行動也有必要觀察，自己給自己派了任務。他打從開始就知道不方便和二人同時下樓。可是如果較晚離席，想必不用一支菸的時間就會在夜色和人潮、雜沓與黑暗中跟丟二人。如果想順利跟上他們尾隨行動，唯一的辦法就是先一步離開，躲在對方沒發現的暗處等候。敬太郎覺得必須趕緊買單走人，於是立刻叫來服務生結帳。

那對男女還在慢條斯理地交談。但二人之間並沒有任何明確的話題，所以並沒有機會藉此發展意見或感情的交流，對話只是像流雲不斷散漫飄過。男人面貌特徵之一的眉心黑痣，也在這時偶然被女人提及。

「為什麼那種地方會長出黑痣呢？」

「這又不是最近突然長出來的，打從我出生就有了。」

「可是，長在那種地方不好看吧。」

「就算不好看也沒辦法。這是天生的。」

「可以趕快去大學讓人把痣點掉呀。」

敬太郎這時低著頭，幾乎可將臉孔倒映在洗手碗的水中，雙手遮著自己的太陽穴吃吃偷笑。這時服務生拿托盤送來找還的零錢。敬太郎連忙悄悄起身，不引人注目地安靜走到樓梯口，但站在那裡的服務生大聲通知樓下：「客人要走了！」同時敬太郎也察覺自己忘了把之前交給服務生的手杖取來。那根手杖迄今還插在房間角落的衣帽架下方，藏在女人的長大衣下擺後。敬太郎似乎很忌憚室內的男女，躡足往回走，靜靜取出手杖。握住蛇頭時，他感到光滑的絲綢裡布和柔軟的外套裡布柔滑地碰觸手背。他又小心翼翼踮著腳走到樓梯口，頓時改變步調，咚咚咚地急衝下樓。出了門立刻直接穿越電車道。對面是看似大型舊衣店的服裝店，他背對那店內的燈光站立。只要這樣守著，二人從餐廳出來後無論是沿著大馬路右轉還是左轉，或者沿著中川轉角去連雀町那邊，或者出了門立刻沿著小巷去駿河台下，總之不管走哪個方向都不會錯失，他安心地拄著手杖，盯著那家餐廳的門口。

大約等了十分鐘後，在注意力焦點的燈光中，始終不見人影出現，他開始感到不對勁。他只好望著二樓唯有窗口透出燈光的深處，祈禱他們趕緊離開。每當他移開苦等的雙眼，就仰望屋頂上方的無垠夜空。之前被照亮大地的人間燈火掩蔽，完全忘了這大片夜色的存在，它似乎在黑暗的頭頂上方打從之前就醞釀冷雨，令敬太郎的心情備感淒涼。他驀然想到，之前一直顧忌自己在場只是閒聊的二人，是否利用自己離開，開始商量自己這個任務本來必須打聽到的重要事件呢？他抱著這個懷疑仰望漆黑的夜空，彷彿清楚看見二人對向而坐的身影。

三十五

他很後悔自己太過小心，反而過早離開西餐廳。但那二人既已對他有所顧忌，就算他賴在位子上坐到屁股生根，除了閒話家常也不可能聽到其他訊息，所以假設他一直坐著不動，結果恐怕也和提早離開一樣，這麼一想，顯然除了忍受寒冷繼續在同一個地方監視別無他法。這時他感到有二滴雨水落到帽沿，於是又仰頭眺望夜空。除了夜色別無其他東西遮眼的頭頂上，和他佇立的電車道不同，非常靜謐。他等著雨水落到臉頰，一直仰著臉，就在他凝視連輪廓都看不清的龐然黑暗之際，擔心將要下雨的念頭已消失，他不禁想到，站在如此安穩夜空下的自己，為何偏要做出如此不安穩的舉動。同時他感到這一切似乎都該歸咎於自己現在握著的竹杖。他照例握緊蛇頭，彷彿要發洩對寒冷的鬱憤，用力揮舞了兩三下。這時他苦候的人影終於雙雙走出西餐廳門口。敬太郎第一眼先看到的就是包裹女人細長脖頸的白色圍巾。二人立刻走向大馬路，在敬太郎的對面那頭沿著來時路朝反方向折返。敬太郎也毫不猶豫地過馬路。他們走得很慢，似乎在逐一瀏覽裝飾華麗的店面櫥窗。跟在後面的敬太郎必須配合二人的步伐，因此那種慢吞吞的行進速度讓他很困擾。男人叼著香氣濃郁的雪茄，在夜色中噴出朦朧青煙。青煙隨風吹送，不時輕快地飄入敬太郎鼻中。他嗅著那氣味，忍著慢吞吞的步伐老實跟著走。男人很高，因此從後面看有點像西洋人。而且他抽的雪茄多少也助長這種錯覺。這時敬太郎的想像忽然轉移到他的女伴身上，女人看起來好似洋人的小妾戴著丈夫買給她的皮手套。敬太郎驀然產生這種幻想，雖自覺可笑，還是一個人起勁地胡思亂想時，二人來到之前碰面的車站前佇足片刻，之後又越過鐵軌去了對面。敬太郎也效法二人。這時二人又從美土代町的轉角過馬路到對面。敬太郎也跟著過馬路。二人又邁步向南走。從轉角走了約五十公尺，那裡也有一根漆成紅色的鐵柱。二人靠近那柱子駐足。敬太郎這時才察覺他們是打算搭乘三田線往南、回家、或者去某處，當下覺悟自己也得搭上同一班電車。他們不約而同朝敬太郎這邊轉頭。電車本來就是從他站的位置彎過橫街駛來，但即便如此敬太郎也捏了把冷汗。他把帽沿翻下來，用力往下拽，一會又用手摸臉，盡量把身子靠近簷下，或者故意東張西望，煎熬地等待電車出現。

不久來了一輛電車。敬太郎努力避嫌，刻意要等二人上車後才上去。就在他在後方磨蹭半天之際，女人拽著長大衣的下擺免得踩到，移步走上車掌台。但本以為會接著上去的男人，竟然沒有上車之意，只見他雙腳併攏，雙手插在外套口袋佇立。敬太郎這才發現，男人特地走到這裡是來送女人的。老實說，他對女人的興趣比對男人的更大。如果二人在此分開，他當然想丟下男人繼續跟蹤女人。但自己受田口委託的是跟蹤戴黑帽的男人，和女人無關，因此他只好忍住衝上車的衝動。

三十六

女人上車時，對男人以目光行禮，就此走進車廂。這是個冬夜，玻璃窗盡數緊閉。女人也沒有特地開窗伸出頭道別。但男人還是筆直站著，等待車子啟動。車子動了。彷彿認定二人已不必互道再見，車窗發亮的電車急速奔往南方。這時男人將嘴裡的雪茄扔到地上。之後轉身又來到三角交叉口，這次左轉在舶來品店前停留。這裡就是敬太郎之前被人撞到失手掉落手杖，記憶猶新的車站。他躲躲藏藏跟蹤男人一路來到此地後，雖然不想看，卻還是湊近瀏覽舶來品店前裝飾的新花色的領帶、絲質禮帽、花樣條紋小毛毯等等，一邊暗忖自己這樣瞻前顧後，只會讓偵查的興致冷卻。雖不至於因為女人離去就厭倦了任務，但他突然明顯感到和之前一樣的憋屈。他的任務只限紳士帽男人自小川町下車之後二小時內的行動，所以他覺得這下子偵查任務應該已經結束，可以回租屋處睡覺了。

這時男人等的電車似乎來了，只見他用修長的手一把握住鐵桿，瘦削的身體俐落跳上尚未完全停穩的車子。本還躊躇的敬太郎忽然害怕自己錯失這瞬間，於是立刻跳上同一節車廂。車內沒那麼擁擠，乘客有充分的空間可以看到彼此的臉。敬太郎進入車廂的同時，已經坐下的五、六人一齊朝他行注目禮。其中也有剛坐下的戴帽男人，他看著敬太郎的眼中，有「我見過此人」的驚訝，卻沒有「我被跟蹤了」的懷疑。敬太郎這才鬆了一口氣，選擇和男人同一邊坐下。他心想這輛電車不知開往何處，朝車門上方一看，上面寫著開往江戶川。他打算如果男人換車，自己也要立刻下車，因此每到一站就會窺視男人。男人始終把手插在口袋，大部分時間都在盯著自己的正前方或膝上。若要形容那個樣子，就像是甚麼也沒想又像在沉思。但是當車子到了九段下，他開始不時伸長脖子看窗外，好像想確認甚麼。敬太郎也跟著朝視線不良的窗外張望。之後在電車奔馳的聲音中，敲打窗玻璃的雨聲滴滴答答在耳畔響起。他望著攜帶的手杖，心想要是帶出來的是雨傘就好了。

他從西餐廳之後，就留意戴帽男人的人品，以及那種對世間毫不懷疑的眼神，這時忽然覺得與其這樣苦惱，收集無謂的情報，不如乾脆主動找對方說話，再把徵得當事人同意的事實向田口報告，雖然好像有點遲了，但或許至少還聽明一點吧。於是他開始盤算如何向男人自我介紹。這時電車終於來到終點。雨越下越大了，車子停止後，嘩啦啦的雨聲突然衝入耳中。戴帽男人一邊說傷腦筋，一邊豎起外套領子捲起西裝褲管。敬太郎拄著手杖站起來。男人衝進雨中後，立刻攔了一輛跑過來的人力車。敬太郎也緊跟著雇了一輛車。車夫抬起拉車桿，問他要去何處。敬太郎命車夫跟在那輛車後面。車夫應聲稱是，拼命跑了起來。沿著唯一一條路來到矢來派出所前，車夫又停車問他接下來要往哪裡走。敬太郎從車內伸長脖子看了半天，可是男人坐的那輛車連影子都不見了。敬太郎在車上拄著手杖，在雨聲中迷失了方向。

報告

一

醒來一看，自己一如往常躺在住慣的三坪房間，敬太郎卻感到很奇怪。昨天的事全都像是真的。又像是一場迷夢。如果更細緻地形容，也像是「真正的夢」。伴隨自己醉醺醺在街上活動的記憶。或也因此，醺然的氣氛充斥世間的感覺最強烈。車站和電車都瀰漫微醺的氣氛。珠寶店，皮革店，紅藍旗幟，都沉醉在同樣的空氣。塗著淺藍色油漆的西餐廳二樓，坐在其間那個眉心有黑痣的紳士，膚色白皙的女人，悉數被這空氣籠罩。二人的交談中出現的那個不知是何處的地名，男人答應要給女人的珊瑚珠，也全都帶有一種陶然的氣氛。洋溢著這種氣氛最活躍的是竹杖。當他拄著那根手杖，在敲打車篷的大雨中迷失方向時，心情就像這氣氛達到最高潮的一幕便戛然而止，令他幾乎有種如墜五里霧中之感。那一刻他環視被商店燈光淒清照亮的濕淋淋街道，坡上看似渺小的派出所，左手邊朦朧不清的黑壓壓樹林，懷疑這是否就是今天任務的結果。他記得當時只好命車夫重新拉車出發，前往他本來沒料想到的本鄉住處。

他躺著眺望天花板，將記憶猶新的昨日世界在眼前循環不已。他用猶帶宿醉的雙眼與頭腦，不厭其煩地凝視如春蠶吐絲不斷出現的這些紀念畫面，最後眼前輕飄飄飛舞的擾人夢境令他難以忍受。但那還是源源不斷自行出現，他雖然清醒，卻懷疑自己是否中了邪。這個小小的疑問，令他不由自主聯想到那根手杖。昨天那對男女也在他眼前歷歷分明。容貌自不待言，就連他們的服裝乃至步伐，悉數映現於記憶之鏡。可是二人似乎都在遙遠的天邊。雖在遙遠天邊，卻又似近在眼前，帶著鮮明的色彩與形貌映入眼中。敬太郎隱約懷疑這種不可思議的影響或許是來自手杖。昨晚他被車夫狠敲了一筆竹槓，走進租屋處門口時，不自覺拎著手杖回自己房間，但他知道這種東西不該放在旁人觸目之處，因此睡前隨手扔到櫃子深處的行李後方。

今早他覺得那個蛇頭其實也沒多大意義。尤其是接下來必須去見田口報告偵查結果，當這個實際的問題浮現腦海後，更加深那種感覺。他當然知道自己從昨天下午到晚上行動時都異樣沉醉在某種氛圍，但是到了要將那行動的結果統整報告，以供一般人在社會上利用時，他幾乎不知自己接下的這樁任務究竟是成功或失敗。因此也不確定是否得到了手杖的庇蔭。他躺在被窩裡反覆思索前後，覺得自己的確受到手杖的庇蔭。又好像絕對沒受到庇蔭。

不管怎樣他決心先擺脫宿醉再說，急忙掀開棉被跳起來。之後下樓去盥洗室用冷得幾乎結冰的水沖洗腦袋。這下子昨日的迷夢從髮根徹底抖落，好像又變回正常人了，於是他精神抖擻走上三樓的房間。把房間窗戶整個敞開後，他面朝東方直立，全身沐浴自上野森林上方高高照耀的陽光，做了十次深呼吸。如常人一般打起精神後，他抽根菸，一邊開始實際思考該向田口報告的內容順序及項目。

二

仔細想想，似乎完全沒有對田口有用的情報，因此敬太郎有點不安。但對方肯定今早也正等著他的報告，因此他立刻打電話去田口家。他問現在能否立刻過去，等了很久後，對方才透過那個工讀生回答他沒問題，因此他毫不猶豫地前往內幸町。

田口家的門前有二輛車等候。玄關也有一雙皮鞋和一雙木屐。他被帶去和上次不同的和室。這是足足有十張榻榻米大的大房間，長條形壁龕掛了二幅大型書畫。

工讀生奉上一杯用深茶杯裝的番茶。接著又送來桐木手爐。並且請他在柔軟的坐墊坐下，完全不見女人出現。敬太郎端坐在廣室中央，不自在地等待主人的腳步聲接近。但是主人似乎還沒和客人談完，等了半天也不見人影。敬太郎只好逕自想像看似古董的泛黃字畫價值幾何，或者撫摸手爐邊緣，或者把雙手放在膝上獨自正襟危坐。正因為自己周遭的一切都太整齊乾淨，感覺過於嶄新反而讓他坐立不安。最後他想把裝飾架上看似畫冊的東西取下參觀，但那氣派的封面發亮，彷彿在警告他這是裝飾品絕對不可碰觸，因此他終究不敢出手。

如此折磨敬太郎神經的屋主，在他等了快一小時之後，終於從會客室出來。

「抱歉讓你久等了——因為客人始終不肯走。」

敬太郎也對這個解釋作出了自認適當的客套話，並且鄭重一鞠躬。之後就打算立刻報告昨天的經過，但是臨到這節骨眼，他又開始遲疑該從哪說起才好，結果錯失了開口的機會。田口從一開始的聲音和動作都顯得很忙碌，可是這時卻像智珠在握游刃有餘，始終沒露出急著聽取偵查結果的跡象。只顧著聊些「本鄉那邊有結冰嗎？你住在三樓會不會風很強？租屋處也有電話嗎」這種語氣雖然好像很感興趣，其實全都很無聊的話題。敬太郎配合對方的問題盡量做出滿足對方的回答，但他也隱約察覺到，對方在這種無意義的對話進行中，似乎一直在暗中留意他的反應。然而田口為何那樣留意自己，他完全不得其解。這時，田口突然問，

「昨天怎麼樣？一切順利嗎？」敬太郎也打從開始就料到會被這樣詢問，但是如果老實回答，恐怕會被當作不把別人放在眼裡的敷衍之詞，因此他有點支支吾吾，之後方才回答：

「是的，至少總算找到您說的那個人了。」

「眉心有黑痣嗎？」

敬太郎說該處的確有稍微隆起的黑色肉瘤。

「衣服也如我所說嗎？黑色紳士帽，小白點外套。」

「是的。」

「那就大抵不會錯了。是在四、五點之間於小川町下車吧？」

「時間似乎有點晚。」

「晚了幾分鐘？」

「幾分鐘我不知道，總之應該早就過了五點。」

「早就過了五點？既然過了那麼久，根本不用再等那種人吧？既然我刻意指定

四點至五點之間，五點過後你的義務不就等於結束了嗎？你為什麼不直接離開，回來照實通知我？」

敬太郎作夢也沒想到，本來一直和顏悅色說話的長者會突然這樣嚴厲斥責他。

三

敬太郎之前一直把對方當成老街出身的大老闆。現在突然變成紀律嚴格的軍人對他耍威風時，他頓時方寸大亂。如果是面對朋友，他還可以說「我都是為了你」，可是在這種狀況下那招完全無效。

「是我自作主張，時間到了也沒離開。」

敬太郎這句話剛說完，田口嚴厲的態度立刻一緩，

「這樣對我而言當然是更有好處。」田口愉悅地接腔，「不過你所謂自作主張又是為了甚麼呢？」他反問。敬太郎有點逡巡。

「沒事，你不想說也沒關係。畢竟那是你的私事。不說出來也無所謂。」

田口說著，把自己面前的手提香菸盆的抽屜打開，從中取出牛角做的細長挖耳

杓。他把那玩意伸進右耳，好像很癢似地摳來摳去。敬太郎裝作沒看見，對於田口蹙著眉好像在故意看自己，又好像心思全放在耳朵上的模樣感到有點詭異。

「其實車站還站了一個女人。」他終於自白。

「是老的還是年輕的？」

「是年輕女人。」

「原來如此。」

田口只說了這麼一句話，之後就沒開口。敬太郎也就此停頓不再說話。二人就這樣面對面沉默片刻。

「不管是年輕的還是老的，我都不該過問那個女人的事。那想必是你自己的私事，所以就不提了。我只要知道關於那個臉上有黑痣的男人的調查結果就行了。」

「可是那個女人始終與黑痣男人一同行動。先不說別的，女人本來就是在等男人抵達。」

「噢。」

田口露出有點意外的神情，問道：「那麼，那個女人並不是你認識的人？」敬太郎當然沒有勇氣說自己本就認識。就算非常尷尬，也不得不坦承從未見過女人也沒和她說過話。田口說聲「是嗎」，只是老神在在地聽敬太郎答覆，絲毫沒有追究之意，但他突然轉為親暱的語氣，在手提香菸盆上方探出充滿好奇的臉孔說，

「你說的那個年輕女人，到底是甚麼樣的女人？她長得漂亮嗎？」

「不，沒甚麼，就是很普通的女人。」敬太郎迫於形勢脫口這麼回答，實際上他也覺得女人好像很普通。當然如果換個對象及場合，或許他也可能會說「嗯，相當漂亮」。田口聽到敬太郎說「就是很普通的女人」，忽然放聲大笑。敬太郎雖然不解其意，卻覺得似有巨浪當頭罩下，不禁有點臉頰發熱。

「好吧，你說是就是吧。——後來怎樣了？女人在車站等候的男人出現。」

田口又恢復正常的語氣，一本正經詢問事情經過。老實說，關於接下來要報告的經過，敬太郎本來想開頭先講一下自己如何煞費苦心收集情報，從他在二個同名車站之間猶豫，以及那個不可思議的謎樣占卜如何讓他想到手杖，如何偷偷取出手杖，乃至如何利用，盡可能著重在自己的功勞上詳盡敘述，可是一見面就被田口為了四點至五點的問題削了一頓，而且造成自己擅自延長監視時間的女人，其實根本只是素昧平生的女人，也讓他自覺有點心虛，因此全然失去自我吹噓的勇氣。於是他只是輕描淡寫地說出男女二人進西餐廳之後的事，果然如他出門時所擔心的，就

像握著一抹灰色微雲在田口鼻尖前張開手給他看，只是毫無可取之處的貧乏報告。

四

但田口並未面露不悅。平靜環抱的雙臂始終沒鬆開，只是不時配合敬太郎的敘述說出「嗯哼」或「原來如此」、「後來呢」。但是相對的，即使報告結束，他似乎還在期待甚麼，並未輕易改變之前的態度。敬太郎只好又辯解了一句：「就只有這些。實際上沒甚麼成果，很抱歉。」

「不，很有參考價值。辛苦你了。一定很費事吧。」

田口這句客套話中，當然沒有太大的感謝，不過對於一直犯蠢的敬太郎而言，光是這樣一點善意就已非常足夠了。他這時終於有了幸好沒有丟臉的安心感。同時心情放鬆之下，讓他立刻又對田口大膽發問，

「那個人到底是甚麼人？」

「這個嘛，你是怎麼看呢？」

敬太郎眼前出現戴著黑色紳士帽，身穿開襟小白點外套的男人身影。那人無論

外貌或遣詞用字乃至步伐都歷歷在目，他卻一個字也無法回答田口。
「我也不知道。」
「那你覺得他是甚麼個性呢？」
若是個性，敬太郎好歹也看得出一二。「我認為他應該是個穩重的人。」他照實說出自己的觀察。
「你是看他和年輕女人說話時的態度才這麼說吧？」
這麼說時，田口的嘴角隱約露出一絲鄙薄的笑意，敬太郎看了，本想回答頓時又卡住了。
「面對年輕女人，任誰都會格外溫柔。你應該也不至於沒有經驗吧。尤其是那個男人，或許更甚於常人一倍。」田口毫無顧忌地笑了出來。但他笑的時候還是緊盯著敬太郎。敬太郎心想如果旁人看到自己，肯定會覺得這是個呆頭呆腦的蠢貨，同時卻不得不苦澀地陪著田口一起笑。
「那麼女人又是甚麼人呢？」
田口這時忽然將觀察重心從男人轉移到女人。而且這次主動對敬太郎提出這樣的疑問。敬太郎立刻誠實回答：「女人比男人更不好判斷。」

「連她是良家婦女還是風塵女子都無法大致區分嗎？」

「是啊。」敬太郎說著稍微想了一下。皮手套，白圍巾，美麗的笑顏，長大衣，這些影像陸續湧上記憶的表層，但就算把這些統合起來，還是不知該如何回答田口這個問題。

「她穿著比較樸素的大衣，戴了皮手套……」

對於女人身上的衣飾中，尤其吸引敬太郎注意的這二者，田口似乎完全不感興趣。之後他臉色一正，問道：「對於男人與女人的關係你有甚麼看法嗎？」

敬太郎作夢也沒想到，自己剛才順利報告完畢甚至得到一句「辛苦了」的感謝之後，對方居然連續抛出這種困難的問題。而且或許是因為自己窮於應付，他不得不感到問題好像難度越來越高。田口看到敬太郎詞窮，又換了一個方式再次說明同樣的問題。

「比方說他們是夫妻，或是兄妹，又或者只是普通朋友，或是情婦之類的。在各種關係之中，你認為會是哪一種？」

「我看到那女人時，也懷疑過她是未婚還是有夫之婦……但我覺得他們應該不是夫妻。」

「就算不是夫妻，那你覺得他們有肉體上的關係嗎？」

五

敬太郎打從一開始多少也有這個疑問。他再次剖析自己的內心，或許是「他們二人之間有祕密關係成立」這個假設從遠處操縱他，因此讓他的偵查興致變得更加敏感犀利。他並非那種理論家，非要主張男女之間除了肉體關係不可能有其他值得研究的關係，但身為血氣方剛的青年，他認為唯有從這個角度去觀察男女時，才能體現男女應有的心態，所以他想盡可能秉持這個觀點去觀察世間。年輕的他還不太了解人間這個浩瀚世界，但男女這個小宇宙看來倒是格外鮮明。因此他對於大多數社會關係，盡量擷取這一點來觀察取樂。對於相約在車站的那二人，在敬太郎沒有意識到的腦海深處，似乎打從一開始就已把他們當成一對。他也不是那種想像二人背後的罪惡會抱著無謂恐懼的衛道人士。他只是擁有社會一般道德感的一般人，但那種道德感和他的想像力不同，往往只有在緊要關頭才會發揮作用，因此就算把車站的二人視為自己最感興趣的男女關係，他也不會有甚麼不快。他只是對二人在年齡上的明顯差距有所懷疑。不過，換個角度看，那種差距似乎反而更濃郁顯現他眼中「男女世界」的特色。

他對二人的心態不知不覺已如此放鬆，但此刻被田口正式詢問，不管有無責任，腦中都難以出現明確的回答。於是他只好這麼說——

「肉體上的關係可能有也可能沒有。」

田口只是抱以微笑。這時那個穿和服寬褲的工讀生送來一張名片。田口接下名片，對敬太郎說，「看來你是真的不知道吧。」隨即望向工讀生，命他「先帶客人去會客室……」敬太郎打從之前就窮於應付，趁著有客人來訪的機會，決定就此結束報告，他正準備告辭，田口卻刻意在他還沒起身前打斷他。並且對敬太郎的詞窮不以為意，繼續提出各種問題。這些問題敬太郎能夠明確回答的幾乎一個也沒有，因此他覺得比報考大學時的口試更痛苦。

「那麼，最後一個問題，男人和女人的名字你總該知道吧？」

即便田口聲明是最後一個問題，敬太郎還是無法做出令對方滿意的答覆。他在西餐廳偷聽二人對話之際也一直留心等待，以為肯定會出現「某某先生」或「某子」這樣的互相稱呼，但他們似乎連那個都有必要迴避，彼此的名字自不待言，就連第三者的名字都始終不曾提及。

「我完全不知道名字。」

田口聽到這個回答，本來放在手爐上的手，打拍子似地開始用指尖敲打桐木邊緣。這樣反覆敲了片刻後，他說，「怎麼搞的，你好像一問三不知啊。」隨即又說，「不過你很誠實。這大概是你的優點吧。或許比不懂裝懂地來報告，要好上太多了。至少這點值得嘉許。」說著笑出來。敬太郎發現自己的觀察結果並不實用，對自己的糊塗多少有點羞愧，但短短兩三小時的觀察、忍耐與推測，就算田口委託的是比自己細心周到十倍的人，他深信也絕不可能得到令田口滿意的結果，因此對這個評價並沒有那麼難過。相對的，被田口誇獎誠實也不怎麼高興。因為在他看來，這種程度的誠實只不過與常人無異。

六

敬太郎在田口面前始終抬不起頭，因此他盤算著就算一句話也好，一定要鼓起勇氣毅然說出自己的心聲，這時忽然覺得，如果現在不說就再也沒機會了。

「一問三不知的結果我也很遺憾，但是您問的那麼深入，時間又那麼短，像我這樣糊塗的人恐怕無法查明究竟。這麼說聽起來或許不知天高地厚，但我認為與其那樣鬼鬼祟祟跟蹤，還不如直接當面問個清楚，不僅省事，得到的答案想必也會更明確。」

敬太郎說完，猜想八成會被老於世故的對方嘲笑或諷刺，忐忑地望著田口。沒想到田口反而用認真的態度說，「你連這樣的道理都明白啊。了不起。」敬太郎刻意沒吭聲。

「你說的方法看似最笨，其實是最簡便也最正當的方法。能夠察覺這點，可見你的人品很不錯。」田口再次這麼稱讚時，敬太郎越發不知如何回答了。

「你有這麼睿智的想法，我卻委託你那麼無聊的差事是我不好。等於看扁了人。不過，市藏向我介紹你時曾經說過，你對偵查的工作頗有興趣。所以我才提出那種荒唐的委託。早知道就不那樣做了……」

「不，我的確對須永君說過那種話。」敬太郎尷尬地回答。

「是嗎？」

田口用這一句話就打發敬太郎的矛盾，沒有再繼續追究。隨即換個問題：

「不如我看這樣吧。不要默默跟蹤，就照你說的，正大光明地登門拜訪對方。你有那個勇氣嗎？」

「也不算是沒有。」

「即使在那樣跟蹤後？」

「就算那樣跟蹤後，我自認也沒有做出有損他們名譽的觀察。」

「說的好。那你就去一趟。我替你介紹。」

田口說著，放聲大笑。但敬太郎不認為田口這個要求是開玩笑，因此真的起意想帶著介紹信去找黑痣男人當面談一談了。

「我願意去見他，請幫我寫介紹信。我想和那人當面談一談。」

「很好。這也是一種經驗，你就當面好好研究吧。以你的個性，肯定會告訴他受我田口的委託曾在某晚跟蹤他吧。不過說出來也不要緊。你想說就說吧。不用顧慮我。還有他和那個女人的關係也是，只要你有勇氣，不妨問問看。怎麼樣，你有問那個問題的膽量嗎？」

田口說到這裡稍微打住，端詳敬太郎的臉，但敬太郎還沒回答，他又逕自往下說：

「不過在情勢可以自然問出那二個問題之前，你絕對不能問也不可說。否則就算再怎麼有勇氣，也只會被當成沒常識不識相的傢伙。不僅如此，那人本來就不容易見到面，如果隨便提起那種話題，說不定他會立刻叫你滾蛋喔。我可以替你介紹，但你自己在這方面也得格外留心……」

敬太郎自然是一口答應會留心。但內心卻怎麼也不相信黑帽男人會像田口說的那樣。

七

田口取來信紙與硯盒，提筆就開始寫介紹信。最後寫完收信人名字，「只要照既定格式寫就行了吧。」說著把高舉到手爐前的信念給敬太郎聽。內容果然如他自己所言，完全沒有值得特別注意之處。只是提到此人是今年大學畢業的法學學士，因某些緣故自己必須關照，還請見他一面和他談談。田口確認敬太郎對內容沒有異議後，立刻把信紙捲起塞進信封。然後在封面寫上「松本恒三先生啟」這幾個大字，刻意沒有封口就交給敬太郎。敬太郎神情嚴肅地望著「松本恒三先生啟」這幾個字，字體肥大鬆散，拙劣得令人懷疑此人怎會寫出這樣的字。
「不可以這麼驚訝地一直盯著看喔。」
「我是看好像沒寫住址。」
「啊，是嗎，那是我疏忽了。」
田口又取回信，寫上收信人的住址。
「這樣總行了吧。字跡拙劣很像土橋的大壽司[1]字體吧。不過只要能派上用場就好，你將就一下。」
「哪裡，這樣就很好。」
「順便我也給女方寫一封吧？」
「您連女方也認識？」
「說不定認識。」這麼回答的田口，露出飽含意味的微笑。
「如果不麻煩，那就請您順便寫一封。」敬太郎也半開玩笑地請求。
「還是別寫比較安全吧。如果介紹你這樣的年輕男孩子，萬一出了差錯我可是

1 土橋的大壽司，位於新橋的土橋附近的壽司店。壽司店用的字體通常肥厚渾圓。

要負責任的。像你這樣的人，不是都用浪漫還是甚麼羅曼來形容嗎？我沒學問，這年頭流行的時髦名詞聽過就忘了真是傷腦筋，那叫甚麼來著，那個小說家用的字眼……」

敬太郎當然不可能告訴他應該是怎樣怎樣的名詞。只是嘿嘿傻笑。而且待得越久，恐怕會被揶揄得越厲害，因此他決定等這個話題告一段落，就趕緊告辭走人。他把田口寫的介紹信放進懷中，一邊說「那我兩三天之內就拿這封信去拜訪。屆時再來向您報告經過」，一邊起身離開柔軟的坐墊。田口只是客氣一句「辛苦你了」，也跟著站起來，看那神情好像甚麼羅曼蒂克或扣斯美蒂克[2]都忘了。

敬太郎回程的路上，把剛見過的田口和接下來要見的松本，還有與松本相約的那個女人之間的關係分分合合一再思索。而且越想越感到逐步被帶進迷宮深處的趣味。今天在田口家唯一的收穫是松本這個名字，但在他看來，這個名字好像是為自己概括各種錯綜複雜事實的奇妙錦囊，正因為不知囊中會跑出甚麼，他的期待也更多。根據田口的說明，對方似乎是個難以親近之人，但就他親眼所見應該遠比田口平易近人數倍。今天從田口那裡得到的印象中，在待人接物這方面的確讓人不得不讚嘆老辣，人品方面也頗有出眾之處，不時閃現耀眼的光輝，可是坐在田口面前的期間，他始終有種綁手綁腳頗為拘束的憋屈感。這種彷彿一直受到監視的狀態，絕非暫時性的，他甚至可以預見就算見幾百次面恐怕也絕不會淡去。相較於他如此看待的田口，他想像中的松本不僅問甚麼問題都不會生氣，而且說話的聲音本身似乎就已令人仰慕。

八

翌晨他立刻準備去見松本，不巧卻下雨了。他把窗子打開一條縫，從三樓高處眺望外面時，只見整個世界都濕淋淋的。敬太郎望著屋頂瓦片清冷的灰色，把田口的介紹信放到桌上，思忖是該出門還是放棄，但想要早點見面的心情很強烈，因此最後還是離開桌前。賣豆腐的喇叭聲，劃破陰沉的空氣，在路上尖銳響起，他就這樣下樓出門。

松本家位於矢來，敬太郎想像著上次那個夜晚一頭霧水站在派出所下的情景，

2 扣斯美蒂克，Cosmetic，美容的。

來到該處後，他發現坡上坡下都分成二條叉路，唯有斜坡中央那塊地異常寬闊。即便冷雨被風掃向褲腳，他也不以為意地駐足，猜想那晚車夫握著拉車桿不知該往哪走的地點應該就是此處，當下環視四周。今天也同樣下著大雨，他腳踩的地面積水過多，連地下鉛管都已腐蝕。不過因為是白天，周遭雖陰沉好歹還有光線，駐足時的心情和上次截然不同。敬太郎看著後方高聳蒼鬱的目白台森林，以及右手後方朦朧重疊的水稻荷[3]樹林走上坡道。之後他在同一個地址、卻有好幾家住宅的矢來區內走來走去。起初他沿著小巷左彎右拐，時而探頭窺視被雨淋濕的枸橘籬笆，時而經過老茶樹茂密掩蓋貌似墓地的屋前，但他始終沒找到松本家。最後沒法子，發現巷角有家人力車行，一問該處的年輕人，對方立刻不當一回事地告訴他。

松本家就在這車行斜對面走進去，盡頭那間竹籬環繞的漂亮房子。走進大門便聽到小孩打鼓的聲音。他走進玄關出聲喚人，但鼓聲始終不停。那一帶幽靜無聲，甚至沒有人們居住的生活氣息。雨幕中只見一名十六、七歲的女傭自裡屋出現，跪坐行禮收下介紹信，之後便默默進去了，過了片刻又出來說，「實在很不好意思，能否請您不下雨的日子再來？」即便敬太郎過去為了謀職四處活動一再碰壁，對這種拒絕方式也感到不可思議。他當下就想反問為何下雨天就不能見面。但是這種場合也不適合找女傭理論，因此為了釋懷，他只好再問，「那我天氣好的日子來，就能見到面吧？」女傭僅回答「是」。敬太郎只好又冒雨離去。嘩啦啦的雨聲驟然變大，仍可聽見小孩的打鼓聲咚咚響。他在走下矢來坡道的同時，不禁一再感嘆世上竟有這種奇人。接著又想，田口說此人本就不易見到面，該不會就是指這種毛病吧。當天回到住處後，心情一直這麼懸在不上不下的地方，無法朝任何方向前進令他很痛苦。他本想去久違的須永家，閒話這段日子的遭遇消磨半日時光，但既然要去，不如等這次的事情告一段落，自己也好有個明確的結果吹噓，因此最後還是打消念頭。

隔天是個和昨日截然不同的晴天。敬太郎起床時，瞇著眼仰望光輝亮麗彷彿被大雨洗去一切汙垢的藍天，很高興今天終於能見到松本。他取出上次那個夜晚藏在行李後的手杖，思忖今日不如帶這個去。他拄著手杖再次走上矢來坡道，同時忍不住想像，萬一昨天那個女傭今天又出來說「承蒙您來訪不好意思，但今天天氣太好，請改日選個陰天再上門」，他該怎麼辦。

3 水稻荷，高田稻荷明神社的俗稱。據說用此處的泉水洗滌可治眼疾，因而有此俗稱。

九

但今天與昨日不同，走進大門也沒聽到小孩打鼓。玄關豎立著昨天沒看到的屏風。屏風上只有淡彩描繪的一隻白鶴佇立，細長如穿衣鏡的屏風和一般大小不同，吸引了敬太郎注意。出來應門的果然又是那個女傭，但有二個小孩毫不客氣發出咚咚的腳步聲跟來，躲在屏風後面一臉好奇地打量敬太郎。和昨日相比，發現這些變化的他，最後在女傭說聲「請進」下，被帶進玻璃門緊閉的房間。室內中央有個金魚缸似的大型陶瓷火盆，女傭在火盆兩側各放一枚坐墊，其中一枚請敬太郎坐下。那是有外國印花圖案的圓形坐墊，敬太郎一臉訝異地坐上去。壁龕掛著彷彿用刷子潦草刷出來的山水畫。敬太郎把那看不出哪是樹哪是岩石的山水畫，當成不值一提的裝飾品打量。這時還發現旁邊掛著銅鑼，還有敲鑼的棒子，越發覺得這房間古怪。

這時隔間的紙門拉開，黑痣男人從隔壁房間出來。說聲「歡迎光臨」，立刻在敬太郎鼻尖前坐下，態度絕對談不上親切。不過還算穩重，因此不至於給對方過大壓力，反而讓敬太郎感到輕鬆。雙方隔著火盆面對面，敬太郎卻不覺得拘束。而且雖然他認定那個晚上，自己的長相肯定已被松本記住了，可是現在見到面，松本泰然自若的言行，無論說話或臉色都看不出到底記不記得他，因此敬太郎就更不覺得必須擔心了。最後松本對於昨日因雨謝絕會客沒有提起一個字的說明或辯解。就連他是不想說還是認為不說也沒關係，敬太郎都無法判斷。

話題自然先從介紹人田口說起。「據說田口今後要僱用你。」松本開口就如此說道，接著問了敬太郎的志願、畢業成績等等。不時還提起敬太郎壓根想都沒想過的社會觀或人生觀這種比較嚴肅的問題折磨他。而且不時冒出奇妙的理論，讓他這時甚至在心裡懷疑這個松本該不會是個不為世人所知的學者吧。不僅如此，松本還大罵田口，說他是個有用處卻毫無思想的男人。

「首先，他那麼忙，根本沒時間在腦中有系統地組織思考所以很糟糕。說到他的腦子，一年到頭都像研磨缽中被不停攪動的味噌。活動太頻繁，無法具體成形。」

敬太郎不明白松本為何對田口貶抑到如此地步。但他覺得最不可思議的是，雖然松本的態度和語氣如此激動，卻絲毫沒有惡毒或惹人厭之處。他謾罵的字字句句，透過他似乎壓根沒有罵人經驗的沉穩聲調，傳入敬太郎的耳中，因此敬太郎也生不出強烈的反感。只覺得他是一種怪胎，受到新的刺激而已。

「但是他沒事還要下棋唱歌，做各種消遣。可惜，他不管做甚麼都很拙劣。」

「那不是證明他還有閒情逸致嗎？」

「閒情逸致？——我昨天不是因為下雨叫你等天氣好的日子再來，拒絕見你嗎？理由雖然現在不用多說，但你認為社會上有那種任性的拒絕方式嗎？如果是田口，絕對做不出那種拒絕方式。你倒是說說看田口為何喜歡和人見面。那是因為田口是個對世間有所求的人。換言之，他不是我這種高等遊民[4]。他可沒有這種就算傷害他人感情也不怕的閒情逸致。」

十

「其實我來之前並未從田口先生那邊聽說任何事情，您剛才用到高等遊民這個字眼，是真的指那個意思嗎？」

「就是字面上那個意思的遊民。怎麼了？」

松本把雙肘撐在大火盆的邊緣，其中一隻手握拳抵著下顎注視敬太郎。松本這種不把初次見面的客人當客人的態度，似乎的確有高等遊民的本色。他看似愛抽菸，今天那隻有巨大圓形菸頭的木製洋菸斗始終不離口，不時想起來噴幾口狼煙似的濃煙，彷彿要證明火還沒熄滅。濃煙繚繞在他臉孔周圍不知不覺消散，和他那似乎不認為必須緊繃的眼鼻搭在一起，讓敬太郎產生前所未有的平靜。松本略顯稀薄的頭髮中分，因此平坦的頭部更顯得平凡而穩重。而且穿著一般人不會穿的褐色素面大褂，白色襪子外面穿了與大褂同色的日式襪套。那個顏色讓人立刻聯想到和尚的法衣，在敬太郎看來更顯古怪。這是他第一次見到自稱高等遊民的人，但不可否認的是，松本的外表和態度，的確讓有點意外的敬太郎感到他就是那種階級的典型代表者。

「不好意思，請問您家人很多嗎？」

面對自稱高等遊民的人，不知怎地敬太郎很想先問這個問題。結果松本回答，「對，我有很多小孩。」吸著那敬太郎本來已快忘記的菸斗又噴出一口煙。

4 高等遊民，漱石自創的名詞。指大學畢業後不就業，也不為求職焦急，時間充裕的人。

「那麼夫人……」

「當然也有妻子。你為何這麼問？」

敬太郎很後悔問了無法挽回的蠢問題，這下子難以收場。就算對方沒有露出被冒犯的樣子，卻也神情詫異地望著自己期待得到解答，因此自己不得不說點甚麼。

「像您這樣的人物，我很好奇是否能跟普通人一樣過著家庭生活，所以才請教一下。」

「我是否過家庭生活……為什麼？因為我是高等遊民？」

「也不是因為那個，只是有那種疑問所以問一下。」

「高等遊民比田口更有家庭生活喔。」

敬太郎已經無話可說。苦於不知如何回答的困窘，想立刻轉移話題的努力，以及想藉此確認松本與皮手套女人是何關係的希望，三者同時在腦中翻騰，令他本就混亂無序的思緒更添暗影。但松本似乎壓根沒注意到，泰然自若地望著敬太郎困擾的神色。敬太郎暗想，如果是田口，以他老練的手段這時肯定能夠厲害地鎮住對方，而且鎮住對方後立刻主動改變局面，絕對不會讓對方困窘地不知所措。面對雖然隨和，但在待人接物這方面完全欠缺精明老練的松本，敬太郎感到自己似乎意外發現了二人的差異，這時松本偶然問道：

「你好像沒有考慮過這種問題吧？」

「是，我完全沒想過。」

「因為你獨自租屋居住，所以沒必要去想。但就算是獨身，也會思考廣義上的男女的問題吧？」

「與其說思考，或許說有興趣更貼切。若是興趣我當然有。」

十一

二人針對這個與任何人都有利害關係的問題聊了一會，但不知是年紀上的代溝還是層次上的差距，松本的說法就像是空有骨架卻少了重要的血肉，完全沒有那種非要融入敬太郎的血液讓他徹底認同才罷休的說服力。而敬太郎毫無秩序的片斷言詞也是一出口就失去熱度，似乎完全無法打動松本的心胸。

這樣空洞的談話中，唯一令敬太郎耳目一新的，是俄國文學家高爾基[5]在實現

5 高爾基（Maxim Gorky，1868-1936），俄國小說家、戲曲家。作品多為無產階級、社會主義風格。

自己主張的社會主義時，深感資金之必要，與妻子連袂赴美籌款時的故事。當時高爾基的人氣極高，受到各界招待與歡迎忙得分身乏術之際，也順利推動自己的目的。可是隨同他赴美訪問的女人並非元配，其實只是情婦，這事實不知從哪曝了光。於是他之前達到狂熱的名聲，頓時一落千丈，遼闊的新大陸再也無人找他握手，高爾基只好就此黯然離開美國。故事大意如此。

「俄國與美國對男女關係的解釋有如此大的差異。高爾基的做法在俄國想必毫無問題只是雞毛蒜皮的小事。真無聊。」松本說著露出很不屑的神情。

「日本屬於哪一邊呢？」敬太郎試問。

「應該是俄國派吧。我已經受夠了俄國派。」說著，松本又噴出一口狼煙似的濃煙。

聊到這裡，敬太郎感到終於可以放心大膽地打聽上次那個女人的底細了。

「上次在某天晚上，我好像在神田的西餐廳見過您。」

「對，的確見過。我記得很清楚。後來回去時不也在電車中相遇嗎？你好像也是坐到江戶川，你在那一帶租房子嗎？那晚雨下得很大很傷腦筋吧。」

松本果然記得敬太郎。但他沒有一開始就指出，也沒有假惺惺做出如今才發覺的樣子，他那種說不說都無所謂的態度，不知是因為心胸坦蕩，還是沉得住氣，或者是他天生瀟灑不羈，敬太郎有點難以判斷。

「當時您好像有同伴。」

「對，有位美女相伴。我記得你當時就一個人吧？」

「就我一人。您回去時不也是一個人嗎？」

「是的。」

本來對答如流的對話到此忽然打住了。敬太郎本以為松本會再提起女人的事，沒想到他拋出完全不相干的問題：

「你住在牛込還是小石川？」

「我住在本鄉。」

松本狐疑地看著敬太郎。住在本鄉的他，為何坐到江戶川的終點站？看到松本這種暗示他給個解釋的眼神時，敬太郎懶得麻煩遂下定決心趁此機會爽快地和盤托出。萬一對方生氣了，他道歉就是了，如果道歉沒有用，那他也有鄭重行禮後就此離去的心理準備。

「其實我是跟蹤您一路坐到江戶川。」說完，一看松本的表情，意外地竟然沒有預期中的變化，因此敬太郎至少暫時安心了。

「為何跟蹤我？」松本用幾乎與平時無異的悠然口吻反問。

「我是受人之託。」

「受人之託？是誰？」

松本的聲調這才有點驚訝，用比較強烈的口吻如此詢問。

十二

「其實是田口先生委託我的。」

「田口？田口要作嗎？」

「是的。」

「可是你不是專程拿田口的介紹信來見我嗎？」

與其被對方這樣一句接一句咄咄逼問，還不如自己主動把經過一口氣全說出來更輕鬆，因此敬太郎從自己收到田口的限時專送，立刻去小川町車站監視的冒險故事第一章開始，直到電車抵達江戶川終點後在雨中不知何去何從的結局一五一十說出來。他只求條理分明，當然毫無誇大之詞，甚至極力避免冗長的鋪陳贅句，因此沒花多久時間就說完了，或也因此，在他敘述的過程中松本一個字也沒打斷他。等他說完後，松本也沒有立刻出聲。敬太郎推測松本這種沉默恐怕是不高興了，於是決定趁著對方沒翻臉之前趕緊道歉為妙。沒想到松本突然開口了。

「田口那傢伙也太不像話了。還有你受他利用也好不到哪去。真是笨蛋。」

松本說這句話時的神情，任誰都看得出他目瞪口呆，倒是沒甚麼發怒的跡象，因此敬太郎毋寧安心了。這種節骨眼只不過被罵聲笨蛋，對他來說不痛不癢。

「真的很對不起。」

「我並不是希望你道歉才這麼說。我只是同情你被那種人利用。」

「他真有那麼可惡嗎？」

「你到底有何必要接受那麼愚蠢的委託？」

這種情況下，敬太郎死都不敢說是因為好奇才接受委託。迫不得已，他只好回答是基於謀生的必要不得不拜託田口幫忙，因此明知不妥還是硬著頭皮接下委託。

「為了謀生那就不能怪你了，但你還是就此抽手比較好喔。這麼冷的天冒雨跟蹤別人，豈不是沒事找事嘛。」

「我也吃到一點苦頭了。今後再也不打算做這種事。」

松本聽到他表明心跡不發一語，只是苦笑。對敬太郎而言那可以解釋為輕蔑也可以解釋為憐憫，總之不管怎樣都讓他抬不起頭來。

「看你這樣好像做了甚麼對不起我的事似的，實際上真的有嗎？」

歸本溯源，敬太郎並不這麼認為，但是被松本這麼一問，好像不得不這麼認為。也不得不這麼回答。

「那你去告訴田口，我親口向你保證，上次和我同行的年輕女人是高等妓女。」

「她真的是那種女人嗎？」

敬太郎有點驚愕地追問。

「她是甚麼人都不重要，總之你就告訴他是高等妓女就對了。」

「唔。」

「支支吾吾可不行，你得明確這麼說。你說得出來嗎？」

敬太郎身為受過現代教育的青年，並不忌憚在長者面前說出這種意味的字眼。但是松本硬要他把這四個字傳入田口耳中，背後似乎潛藏著甚麼不愉快的東西，因此他也不敢輕易答應。他正愁眉苦臉不知該如何答覆之際，松本見了說，「沒事，你不用擔心。對方可是田口。」過了一會好像才醒悟，問道：「你還不知道我和田口的關係吧？」敬太郎回答：「我甚麼都不知道。」

十三

「如果說出我們的關係，只會讓你沒有勇氣當面告訴田口那女人是高等妓女，所以說穿了對我並無好處，但我也不忍心一直戲弄無辜的你，所以還是告訴你吧。」

松本先這樣做出聲明後，這才解釋他與田口在社會上有甚麼樣的來往。他的解釋簡單扼要，也因此更令敬太郎感到震驚。簡而言之，田口與松本算是近親。松本有二個姊姊，一個是須永的母親，一個是田口的妻子，當敬太郎開始理解這種親戚關係時，敬太郎想，身為田口小舅子的松本，以舅舅的身分和田口的女兒約定時間在車站碰面，之後去某餐廳共餐，看似世間最平凡無奇的一樁小事。自己卻當成其中暗藏甚麼玄機似的，自以為是地拼命燃燒熱情跟在後面一路追蹤，簡直越想越可笑。

「小姐為什麼會去那裡等候呢？只為了引我上當嗎？」

「不是，她那時正好從須永家回來。我在田口家說話，她打電話來，說四點半在那裡等我，叫我回程在那一站下車。我嫌麻煩本來不想答應，可是她再三拜託，我只好下車。她說今早她爸爸告訴她，舅舅要買戒指送給她當新年禮物，叫她在車站守候，跟舅舅一起去買，免得舅舅溜走，所以她才在車站苦苦等候，我根本不知情，她卻逕自提出任性的要求賴著不肯動。我沒法子，想請她吃頓西餐唬弄過去，所以才帶她去寶亭——田口這傢伙真是荒唐。刻意這樣大費周章，做這麼無聊的舉動有甚麼好處。比起受騙的你，我看田口更是大笨蛋。」

敬太郎覺得被騙的自己才是真正的大笨蛋。早知如此，報告偵查結果時本來可以稍微保留幾分。他不禁臉紅。

「您完全不知道嗎？」

「怎麼可能知道。就算我是高等遊民，也沒那種閒工夫吧。」

「那麼小姐呢？我想她應該知道吧。」

「這個嘛，」松本說著思忖片刻，最後斬釘截鐵地斷言：「不，她不知道。」

他又說，「田口那個笨蛋，如果還有可取之處，那就是他無論怎麼惡作劇，當那個被他戲弄的人快要出醜丟臉的時候，他就會立刻打住，或者自己當場出面，趁著還沒傷及對方體面之前漂亮收場。說到這點，他雖是笨蛋卻也有值得稱道之處。換言之，他的做法雖然邪惡，最後卻展現充滿異樣溫情的人情味。這次的事情恐怕也只有他一個人心知肚明。你如果沒有來我家，我肯定還被蒙在鼓裡。他對自己的女兒也是，應該還不至於狠心得打從一開始就在女兒面前宣揚這種證明你有多笨的計謀。其實他應該停止這種惡作劇，但他就是無法停止，簡而言之就是因為他是笨蛋。」

敬太郎默默聆聽松本對於田口個性的批評，自覺比起反省自己愚蠢舉動的後悔，或者埋怨戲弄自己的罪魁禍首，內心占了上風的反倒是對惡作劇的田口萌生的敬佩。不過，他不免也產生一個疑問，既然田口是那樣的人物，為何自己在他面前說話時會那麼不自在呢？

「聽了您的說明，我大致了解田口先生了，但我在他面前，不知怎地就是坐立不安特別難受。」

「那是因為對方也對你抱有戒心。」

十四

被松本這麼一說，田口防備自己的眼神和言詞，的確在敬太郎心頭一一浮現。但田口那樣老練的人物，為何對自己這個剛出校門的毛頭小子如此防備，敬太郎完全不明所以。過去他一直深信自己表裡如一，無論在誰面前都一樣。正因為他自卑地認為自己只是普通青年，甚至沒有被他人忌憚或在意的資格，所以這次受到經驗豐富的年長者出乎意料的對待，毋寧讓他感到不可思議。

「我看起來像是那麼表裡不一的人嗎？」

「很難說，那種細節第一次見面是看不出來的。不過，不管是或不是，都與我對待你的態度無關，所以你又何必在意。」

「可是田口先生好像這麼認為……」

「田口不是對你才這樣，他無論看到誰都這麼想所以沒辦法。像他那樣長期使喚人，必然經常受到欺騙。所以縱使偶爾有自然純善的人出現在他眼前，他還是無法放下戒心。就把那當成他那種人的因果宿命不就好了。田口是我的姊夫，所以我這麼講或許很奇怪。但他本質是好的。絕非壞男人。只是像他那樣多年來只把事業上的成功放在眼裡，在社會上勾心鬥角，所以對人的看法會有莫名的偏見，滿腦子只想著這傢伙有沒有用，那傢伙能否安心使喚。像他那樣，就算有女人愛上他，他也會忍不住先懷疑對方是愛上自己這個人還是愛自己的錢。就連對美人都這樣了，何況是你這種小子，你會覺得不自在是理所當然。因為這就是田口之所以是田口的原因。」

敬太郎覺得聽了這番批評，自己好像也明白田口這個男人了。但是，彷彿拿著鐵鎚把足以令他首肯的判斷逐一狠狠敲入他腦中的松本，又是何方神聖，敬太郎依然一頭霧水。就連沒被批評前的田口，似乎都比此人更有鮮活的人味。

即便是同一個松本，之前那個晚上在神田的西餐廳，對著田口的女兒大談珊瑚珠如何如何時的他，顯然也比現在更生動。敬太郎感覺如今坐在他面前的，只是叼著大菸斗會開口說話的木頭雕像，所以他只不過是不知該如何形容此人的真面目。他一方面對松本明確的批評心服口服，另一方面又開始思索松本到底是甚麼人，當他開始懷疑自己是否又笨又遲鈍、遠低於一般水準時，這個讓人捉摸不透的松本又開口了。

「不過多虧田口做了蠢事，反而讓你有福了。」

「此話怎講？」

「他肯定會替你安排工作。如果就此放著不管，那他也不是田口了。這點我敢保證。不過，最沒意思的就是我了。無緣無故被人跟蹤。」

二人相視一笑。敬太郎從圓形印花坐墊起身時，松本還特地送他到玄關。在那扇白鶴水墨畫的屏風前，身材高瘦的松本佇立片刻，望著敬太郎穿鞋的背影說，「你的手杖挺奇特的。借我看一下。」他從敬太郎手中拿過手杖，問道：「咦，是蛇頭啊。雕刻得相當不錯。這是你買的嗎？」敬太郎回答，「不，是朋友自己雕刻送給我的。」之後就甩著手杖沿著矢來坡道又朝江戶川的方向走下去。

下雨天

一

松本何以在下雨天謝絕會客，始終沒機會從他本人口中得知原因。久而久之敬太郎也就忘了這回事。驀然聽到此事，還是他在田口的安排下得到工作，從此得以自由出入田口家之後。當時車站那段經歷在他腦中早已失去新鮮感。有時須永提起那件事，他也只是報以苦笑。須永經常質問他，為何事前不先來找他說出一切。也曾責備敬太郎，明明應該聽須永的母親說過，內幸町的姨丈喜歡捉弄人。最後，須永甚至調侃他說，都是因為你太好色了。敬太郎每次都拿「胡說八道」一語帶過，但心裡每每想起在須永家門前看到的背影女子，也想起那個女人就是在車站見到的女人，不免隱約有點難為情。那個女人名叫千代子，妹妹叫做百代子，如今對於敬太郎來說都不是稀奇的消息了。

他見到松本，得知所有內幕消息後，雖然再次在田口面前出現多少有點尷尬，但不露面事情就無法了結，所以他抱著被恥笑的覺悟，再次走進田口家大門時，田口果然放聲大笑。但敬太郎對此的解釋是，田口的笑聲與其說帶有誇耀自己計謀得逞的傲慢，毋寧更像是在慶賀讓人迷途知返的勝利。田口完全沒有用施恩的態度說這都是為了訓誡他或教育他的方法云云。只是聲明絕無惡意，請他不要生氣，並且當場承諾會替他安排相當不錯的工作。之後田口拍拍手，把之前在車站與松本相約的大女兒叫來，特地介紹說「這是小女」。並且向女兒介紹敬太郎：「這位是阿市的朋友。」女兒雖然有點不解父親幹嘛特地給她介紹此人，還是態度非常疏離地鄭重行禮。敬太郎就是在這時得知她叫做千代子。

這成了他開始接觸田口一家的機會，之後敬太郎也藉著辦事或拜訪的機會經常來到田口家。他甚至不時走進玄關旁的工讀生房間，和這個曾和他在電話中打過交道的工讀生閒話家常。當然也有了進內宅的必要。也曾被田口太太叫去做內宅的私事。被田口家念中學的長子拿英文問題問得啞口無言也不只一兩次。隨著他出入的次數增加，接近二個女兒的機會自然也變多，但他那種慢吞吞的調子，和田口家比較明快積極的家風不合，再加上也沒時間坐下好好說話，使得他們始終沒機會熟識。他們之間的交談，當然不是那種只重形式的官方辭令，但人抵不用五分鐘就講完了，所以自然不可能拉近彼此距離。直到正月十五玩歌留多紙牌的時候，他們才有機會公然促膝對坐，隨心所欲地暢談許久。當時千代子抱怨敬太郎未免太遲鈍了。百代子則是氣憤地表明不願和敬太郎搭檔玩牌，因為肯定會輸。

又過了一個月左右，就在報紙開始報導梅花盛開時，敬太郎在某個星期天下午，待在久違的須永家二樓時，遇到了偶然來玩的千代子。三人有一搭沒一搭地閒聊之際，千代子忽然評論起松本。

「我那個舅舅也是個怪人。以前一下雨就經常拒絕會客。不知現在是否還是如此。」

二

「其實我也曾在下雨天去拜訪遭到拒絕……」敬太郎這麼一說，須永和千代子不約而同笑了出來。

「你也真倒楣。八成沒有帶那根手杖去吧。」須永開始揶揄他。

「下雨天怎麼可能帶手杖出門。你說是吧，田川先生。」

聽到這種據理力爭的辯護，敬太郎也不禁苦笑。

「田川先生的手杖到底是甚麼樣子。我很想見識一下。可以讓我開開眼界嗎？

田川先生。我自己去樓下看也行。」

「我今天沒帶來。」

「為什麼沒帶來？今天可是好天氣。」

「因為那根手杖很珍貴，他說就算是好天氣，普通日子也不會帶出來。」

「真的嗎？」

「可以這麼說吧。」

「只有節慶假日才會拿出來嗎？」

敬太郎以一敵二漸漸有點招架不住。最好只好承諾下次去田口家時一定帶去給她看，這才逃過千代子的窮追猛打。不過交換條件是千代子必須說出松本為何在下雨天謝絕會客的原因。——

那是十一月某個秋季少見的陰霾午後。千代子奉母命送松本愛吃的海膽去矢來。她說好久沒來玩了，於是特地把送她過來的車子先打發回去，打算多待一會。松本的大女兒十三歲，接下來依序是男孩、女孩、男孩四個孩子。每個孩子各差二歲，像一般人一樣健康成長。除了這幾個為家中妝點熱鬧氣息的活寶貝之外，松本夫婦對於虛歲二歲的宵子[1]尤其視為掌上明珠愛不釋手。她有珍珠般蒼白透明的皮膚，黑漆似的大眼睛，是前一年的女兒節前夕誕生的。千代子在五個孩子之中最疼愛這孩子。每次來訪一定會買玩具給她。有次還因為給她吃太多甜食惹得舅媽生氣。當時千代子小心翼翼抱著宵子來到簷廊，故意親熱地喊宵子，讓舅媽看二人親暱的樣子。舅媽笑著說，「妳幹嘛，我才懶得跟妳吵架。」松本還調侃她說，「既然妳這麼喜歡這孩子，那就當作妳的結婚賀禮送給妳，妳出嫁時把她一起帶去好了。」

這天，千代子也是一坐下就開始和宵子玩。宵子出生後還沒剃過頭髮，長長的頭髮又細又軟。而且或許是因為膚色白皙，陽光照耀下顯得水亮發紫的細髮亮晶晶地捲起。「宵子，姊姊幫妳綁髮髮喔。」千代子說著，細心替她梳理捲髮。之後分出一小撮鬢髮，綁上紅色蝴蝶結。宵子的小腦袋像鏡餅一樣寬闊渾圓。她舉起小短手放到腦袋的一側，壓住蝴蝶結末端，搖搖擺擺走向母親，口齒不清地嚷著「幅蝶」。母親誇獎說，「哎呀，真好，姊姊幫妳綁頭髮啊。」千代子開心地笑著望向小孩的背影，又慫恿小孩去給爸爸看。宵子再次蹣跚邁步，走到松本的書房門口就趴下了。她向父親行禮時必然會趴著。這時她會盡量把自己的小屁股抬高，低下渾圓的小腦袋直到離門檻只有兩三寸，又嚷著「幅蝶」。松本暫時放下書問，「哎呀，好漂亮的頭髮，是誰給妳綁的呀？」宵子依舊低著頭說，「千千。」千千是口齒不清的她對千代子的稱呼。站在她身後看熱鬧的千代子聽見小嘴說出自己的名字，又開心地大聲笑了。

三

之後孩子們都放學回來了，本來被紅色蝴蝶結獨占的家中，頓時又增添五彩繽紛的熱鬧。上幼稚園的七歲男孩拿來綴有螺旋紋的鼓，說要給宵子打鼓，就把宵子帶走了。這時千代子凝視像小布袋一樣的紅色毛線襪在走廊移動。襪子的繫帶末端綴著小圓球，每次小腳一動就跟著跳動。

「那襪子我記得是妳替她織的。」

「對，很可愛吧。」

1 宵子，這是漱石根據第五個女兒雛子於女兒節前夕（三月二日）出生，後來不幸夭折的經歷寫成。

千代子坐在那裡，和舅舅聊了一會。後來看陰霾的天空飄下冷雨，眼看著越下越大，葉子落盡的梧桐樹也開始淋濕。松本與千代子不約而同望著玻璃窗外的雨色，把手放在手爐上方取暖。

「雨打在芭蕉上聲音更響呢。」

「芭蕉的生命力很強喔。打從之前就一直以為它馬上要枯死了，結果天天看著還是沒有枯死。即便茶花凋零，青桐的葉子也掉光了，它依然保持青翠。」

「這種事有甚麼好感嘆的，難怪人家說恒三是閒人。」

「相較之下妳父親死都不可能研究芭蕉。」

「他才不會研究那種東西呢。不過舅舅比我爸更像個學者耶。我真的很佩服。」

「別講得妳多了解似的。」

「哎喲我是說真的啦。因為不管問舅舅甚麼都知道。」

二人這樣交談時，女傭又拿了一封介紹信來交給松本說，這位先生來求見。松本笑著站起來說，「千代子妳等著，我馬上又有好玩的事情可以告訴妳。」

「可不要又像上次那樣叫我記一大堆洋菸的名稱喔。」

松本沒回答，逕自去會客室了。千代子也回到起居室。由於下雨後天色太暗，室內已經開了燈。廚房似乎已開始準備晚餐，二個瓦斯爐口都忙著噴吐藍色火焰。之後孩子們在大餐桌前兩兩相對地坐下。只有宵子通常是由女傭餵，因此這天晚上由千代子接下這個任務。她把朱漆小飯碗和小盤魚肉放在托盤上，帶著宵子走進旁邊的三坪房間。這個房間平日多半是家人用來更衣，因此有二個衣櫃一個穿衣鏡靠牆而立。千代子在鏡子前放下盛裝像玩具似的小碗小碟的托盤。

「來，宵子，吃飯飯喔。讓妳久等了。」

千代子每舀起一匙稀飯餵她，就會教宵子說「好吃、好吃」、「還要、還要」。最後宵子說要自己吃，從千代子手裡接過湯匙時，千代子又細心教她怎麼拿湯匙。宵子除了簡短的單字還不會說別的。如果糾正她說不是那樣拿，她就會歪著鏡餅似的渾圓小腦袋反問，「這樣？這樣？」那讓千代子感到很有趣，一次又一次重複，宵子又準備要說出「這樣？」斜瞟著大眼睛仰望千代子時，右手拿的湯匙突然掉到地上，整個人撲倒在千代子的膝前。

「怎麼了？」

千代子不以為意地抱起宵子。這才發現就像抱沉睡的小孩，宵子軟綿綿地毫無反應，千代子急忙大聲呼喚宵子宵子。

四

宵子就像熟睡的人，眼半閉嘴半開地癱倒在千代子的膝上。千代子伸掌拍了兩三下她的背，可是完全無效。

「舅媽，不得了了妳快來！」

宵子的母親吃驚地扔下碗筷，腳步匆促地進來。一邊問怎麼了，一邊在電燈正下方把小臉扳正一看，只見宵子的嘴唇已微微泛紫。拿手放在小嘴前，也沒有呼吸聲。宵子的母親發出窒息般的痛苦聲音，讓女傭拿濕毛巾來。放在宵子額上時，她問千代子，「有脈搏嗎？」千代子立刻握住小手腕，但她不知脈搏在何處。

「舅媽，這下子該怎麼辦？」千代子臉色蒼白地哭出來。宵子的母親吩咐茫然站在一旁看的孩子說，「快去叫爸爸來。」四個小孩立刻都跑向會客室。腳步聲在走廊那頭一停止，松本已經滿臉狐疑地出現，「怎麼回事？」他一邊問一邊探頭從妻子與千代子的上方看宵子，但只看了一眼立刻蹙眉。

「叫醫生……」

醫生很快趕到。「情況有點不對勁。」醫生說著立刻打針。但是完全無效。松本從抿緊的雙唇之間，擠出「沒救了嗎」這個痛苦又緊張的問題。三人害怕聽到絕望的消息，閃爍異光的眼睛一齊死盯著醫生。取出鏡子檢查瞳孔的醫生，這時又掀起宵子的衣擺檢查肛門。

「恕我無能為力。瞳孔和肛門都已鬆弛。很遺憾。」

醫生說，還是試著在心臟又打了一針。可惜當然也毫無成效。松本看到針頭戳進女兒晶瑩剔透的肌膚時，不禁皺緊眉頭。千代子的眼淚滴滴答答落在膝上。

「病因是甚麼？」

「實在不可思議。除了不可思議沒別的說法形容。叫人百思不解……」醫生歪頭納悶。松本本著普通人的想法問：「要不要試試看泡芥末澡？」醫生雖然立刻回答「可以啊」，但臉上分明毫無鼓勵的神色。

之後用臉盆裝來熱開水，在蒸騰的水蒸氣中倒入一包芥末。宵子的母親和千代子默默替宵子脫衣服。醫生把手放入熱水中，提醒道：「再兌一點冷水吧。萬一水太熱，燙傷了也不好。」

被醫生抱在手裡的宵子，在熱水中浸泡了五、六分鐘。三人屏息凝視柔嫩的肌膚色澤。「應該夠了吧，泡太久也不好……」醫生說著，把宵子抱出臉盆。母親立刻接過孩子拿毛巾仔細擦乾又替她穿上原先的衣服，但宵子軟趴趴的模樣一如之前，「暫時先讓她這樣躺一會吧。」母親幽怨地看著松本。松本回答「也好」，又轉身回會客室，把訪客送出玄關。

之後特地為宵子從櫃子取出小被子小枕頭。望著宵子看起來分明只是如以往的夜晚陷入安眠的模樣，千代子忍不住哇的一聲哭倒在地。

「舅媽，都是我害的……」

「這又不是妳的錯……」

「可是是我餵她吃飯的……我對不起舅舅和舅媽。」

千代子斷斷續續反覆描述剛才自己餵宵子吃飯時，宵子和平時沒兩樣的活潑樣子。松本環抱雙臂說，「怎麼想都不可思議。」接著催促妻子，「喂，阿仙，讓她躺在這裡太可憐了，還是帶去那邊的房間吧。」千代子也跟著幫忙。

五

沒有合適的屏風，因此只能選個方便的位置，在沒有任何屏障下，讓她頭朝北方而臥[2]。阿仙從起居室拿來今早她還在玩的氣球，給她放在枕邊。臉上蓋上白棉布。千代子不時取下白布看著她哭泣。「老公你看。」阿仙轉頭對松本說，「這麼可愛的小臉就像觀音菩薩。」說著已哽咽。松本說聲「是嗎」，從自己坐的位子伸長脖子看宵子的臉。

之後在白木桌上放上日本莽草[3]、香爐和白糯米團，蠟燭散發微弱的火光時，三人這才感到長眠的宵子已經遠離身旁的寂寞。他們輪流上香，線香燃燒的氣味，不斷刺激他們的鼻子，把他們帶進和二小時前截然不同的世界。其他的孩子像平時一樣早早被哄上床後，只有咲子這個十三歲的長女還不肯離開線香旁。

2　朝北而臥，日本人認為讓死者頭朝北腳朝南躺臥，便可去釋迦牟尼佛之處。
3　日本莽草，五味子科八角屬常綠喬木，可製香供佛。日本通常種在墓地或用於喪禮。

「妳也去睡吧。」

「內幸町和神田都還沒人來呢。」

「應該馬上就來了吧。妳別擔心，快去睡吧。」

咲子起身去走廊，隨即又轉身朝千代子招手。千代子也起身去走廊後，咲子小聲說她害怕，懇求千代子陪她去上廁所。廁所沒有電燈。千代子擦亮火柴點上燈籠，陪咲子彎過走廊。回來時經過女傭房間一看，廚娘正和車夫隔著火盆對坐講悄悄話。千代子猜測他們是在細訴宵子的不幸。別的女傭正在起居室擦托盤或排放茶杯準備迎接客人。

之後有兩三個親戚收到通知趕來。也有人說晚點再來就先走了。千代子對每個人都要重述一遍宵子的猝死經過。過了十二點後，阿仙為了守靈的人特地準備火爐放入室內，但沒有人去取暖。松本夫婦在眾人勸說下勉強回到寢室。後來千代子屢次將快燒完的線香重新續上。雨仍未停。傍晚雨打芭蕉的聲響已不可聞，倒是落在鐵皮屋簷的雨聲格外淒清哀愁地點點滴滴不絕於耳。在這雨中，她不時取下宵子臉上的白布，啜泣著直到天明。

當天女人們合力縫製宵子的白麻壽衣。百代子是剛從內幸町來的，另外還有二個好友家的妻子，因此就把小袖子和下擺交給她們縫。千代子拿著紙筆硯墨四處走動，請每人各寫一張南無阿彌陀佛。「市哥你也寫一張。」她說著，來到須永面前。「寫這個要做甚麼？」須永滿面詫異地接下紙筆問。

「請你用小字盡量寫滿一整面。之後把每六字剪成細長紙條散布在棺中。」

大家都虔誠寫下南無阿彌陀佛六字。咲子說著「不可以看喔」用袖子遮掩寫出歪七扭八的字。十一歲的男孩先聲明「我要用假名寫」，像打電報一樣寫出南無阿彌陀佛的假名拼音。過了中午該入殮時，松本對千代子說，「妳替她換衣服吧。」千代子哭著也沒回話，默默把冰冷的宵子脫光抱起來。宵子的背部已出現大片紫色屍斑。換好衣服後阿仙給宵子的小手戴上小串念珠，又在棺中放入小斗笠和草鞋。昨天傍晚還穿著的紅色毛線襪也放進去。襪帶末端綴的小圓球晃動的模樣立刻浮現千代子眼前。大家送的玩具也分別塞進棺中遺體的腳部和頭旁。最後撒上如雪片的「南無阿彌陀佛」紙條後蓋上棺蓋，罩上白綾。

六

阿仙說友引[4]不是好日子，因此喪禮延後一天，家中雖籠罩陰鬱卻比平日更熱鬧。七歲的男孩嘉吉，像平時一樣打鼓挨罵後，悄悄來到千代子身旁，問她宵子是否不會再回來了。須永笑著戲弄孩子說，明天要把嘉吉也帶去火葬場和宵子一起燒掉。嘉吉說我才不要，大眼睛滴溜亂轉地看著須永。咲子纏著阿仙說她明天也想去參加喪禮。九歲的重子說我也要。阿仙似乎這才想起，把在裡面和田口夫婦談話的丈夫喊過來問，「老公，明天你去嗎？」

「去啊。妳最好也一起去。」

「對，我肯定要去。該給孩子們穿甚麼衣服才好？」

「穿日式禮服就好了吧？」

「可是樣式太華麗了。」

「穿寬褲就好。男孩子穿水手服就夠了。妳有黑色禮服吧。有黑色腰帶嗎？」

「我有。」

「千代子，妳如果也有的話，就穿上喪服陪妳舅媽一起去。」

這樣安排好後，松本又回到裡屋。千代子也起身上香。一看棺木上，不知幾時放了漂亮的花環。「甚麼時候送來的？」她問待在一旁的妹妹百代子。百代子小聲回答，「剛才。」又接著解釋，「舅媽說宵子還小，只有白花太冷清，所以刻意添上紅花。」姊妹倆並排坐了一會。過了十分鐘，千代子附耳對百代子說，「百代子，妳看過宵子的遺容了？」百代子點頭說對。

「甚麼時候？」

「就是剛才入殮時看到的啊。怎麼了？」

千代子差點忘了。她本來打算妹妹如果說沒看到，二人就可以打開棺蓋再看一次。「算了啦，我會害怕。」百代子搖頭說。

晚間僧侶來誦經守靈。千代子在旁聽著，松本抓著和尚談起三部經[5]如何、和讚[6]又如何這種奇怪的話題。對話中還頻頻出現親鸞上人與蓮如上人這些名字。過

4 友引，據說在這天舉行喪禮會讓別人也跟著死掉。

5 三部經，《佛說無量壽經》、《佛說觀無量壽經》、《佛說阿彌陀經》這三大經典。

6 和讚，讚美佛祖的日文歌謠。

了十點後，松本把點心和布施錢放在和尚面前說，「已經可以了請回吧。」和尚走後，阿仙問他原因，他隨口說，「沒甚麼，和尚早點回去睡覺，我們也自在點。宵子一定也不想聽人家念經。」千代子與百代子相視一笑。

翌日在無風的晴空下，小小的棺木安靜地移動。路旁人們好像在看甚麼不可思議的東西詫異地目送。松本說他不喜歡白燈籠和白木轎子，把宵子的棺木直接放進靈車。靈車周圍垂掛的黑布每次一搖晃，覆蓋白綾的小棺木上裝飾的花環便若隱若現。附近玩耍的孩童跑過來，好奇地探頭窺視車內。也有人在靈車經過時脫帽致意。

在寺院也照規矩念經上香。千代子坐在寬敞的本堂，離奇地竟然沒有落淚。舅舅舅媽看起來也沒有特別憂傷的表情。燒香時，重子本該拈香伸到香爐背後過火，卻誤拿了一撮香灰，扔進檀香粉中時，甚至因為太好笑而噗哧笑出來。喪禮結束後松本與須永和另外一兩人跟著棺木去火葬場，所以千代子和其他人一起回到矢來的喪宅。在車上，她感到比起悲傷略減的現在，昨天一整天的悲痛欲絕，反而似乎蘊含更多聖潔純美，不禁懷念起當時體會到的痛切悲傷。

七

撿骨時由阿仙、須永、千代子以及平時照顧宵子的阿清這名女傭隨行。他們沒發現從柏木車站下車的話只須走二百公尺，從家裡直接坐人力車結果反而耗費了更久的時間。這是千代子第一次來火葬場。看到久違的郊外風景，也令人找回遺失的記憶般頗為喜悅。入眼所見是青翠的麥田，碧綠的白蘿蔔田，以及在常綠樹之間夾雜紅黃褐色的森林。走在前面的須永不時回過頭，指點千代子這是穴八幡、那是諏訪森林。車子來到昏暗的緩坡時，他又指著略高的杉林中那座細長塔樓告訴千代子，那上面刻著「弘法大師一千五十年供養塔」。下方有山白竹叢生的水井，橋頭有一間茶店，構成標準的鄉村小路風景。樹葉幾乎落盡的高枝上，不時有一片小小的枯葉墜落。在空中迅速旋轉飛舞的鮮明模樣刺痛了千代子的眼。葉子並未輕易落到地面，始終在空中翩翩飛舞，對她而言也是新奇的景象。

火葬場蓋在日照充足的向南平地，因此車子進門時，比想像中更燦爛的陽光射向千代子心口。阿仙在辦公室前說，我們是松本家的人。坐在貌似郵局窗口內的男人問她應該有帶鑰匙吧。阿仙臉色一變，急忙搜尋懷裡和腰帶。

「真糟糕。我把鑰匙放在起居室的櫃子上了……」

「沒帶嗎？那就麻煩了。現在還來得及，最好讓阿市趕緊回去拿。」一直在後方冷淡旁聽二人對話的須永這時說，「鑰匙我帶來了。」從袖子取出冰冷沉重的鑰匙交給舅媽。阿仙給窗口人員看時，千代子責備須永。

「阿市，你真的很壞耶。既然帶了幹嘛不早點拿出來。舅媽因為宵子的事，現在失魂落魄的，當然記不住。」

須永只是微笑佇立。

「像你這樣無情的人，這種時候乾脆不來更好。反正宵子死了也沒見你掉過一滴眼淚。」

「我不是無情。只是因為還沒孩子，所以不太理解親子之情。」

「哎喲，虧你能大剌剌在舅媽面前講這種話。那我怎麼辦，我甚麼時候有孩子了？」

「妳有沒有小孩我哪知道。不過妳是女人，大概比我們男人更有美好的溫情吧。」

阿仙對二人的鬥嘴充耳不聞，辦完手續立刻朝等候室走去。在那裡坐下後，朝站著的千代子招手。千代子立刻走到舅媽身旁坐下。須永也跟著走進來。然後在二人對面貌似乘涼台的長椅坐下。並且挪出位子叫女傭阿清也坐。

四人喝茶等候之際，出現兩三組撿骨的家屬。起初只有鄉土氣的阿婆，似乎看了阿仙與千代子的服裝自慚形穢很少開口。接著又來了一對撩起衣服後擺塞進腰帶的父子。用活潑的聲調說要買骨灰罈，結果用十六錢買了最便宜的。第三組是披頭散髮綁著男用腰帶不知是男是女的盲人，由穿紫褲的女孩牽著走過來。盲人確認時間應該還早之後，從袖子取出紙捲菸開始抽。須永一看到這個盲人的臉就站起來二話不說走出去，始終不見他回來。這時辦公室人員來到阿仙旁邊催促說，「已經準備好了，請吧。」千代子這才去後院喊須永。

八

她有點害怕地看著左右兩側黃銅掛牌上寫著死者姓名的成排火化爐穿過後院，只見寬敞的空地角落有松木柴薪堆積如山。周圍是蒼鬱茂盛的漂亮孟宗竹林。下方是麥田，麥田再過去又有山丘高高蜿蜒，因此北邊的風景看來尤其心曠神怡。須永就站在這片空地的邊緣茫然眺望遼闊的風景。

「阿市，人家說已經準備好了。」

須永聽著千代子的呼喚默默走回來，說道：「那片竹林很壯觀。妳不覺得很像是用了死人的養分當肥料才能那樣生氣蓬勃嗎？這裡長出來的竹筍肯定好吃。」千代子撂下一句「真噁心」，又匆匆走過成排火化爐。宵子的火化爐是上等一號，因此門上掛著紫布。爐前有昨日的花環略顯凋零地靜靜放在台子上。那似乎是昨晚焚化宵子的熱氣留下的紀念，這令千代子忽然感到窒息。三個火葬場工人出現。其中最年長的說，「這封印……」須永遂拜託，「沒關係，你打開吧」。那人恭敬地親手撕開封印，喀擦一聲取下門鎖。黑色鐵門朝左右拉開，昏暗的深處，隱約可見一團灰色的圓形物體混合或黑或白的東西不成形狀。工人聲明「現在要取出」，在前方接出二條軌道，將貌似鐵環的東西掛在棺台二端，忽然響起喀拉喀拉的聲音，那團不成形的焚化殘骸已來到四人站立的眼跟前。千代子從中認出宵子那鏡餅般渾圓隆起的頭蓋骨仍保持生前的形狀，不禁猝然拿手帕摀住嘴。除了這塊頭蓋骨和顴骨之外，工人又留下兩三塊較大的骨頭，說：「剩下的會篩乾淨給各位帶回去。」

四人各持木筷與竹筷，撿起台上的白骨放入白色骨灰罈中。並且不約而同哭了。唯有須永臉色蒼白，沒開口也沒吸鼻子。「牙齒要另外放嗎？」工人邊問邊靈巧地把牙齒撿出時，須永看著他把下顎壓碎從中挑起兩三顆牙齒，不禁喃喃自語：「這樣看起來完全不覺得是人呢。就跟從砂礫中挑出小石子一樣。」女傭站在門口簌簌落淚。阿仙與千代子都放下筷子用手帕掩面而泣。

上車時，千代子抱著放入杉木盒中的白色骨灰罈放在膝上。車子駛出後，冷風從膝上的蓋毯與杉木盒之間吹入。道路兩側有成排高大櫸樹的白褐色樹幹，彷彿歡送他們似地搖晃細小的樹枝。那細小的樹枝茂密地從兩側伸出，在遙遠的頭頂上方交叉，可是自己所經之處卻格外明亮，讓千代子感到很奇妙，不時抬頭眺望遠空。到家後把遺骨放到佛壇前時，孩子們立刻湊過來要求打開蓋子看，被她斷然拒絕。

之後一家人在同一個房間吃午餐。「這樣看來，雖然好像還有很多孩子，事實上卻已少了一人。」須永說。

「活著的時候還不覺得，死後才發現最捨不得的就是她。甚至恨不得讓在場的某個孩子代替她去死。」

「爸爸真過分。」重子對咲子耳語。

「舅媽不如努力再生個和宵子一模一樣的寶寶。我一定會很疼她。」

「怎麼能生個和宵子一樣的孩子，宵子是獨一無二的。又不是像茶杯或帽子可以找個替代品，我永遠不可能忘記死去的孩子。」

「從那之後，我就很討厭在下雨天拿介紹信登門的男人。」

須永的敘述

一

敬太郎自從在須永家門前看到那個倩影，經常想像這二人之間的紅線。那條線帶有某種夢幻氣息，所以當二人就在眼前，看著須永或千代子時，紅線反而往往會消失無蹤。但是當他們沒有實際現身給敬太郎的肉眼帶來現實的刺激時，本來消失的紅線又會像纏繞二人的因果宿命般連結。即便在敬太郎開始經常出入田口家後，關於須永與千代子的關係也沒聽任何人提過一個字，況且實際觀察二人也沒有任何逾越表兄妹分際的跡象，但是敬太郎已被一開始的聯想占據腦海，因此往往不自覺把二人當成一對情侶。沒有女友的年輕男人，和沒有男友的年輕女人，簡而言之在敬太郎看來只不過是有違自然之道的殘缺者，因此他之所以在腦中把自己認識的二人湊成一對，或許是出於道義感的要求，希望讓仍徘徊在殘缺者處境的二人早點得到與生俱來的資格。

敬太郎這套論調有點深奧，所以不管出於甚麼樣的要求當然都不必為敬太郎辯護，不過最近偶然聽說千代子的婚事後，的確讓他對腦中世界與外在社會的矛盾有點苦思不解。千代子的婚事他是從工讀生佐伯那裡聽來的。不過像佐伯這種身分，不可能婚事未定就知道詳情。他只是繃緊平日木然的臉部肌肉說，好像有那樣的傳聞。千代子的對象叫甚麼名字他當然不知道，只知道是個頗有身分的企業家。

「我一直以為千代子小姐會嫁給須永君，難道不是嗎？」

「那恐怕不可能。」

「為什麼？」

「如果問我為什麼，我也無法說出明確回答，但總之只要稍微想一下就覺得很困難。」

「不見得吧，我倒認為他們是天作之合。本來就是親戚，年紀也只差個五、六歲，並不奇怪。」

「在外人看來或許乍看是如此吧。但其實還有種種複雜的內情。」

敬太郎很想刨根究底問出佐伯所謂的「複雜的內情」，可是佐伯把自己當成外人的說法讓他很惱火，而且如果讓人知道自己向一個負責看門的工讀生打聽家庭內幕也有損自己的品格，再加上佐伯似乎也不像他嘴上吹噓的那麼了解內情，敬太郎只好就此結束這個話題。當時他順便去內宅和田口夫人打招呼聊了一下，但對方看來和平時沒兩樣，因此當下敬太郎也沒那個勇氣道喜。

這是敬太郎在須永家從千代子口中得知矢來舅舅家那樁悲劇的兩三天前。當天他去找久違的須永，其實就是想針對這樁婚事確認須永的想法。須永要和誰結婚，千代子要嫁給甚麼人，當然都與敬太郎無關，但這二人的命運，這麼輕易就能毫不留戀地斷然各分東西嗎？或者，真有一條如自己想像的虛幻紅線，化為二人也看不見的情緣，在冥冥之中將二人綁在一起？抑或，這種或可形容為用夢幻織就彩帶的縹緲羈絆，有時在二人眼中看得分明，有時又完全切斷，令他們各據一方被孤立——敬太郎很想知道究竟如何。當然那只不過是單純的好奇。他顯然也有此自覺。但對象若是須永，他有自信就算滿足自己這種好奇心也不會冒犯對方。不僅如此，他甚至深信自己有滿足這種好奇心的權利。

二

這天不巧千代子也在場，最後連須永的母親都出來了，雖然坐了很久，卻完全沒機會問那種私密話題。但是當敬太郎驀然想像湊巧坐在自己面前的三人，就這樣成為相配的夫妻與婆婆時，他認為把三人用世間最普通的形式連結在一起應該是最容易的任務，就此離去。

接下來的周日，對所有的勞動者都是一個幸福溫暖的晴天，敬太郎一大早就去找須永，想邀他去郊外走走。懶洋洋又任性的須永雖來到玄關門口，卻始終不肯答應出門，在母親的強硬勸說下才勉強穿鞋。他是那種既然穿上鞋了，就會任由敬太郎安排去哪都行的人。但是相對的，不管怎麼問他，他都不會說出明確的方向堅持非要去那裡。當他和矢來的松本湊到一起時，二人都無法決定要去哪裡，因此往往最後會走到很離譜的地方。敬太郎就聽他母親親口說過那種例子。

這天他們從兩國搭乘火車到鴻之台下。之後沿著美麗寬闊的河流，在河堤上漫步。敬太郎好久沒有這麼快活開朗，四處張望河水、山丘還有帆船甚麼的。須永好歹也讚賞了風景，卻說現在還不到在這種冷風呼嘯的河堤漫步的季節，對這麼冷的天氣還拉他出門的敬太郎很不滿。敬太郎說走快一點身體就會熱起來，立刻開始快步前行。須永面露無奈地跟上來。二人來到柴又的帝釋天[1]旁，走進河魚餐館「川

1　柴又的帝釋天，位於東京都葛飾區柴又町的日蓮宗寺院（題經寺）。

甚」吃飯。須永說這家的烤鰻魚味道太甜膩吃不下，再次面露不悅。二人之間的氣氛打從之前就很冷，沒有好好聊內心話的餘地讓敬太郎很苦惱，這時他忍不住問須永，「你們江戶人真是挑剔。難道你娶妻時也會這麼挑剔嗎？」

「說到挑剔誰都會，又不僅限於江戶人，即使是你這種鄉下人也一樣挑剔吧。」

須永這麼回答後一臉無辜。敬太郎無奈地說，「江戶人講話真不客氣。」說完自己也笑出來。須永似乎也突然覺得好笑，跟著笑了。之後就如二人的氣氛好轉，二人的對話也得以圓滿進行。即使須永批評敬太郎「你最近好像穩重多了」，他也只是老實接受說「也許是變得比較正經了」，他調侃須永「你倒是好像越來越彆扭」，須永也只是爽快承認自己的弱點說「有時連我自己都覺得討厭」。

這種敞開心扉，雙方看透彼此的眼底深處也不會難為情的時刻，對於想詢問千代子的婚事真相的敬太郎而言，正巧是個良機。他先拿大約一周前耳聞她近日即將結婚的傳聞試探須永。但須永絲毫沒有露出激動之情。反而用比平日更穩重的語氣說，「好像是又有人介紹婚事了。但願這次順利談成。」，但他接著忽然語氣一轉，好像覺得這已是老掉牙的話題般解釋，「這只是你不知道而已，其實這種事過去也發生過好幾次了。」

「你不想娶她嗎？」

「我看起來像要娶嗎？」

對話就這樣你一言我一語地逐漸深入，最後到了要不就表明心跡，要不就只能換話題的節骨眼時，須永終於對敬太郎露出苦笑說，「你又拿手杖來了吧。」敬太郎也笑著去簷廊。從簷廊拿來手杖又走進來，「如你所見。」說著把蛇頭給須永看。

三

須永的敘述遠比敬太郎預期的更長。——

我父親很早就過世了。在我還不太懂父子親情的幼年突然死去。我沒孩子，所以對於繼承自己血脈的骨肉或許看得比較淡薄，但對親生父親的懷念，之後卻是與日俱增。我也常想，如果當時有現在這種心情就好了。簡而言之，當時的我對父親甚為冷淡。但我父親也絕非溺愛孩子的人。如今我印象中的他，只不過是顴骨高聳，臉色蒼白，表情嚴厲難以親近的肖像。我每次對鏡自照，就會想到那和我記憶中的父親容貌酷似，讓我很不愉快。那不僅是因為我深怕自己是否也和父親一樣給旁人留下討厭的印象，為此感到自卑。而且比起陰鬱的眉毛與額頭代表的外貌特徵，如今的我血液中流著更溫暖的感情，因此我猜想，看起來那麼冷酷的父親心底或許也藏著更甚於我的熱淚，可我想起父親時，居然只記得他不好的外表，讓我這個做兒子的實在很羞愧。父親死前兩三天曾把我叫到枕邊說，「市藏，我死了以後你就得靠你媽照顧了。知道嗎？」我打從出生時就是靠我媽照顧，事到如今父親還特地這樣囑咐讓我覺得很奇怪。我默默坐著，父親勉強牽動瘦得只剩皮包骨的臉部肌肉說，「如果再像現在這麼頑皮，你媽就不管你了喔，你得聽話一點。」我倒覺得我母親過去都在管我，光是現在這樣我都已經受夠了。於是我把父親的責備當成沒事找碴，就此走出病房。

父親死時，我母親哭得很傷心。要參加喪禮時，我被人換上喪服，閒著沒事幹，於是獨自走到簷廊，專心眺望藍天，這時穿白衣的母親不知怎麼想的忽然也出來了。田口和松本這些來幫忙的人都在另一頭忙亂，她身旁不見任何人。母親突然把手放在我的小光頭上，哭腫的眼睛盯著我。然後小聲說，「就算爸爸過世了，媽媽也會像過去一樣疼愛你，你放心好了。」我甚麼也沒回答。也沒掉眼淚。當時就那樣過去了，但我漸漸明確感到，我對父母的記憶，之所以直到長大之後仍隱約籠罩陰影，就是因為二人當時說過的話。他們沒必要賦予任何意義的說詞，為何讓我留下一抹濃厚的懷疑，這點就算問我自己也說不出所以然。有時我很想當面向母親問個清楚，可是一看到母親的臉往往就頓失勇氣。而且在我心中某處，好像有甚麼東西對我耳語：「一旦說出來就完了，親密的親子關係會變得疏離，永遠沒機會恢復現在的和睦。」就算不是那樣，母親恐怕也只會望著我認真的臉孔，含笑打馬虎眼說「有那種事嗎」，預想到被她那樣四兩撥千斤閃避話題時的殘酷結果，我就覺得終究沒資格開口，就此陷入沉默。

我在母親面前絕非溫順的乖兒子。從父親臨死前還把我叫到枕邊吩咐也可看出，我從小就經常頂撞母親。即使長大後，懂得應該要更孝順母親了，還是無法乖乖聽她的話。這兩三年尤其讓她成天操心。但是不管我們怎麼各持己見，母子畢竟是天生的母子，這個可貴的觀念，無論或輕或重都還沒有被傷害過，因此我怕萬一說出那個，讓彼此都留下後悔的傷痕，那才真的是無法挽救的不幸。有時我也懷疑這種恐懼也許只是天生神經質的我幻想出來的。但那種恐懼對我而言往往是比現在更明確的未來。所以我無法就此輕易忘記當時父母說的話，讓我至今都感到很可悲。

四

父母之間的感情有多麼美滿，我無從得知。我尚未娶妻，因此或許沒資格評論那種事，但就算是恩愛夫妻，不時也會發生齟齬，此乃人之常情，所以他倆在漫長的婚姻生活中，想必也曾在彼此內心發現難以苟同的缺點，獨自苦澀地忍受著不為人知也沒互相抱怨過的不滿。尤其我父親脾氣雖暴躁卻比較陰鬱，母親除了吟唱長歌之外平時很少大聲，因此直到父親過世我都不曾看過他們吵架。簡而言之若就一般人看來，很少有哪個家庭像我家這麼安靜健全。我相信就連喜歡露骨地說別人壞話的松本舅舅，迄今肯定仍這麼認為。

母親每次對我提到死去的父親，總是強調他是世間最接近完美的丈夫。那或許也有幾分是想美化父親沉澱在我心底的混濁記憶。也可能是想讓她自己的記憶在歲月中逐漸煥發光彩。但是當她介紹那個充滿慈愛的父親給我時，她的態度就會幡然一變。平時我眼中的那個柔和的母親，此刻會義正詞嚴地教訓我，甚至讓我驚訝她為何能夠變得如此一本正經。不過，那是我從中學升上高等學校時的事了。現在就算逼母親重複同樣的話題，也不可能再有那種崇高聖潔的氣氛。我的情緒從當時至畢業那段期間，或許就像現代小說中的主角那樣激狂吧。每當我想詛咒中了現代氛圍毒素的自己，我就會不時產生「只要一次也好，真想再次在母親面前體會那種崇高的感觸」的願望，同時也知道那個願望終究是不可能實現的過往迷夢，不由湧現悲哀。

母親的個性，可以用我們從以前就用慣的「慈母」二字來概括形容。在我看來甚至可以說她是為二字而生，也為這二字而死。雖然很可憐，但母親的生活全靠這一點獲得滿足，因此只要我能充分盡到孝道，就是她的無上歡喜。可我如果經常違背她的意思，那也會是她最大的不幸。每次想到這個我就非常痛苦。

既然想起往事我就順便在此提一下，我原本並非獨生子。我記得小時候每天都和名叫小妙的妹妹玩。妹妹平時穿著大花圖案的外袍，像日本娃娃一樣梳著齊眉瀏海。而且總是直呼我市藏，從來不喊我哥哥。這個妹妹在父親過世的幾年前罹患白喉死亡。當時尚未發明血清注射，因此治療想必也很困難。我原先甚至連白喉這個名詞都沒聽過。迄今我仍忘不了，當時來我家探望的松本逗我，問我是否也是白喉，我回答「嗯，不是喔，我是軍人」。妹妹死後，嚴肅的父親也暫時變得異常溫柔。當他對母親說「這次真是苦了妳了」的神情尤其溫和，因此我年紀雖小，卻連當時他說的話都銘刻在幼小心靈。只是我完全不知道母親是怎麼回答的。就算我絞盡腦汁也想不起來，可見應該是一開始就沒記住。我從小就對父親擁有如此敏銳的觀察力，卻沒注意到母親的反應，這未免也太不可思議。如果說人有那種對他人的好奇勝過自身的癖好，那麼對我而言父親或許比母親更像他人。反之也表示，母親和我的關係親密到不值得觀察的地步。——總之我妹妹死了。從此我無論對父親或母親都成了獨生子。父親死後，現在的我是母親的獨生子。

五

所以我必須盡可能孝順母親。可是實際上這個原因反而讓我更任性。我從去年畢業到今天，一天也沒思考過就業的問題。我畢業時的成績算是很優秀。如果想利用時人按照成績雇用員工的習慣，也不是沒機會坐上令同學稱羨的好職位。我記得有一次某教授受某機關委託物色職員時，甚至還徵詢過我的意願。可我卻不為所動。我講這個當然不是要炫耀。坦白講，毋寧是炫耀的相反，是完全缺乏信念導致的消極退縮，所以很不愉快。不過，我當然是打從拒絕時就有種「就算從早到晚費盡心機鑽營，得到世人吹捧又怎樣」的懶惰心態。我想我並非為了迎合時運而生的人。如果念的不是法律而是植物學或天文學，或許還會有合乎個性的工作從天而降。因為我是個對社會甚為怯懦，對自己卻很有耐心的男人才會這麼想。

這樣的我能夠恣意任性，無庸贅言自然是因為父親遺留的微薄財產。如果沒有這筆財產，我就算再怎麼難受，恐怕也得利用法學學士的文憑與社會戰鬥，這麼一想，我就再次對死去的父親萬分感激，同時，自己的任性只因有這筆遺產才能勉強維持，可想而知是多麼不牢靠又淺薄。因此被犧牲的母親就更可憐了。

母親就像一般受傳統教育的婦女，把光耀門楣視為孩子的第一要務。但她所謂的光耀門楣，是指名譽，還是財產？權力？抑或是德望？說到這個完全沒概念。她只是模糊地認為，如果其中之一落到頭上，其他的一切也會隨後跟來。但我對這個問題，沒有勇氣向母親說明。因為要說明之前，必須先憑我的見識找到最能夠光耀門楣的方法，可我卻沒那個資格。就任何角度而言，我都不是能夠光耀門楣的人。

我的腦中只有不要玷汙家譽的見識。可那樣的見識給母親知道了，不僅不會高興，還是和她壓根無緣的東西，所以她看了大概只會擔心。我也會很落寞。

我讓母親擔心的事情之中，首先必須舉出的，就是前面提到的我的缺點。但母親疼愛我，即使我不矯正這缺點也能和母親安穩生活，所以懷著愧疚，就這樣繼續下去也不成問題，不過比起我的任性，可能帶給母親更尖銳的失望而因此讓我暗自心痛的，是我的結婚問題。或者該說是環繞我與千代子的周遭事情更恰當。要說明這點，必須按照順序先從千代子出生前說起。當時的田口還沒有現在的人脈也沒這麼有錢。只是據說前途有望，因此父親才會居中撮合把我的小阿姨嫁給他。田口本來就把我父親當成前輩景仰。動輒找父親商量，父親也幫過他。就在我們兩家之間新成立的這種親密關係與日俱增日漸圓滿之際，千代子誕生了。當時我母親不知是怎麼想的，據說懇求田口夫婦等這孩子長大了把她嫁給市藏。根據母親表示，他們當時爽快同意了母親的請求。當然之後又生了百代子以及吾一這個兒子，千代子真要出嫁的話嫁給誰都行，至於母親是否得到一定會把千代子嫁給我的明確承諾，這個我也不知道。

六

總之我與千代子打從彼此還不懂事時，就已結下這樣的羈絆。但那種羈絆在促成我倆的婚事上成了頗為不可靠的羈絆。我倆當然是如天上的雲雀自由成長。想必就連搓出那條羈絆之繩的當事人都無法牢牢握住繩索的一端。在此我無法用天賜奇緣來形容那個不可靠的羈絆，令我深為母親悲傷。

母親在我上高等學校時就不動聲色暗示過千代子的事。當時的我當然已懂得男女之事。但我壓根沒想過未來的妻子。甚至無法冷靜討論那種話題。尤其對方還是從小一起玩耍吵架，幾乎等於在同一個家庭長大的少女，也許是關係太近了反而顯得太平凡，缺乏異性帶來的普通刺激。不只是我有這種感覺。千代子恐怕也有同感。最好的證據就是我們彼此認識這麼多年，我到現在都不記得曾被她當成男人看待過。在她眼中的我，不管是哭是怒，故作撩人姿態或刻意追求討好，永遠都只是一個表哥。不過這當然也有幾分是因為她天性單純，所以說到這點，沒有人比我更了解她，但是男女之間不可能單憑那個就掃除障礙。只有一次……不過這個還是待會再說比較好。

母親對於我充耳不聞的反應解釋為害羞，彷彿打算靜待時機，就此按下不提。我當然沒勇氣否定那不是害羞。但母親非要把那解釋為我喜歡千代子所以才害羞，等於完全搞反了事實。簡而言之，母親基於未雨綢繆的想法，極力想讓我倆從小就像青梅竹馬一起長大，結果反而讓身為成熟男女的我倆逐漸疏遠。而且她還不自知。必須讓她明白這點的我實在太殘酷了。

描述當日種種於我而言著實痛苦。母親從我高等學校時代就暗示過千代子的婚事，到我大二那年為止，她似乎始終獨自抱著這個想法，直到某晚——那是據說櫻花已綻放的春假某天晚上——她才悄悄在我面前提出。當時我已經變得懂事多了，因此已經可以安靜看待這個問題，從表裡兩面仔細考慮。母親當時也不再只是迂迴暗示，更想給自己的多年心願賦予名正言順的形式。我隨口說表妹是血親我不要。母親說打從千代子出生時就已提親所以我該娶她，把我嚇了一跳。我問她為何要向人家提出那種要求，她說「因為我喜歡那孩子，你應該也不討厭」，她這種哄小孩都不管用的說法讓我很傷腦筋。我如果再繼續逼問，她就會含淚說「其實這不是為了你，全都是為了我自己」。而且就算我追問「為了她自己」是甚麼意思，她也不肯告訴我原因。最後她問我是不是真的很討厭千代子。我說談不上討不討厭。只是千代子也不想嫁給我，姨丈和阿姨也不想把女兒許配給我，所以最好別再提起此事，否則只會讓對方困擾。母親說這是早就約定好的，困擾也沒用，還堅稱對方不可能困擾，並且一一舉出昔日田口靠父親幫助或給父親帶來麻煩的例子。我只好使出緩兵之計說這個問題在我畢業之前暫時先不談。母親露出不安中浮現一絲希望的神色，懇求我再好好考慮一下。

基於這些內情，過去母親獨自懷抱的問題，從此也成了我必須煩惱的問題。田口或許也以他自己的方式想著同樣的問題。就算要把千代子許配給他人，姨丈肯定也擔心萬一到了緊要關頭必須徵得我家的同意該怎麼辦。

七

我變得很不安。每次看到母親，總覺得自己在欺騙她，得過且過地拖延問題。有一陣子也想過不如改變想法按照母親的期望娶千代子。為此我還沒事特地去田口家，不動聲色地觀察姨丈夫妻的反應。他們在言行舉止間絕對沒有為了預防我母親咄咄逼人而對我疏遠。他們並非那麼膚淺又無情的人。但是我老早就看出，做為他們女兒的未來夫婿，我在他們眼中是如何可悲，而且這點不僅沒有改變，反而到了最近越發明顯。首先，他們似乎就認為我虛弱的身子與蒼白的臉色不適合當女婿。不過我天生就神經質，往往容易對事情想得過於誇大，或是鬧起無謂的彆扭，因此在此我就不再失禮地一一詳述我所觀察到的姨丈阿姨的反應了。但若容我說一句，他們當初應該明言過要把千代子嫁給我吧。至少曾經想過嫁給我也行。只是之後他們的社會地位升高，我的個性也與他們背道而馳，這二個因素奪走了實現的可能性，只剩下空虛的道義外殼，留在他們的腦海某處——這麼判斷應該八九不離十。

我並沒有機會和他們談論所有人的結婚問題。只是有一次，阿姨和我曾有過這樣的對話。

「阿市也差不多該找對象了。姊姊似乎早就在擔心了。」

「如果有好對象請告訴我母親。」

「阿市還是找個溫柔體貼、像親切的護士小姐一樣的女人最好吧。」

「就算想找個護士小姐那樣的妻子，也沒人肯嫁給我。」

我苦笑著如此自嘲時，本來在對面角落不知幹嘛的千代子，忽然抬起頭說，

「不如我嫁過去吧？」

我深深凝視她的眼。她也看著我的臉。但雙方都沒看出甚麼有意義的名堂。阿姨也沒轉頭看千代子，接著說，「像妳這麼不含蓄的野丫頭，人家阿市才看不上呢。」我從阿姨的低聲中，聽出一種像譴責又像害怕的聲調。千代子只是覺得很好玩似地哈哈大笑。當時百代子也在旁邊。她聽了姊姊說的話就微笑起身離去。我將之解釋為無形的拒絕，過了一會也離開了。

這次事件後，關於這個問題我越發不想再努力滿足母親。父親的自尊心極強，身為他兒子的我，在這方面神經敏感得連自己都驚訝。當然我對阿姨當時的反應絕對沒有生氣。阿姨尚未正式收到我們家的求親，除了那樣做也沒別的法子表露想法吧。至於千代子，不管她說甚麼笑甚麼，我認為她都只不過是如實表露始終坦蕩的心中想法而已。根據千代子當時的說話態度，至少可以確定她和之前一樣不願嫁給我，同時，如果我媽當面使出溫情戰術，她搞不好真的會一口答應說「好吧，既然如此那我就嫁過來」，因此我還是偷偷有點擔心。因為我一直相信，她就是會在這種時候坦然犧牲自己的利益與父母的意思，性情極為純粹的女子。

八

自尊心強烈的我比起討母親歡心，更希望盡可能不要傷害自我。我深怕千代子在我不知情之際被母親說服，而暗中提防這點。母親只因為當初她出生就說好要嫁給我當妻子，在眾多侄兒和外甥中特別疼愛千代子。千代子也從小就把我家當成自己家似的毫不客氣來過夜。也因此，如今田口和我家雖然比起過去已有幾分疏遠，唯獨千代子還是阿姨長阿姨短的，就像來見親生母親一樣神情快活地頻繁造訪。單純的她，就連自己不時有人介紹婚事都會一五一十告訴我母親。母親是老好人，只是老老實實傾聽，始終沒露出憤恨的眼神。我害怕的溫情策略，在這關係深厚的二人之間，難保幾時不會發生。

我本來只不過是想先針對這點，暫時堵住母親的嘴罷了。可是真要鄭重對母親開口時，卻萌生某種罪惡感，覺得自己為了堅持自我就剝奪年邁母親的自由，真是殘忍的不孝子，因此往往還是開不了口。不過也不盡然只是因為不忍老人家難過才打消念頭。儘管關係如此親密，母親直到現在都不敢豁出去向千代子攤牌，所以就算這樣放任不管，暫時應該也沒問題吧。這個想法，多多少少也讓我壓下了想對母親開口的念頭。

因此我對千代子一直沒有採取明確的處置。不過即便在這種不安狀態的時期，也不可能和田口家斷絕往來，因此偶爾為了讓母親高興，我還是會搭乘電車去內幸町。就在這樣的某日晚間，千代子說要請我吃她剛學會的功夫菜，所以難得被挽留下來吃晚餐。向來總是不在家的姨丈這天正好也在，用餐時照例談笑風生，逗得年輕人快活的笑聲響徹紙門非常熱鬧。飯後，姨丈不知是怎麼想的，突然對我提議，「阿市，好久沒下棋了，來一局吧？」我雖無太大興趣，但難得人家開口邀約，於是一口答應，和姨丈另闢房間下棋。我倆玩了兩三局。本來彼此就不擅棋藝，自然不可能用太久時間，收拾了棋盤之後時間也還早。我倆抽著菸又開始閒聊。這時我趁機故意問姨丈，「千代子的婚事還沒談妥嗎？」那當然是為了表示我對千代子別無他意。但是另一方面，也是因為我認為若能盡早解決這個問題，不僅我能安心，千代子也會幸福。結果姨丈不愧是男人，毫不猶豫地說，

「不，沒那麼容易。雖然漸漸有人來說親事，畢竟太難了，讓我很傷腦筋。而且越打聽越麻煩，我打算找個差不多的人家能談妥就趕緊談妥。——姻緣真的很奇

妙。我是現在才敢對你說，其實千代子出生時，你母親曾經求我把千代子嫁給你——那時千代子還是個剛出生的小嬰兒呢。」

姨丈這時笑著看我的臉。

「我媽好像是真心這麼說。」

「是真心的。因為大姊是個誠實的人。她真是個老好人。據說直到現在，不時還會認真跟你阿姨提起這件事。」

姨丈再次放聲大笑。我思忖姨丈既然如此輕巧地解釋這個事件，那我是否也該為母親辯解幾句。然而，如果這是老江湖巧妙的暗示，那我就算只說一句也顯得很蠢，於是保持沉默。姨丈很親切也老於世故。他這時說的話該從哪個角度解釋，我到現在仍不明白。但不可否認的是，從此我越發傾向不娶千代子了。

九

之後我有二個月都沒去田口家。若非怕母親擔心，說不定我從此永遠不會再去內幸町。就算母親擔心，如果單純只是顧慮到她，或許我還是會把我的任性堅持到底。因為我天生就是那種人。可是到了第二個月的月底，我突然察覺如果不改變自己的一意孤行會很不利。老實說，我和田口家越疏遠，母親就越發尋求各種機會努力與千代子接觸。而且形勢漸漸演變成不知母親何時會向千代子攤牌做出我最害怕的直接談判。我鼓起勇氣，決定先發制人地解除這個危機。於是抱著那個決心再次踏進田口家大門。

田口家眾人對我的態度當然沒變。我對他們也一如二個月前。我和他們一如往常地嘻笑，打鬧，互相嘲弄對方。簡而言之，我在田口家度過的時光非常熱鬧快活。坦白說，對我而言甚至有點過於熱鬧。因此我內心經常對這種空虛的努力感到疲憊。如果擦亮眼睛留意，或會撞見八成在哪投射出虛假的影子，將本我妝點得面目醜陋。我只有一次感到自己的心情和言詞如紙張表裡合一的愉快。那是田口家循例一年總有一兩次集體出遊當天發生的事。不知情的我到訪後被帶進內室，看到千代子獨自端坐不禁有點吃驚。她似乎感冒了，咽喉裹著藥用貼布。反常的蒼白臉色也顯得落寞。當她微笑說「今天我看家」時，我這才發現大家都不在。

那天她或許是因為生病，比平時更憂愁安靜。她平時只要一看到我總會嘲諷幾句，非得跟我鬥嘴才甘心，見到她此刻孤單且異樣沉鬱的模樣，我不禁心生同情。

於是一坐下就忍不住開口安慰她。結果千代子露出怪異的表情對我說，「你今天好溫柔。等你娶了老婆也得這樣溫柔對待人家喔。」我對她一直有種不見外的親密感，可我直到這時才發覺，過去我一直暗自認定對待千代子就算怎麼不客氣都沒關係。當我發現千代子眼中隱約瀰漫微微的喜色，我不禁後悔自己過去的惡劣。

我們回想起幾乎是一起長大的過往。追憶往昔的話語從彼此的唇間冒出，當時的情景歷歷重現。我很驚訝千代子的記憶力遠勝於我，連細節都記得一清二楚。她甚至記得四年前，我曾站在玄關讓她替我縫補褲子破口。她還記得當時她用的不是棉線而是絲線。

「我還留著你替我畫的畫呢。」

的確，被她這麼一說，我想起自己曾替千代子畫畫。但那是她十二、三歲時的事，是她叫田口買來顏料和紙，推到我面前硬逼我替她畫畫。我在繪畫方面的本領高低，從我後來直到今天都沒再握過畫筆便可推知，所以我以為那些紅紅綠綠的單純色彩刺激，她看過一眼之後應該就不會再有興趣。如今聽說她還留著畫，我不禁困窘地苦笑。

「要拿給你看嗎？」

我說不用看沒關係。她卻逕自起身，從她的房間取來存放那些畫的文件盒。

十

千代子從盒中取出五、六張我畫的畫。畫的是紅色茶花、紫色東菊、變色大麗花，只不過是單純的花卉寫生，卻無意義地精雕細琢，不惜浪費時間縝密工整地著色，現在的我看了甚至感到驚訝。我很佩服昔日的自己竟然如此細心。

「你畫這個的時候，遠比現在親切多了。」

千代子突然這麼說。我完全不解其意。從畫作抬起眼，看著她的臉，她也用黝黑的大眼睛凝視我。我問她為何那樣說。她並未回答，只是盯著我的臉。最後用比平時細小的聲音說，「可是現在就算拜託你，你也不會那樣細心作畫了吧？」我無法回答會或不會。只是暗自同意她言之有理。

「不過虧妳能把這種東西仔細收藏到現在。」

「我還打算出嫁時帶走呢。」

我聽到這句話莫名感傷。更怕那種感傷立刻引起千代子的共鳴。因為我已想像到那一剎那自己面前這雙黝黑的大眼睛會如何淚盈於睫。

「那麼無聊的東西不用帶去。」

「帶去有甚麼關係，反正是我的。」

她一邊這麼說，把紅色茶花和紫色東菊疊在一起又放回盒中。我為了轉換心緒，故意問她打算甚麼時候出嫁。她說馬上就要嫁了。

「但妳的婚事不是還沒確定嗎？」

「不，已經確定了。」

她斬釘截鐵說。過去為了讓自己安心，我一直把期盼她早訂良緣視為最後手段，可是此刻聽到這個答案，我的心臟撲通發出巨響。背後和腋下猝然冒出冷汗。千代子抱起盒子起身。拉開紙門時，她俯視著我，明確地撂下一句「騙你的啦」，就此去了她自己的房間。

我呆然坐在原位。我的心頭沒有任何憤怒。直到此刻我才意識到千代子要不要出嫁會如何影響到我，不禁要感謝她的戲弄讓我有此自覺。過去的我或許懵懂無知地愛著她。或者她也在不知不覺中愛著我——我思索自己的本我是否真有那麼難以理解又可怕，不由茫然半晌。這時遠處響起電話鈴聲。千代子從簷廊快步走來，叫我跟她一起去講電話。我不明白一起講電話是甚麼意思，但我還是立刻起身和她一起去接聽電話。

「對方已經來了。我聲音嘶啞喉嚨痛得說不出話，所以麻煩你代我發言。我負責聽。」

我只好對著連對方是誰都不知道，而且還聽不見對方說話的電話，彎腰做好準備。千代子已把聽筒放到耳邊。透過聽筒送入她腦中的話語只有她一人聽得見，我只負責大聲將她小聲說的話轉述給對方而已。剛開始還能不顧滑稽也不厭其煩地坦然轉述，但是從千代子口中逐漸冒出勾起我好奇心的答覆和質問，因此我保持彎腰的姿勢，對她說：「喂，聽筒給我一下。」朝千代子筆直伸出左手。千代子笑著搖頭。我站直身子，想從她手中搶過聽筒。但她死不肯鬆手。我倆爆發爭奪時，她迅速掛斷了電話。然後放聲大笑。——

十一

事後我一次又一次想，這種情景若是在一年前發生就好了。每當這麼想，就感到彷彿被命運之神宣告：「已經太遲了，時機早已過去。」有時命運之神也會暗中慫恿我：「今後應該也有機會接二連三出現這種情景喔。」的確，如果不忌憚使用手段讓我倆情投意合，千代子與我就算以那天為起點開始交往，這時說不定也已陷入無法被利害關係拆散的熱戀。但我卻採取了相反的方針。

田口夫妻的意向和我母親的希望，一如他人的意見不具有太大意義，我一直相信，如果排除一切外在因素單純把她和我比較，我們終究不可能在一起。就算問我原因我可能也給不出滿意的答案。因為我並非為了對人解釋才這麼相信。我曾聽某位愛好文學的朋友提起鄧南遮[2]與某少女的故事。鄧南遮據說是當今義大利最有名的小說家，所以我朋友當然本來是想向我介紹此人的勢力，可是比起鄧南遮本人，我反倒對故事中提到的少女更有興趣。那個故事是這樣的——

某次鄧南遮受邀出席聚會。西方人向來把文學家當成國家的裝飾品極力吹捧，鄧南遮同樣也受到與會者的尊敬與討好，被當成偉人看待，集滿堂注目於一身，就在他遊走眾人之間，不知怎地把手帕掉到了腳下。由於人群混雜，別說是他自己，旁人也壓根沒發現。這時一個年輕貌美的女子從地上撿起手帕，拿到鄧南遮的面前。她問：「這是您的吧？」打算交還給鄧南遮。鄧南遮說聲謝謝，似乎覺得對女子的美貌有必要恭維一下，於是說出「請妳收下，我送給妳。」這種預期少女應該會開心的話。女子聽了不發一語，默默用指尖拎著那條手帕走到火爐旁，二話不說就扔進火中。除了鄧南遮，其他在場者悉數忍俊不禁。

我聽到這個故事時，腦海立刻浮現的不是年輕貌美一頭褐髮的義大利女子，而是千代子的眉眼。而且我相信如果不是千代子而是她妹妹百代子，不管內心怎麼想，當場肯定也會說聲謝謝爽快地收下手帕。但千代子就做不到。

毒舌的松本舅舅替這對姊妹取了綽號，總是喊她們大蛤蟆小蛤蟆。他說因為二人的嘴唇薄嘴巴大很像放零錢的蛤蟆口金包，經常逗得姊妹倆好氣又好笑。這個綽號當然和個性無關只是根據外貌而來，不過舅舅也經常當成口頭禪似地評論這對姊妹，說小蛤蟆乖巧聽話，大蛤蟆的性情有點過於激烈。每次聽到這種話，我都會思忖舅舅究竟是怎麼觀察千代子的，不免懷疑他有無識人之明。我始終堅信，千代子的言行舉止有時看似激烈，不是因為她的個性有不像女人的粗野那一面，而是因為太女性化的柔情讓她忘乎所以，毫無保留地流露真情。她秉持的是非善惡觀幾乎無

2 鄧南遮（Gabriele D'Annunzio，1863-1938），義大利詩人、小說家、戲曲家。

關學問、經驗這類東西。只是憑直覺朝對方燃起熱情。因此有時會令對方如遭雷擊。她之所以反應激烈，是因為她在瞬間流露出內心豐沛的純粹感情，絕對不是朝對方噴出甚麼棘刺或毒液乃至腐蝕劑。最好的證據就是不管她怎麼憤怒，我也常覺得她的清新洗滌了我的內在。偶爾還會覺得有幸見識到某種高潔品格。我甚至甘願冒天下之大不韙也要替她辯護，她是所有女人之中最有女人味的女人。

十二

既然我這麼喜歡千代子，娶她又有何不可——其實我自己也曾這樣捫心自問。當時我還沒思索理由，就先感到害怕。我無法想像我倆做夫妻的樣子。這種話如果告訴母親，她一定會很驚訝。或許向同輩的朋友傾訴也無法得到理解。但是也沒必要勉強在沉默中掩埋記憶，因此我就在此告白我的個人感想吧，簡而言之，千代子是個不知畏懼的女人。而我卻是只知畏懼的男人。所以我們不僅不相配，一旦結為夫妻除了正面槓上別無選擇。

我經常在想，「世間再沒有比純粹的感情更美好的事物。也沒有比美好的事物更強大的東西。」強大者自然無畏。如果我娶了千代子，恐怕會受不了妻子眼中的強烈光芒。那種光芒不見得出於憤怒。就算是情意的光芒，愛戀的光芒，或者仰慕的光芒亦然。我肯定會為那光芒悚然。因為在感情方面極度貧乏的我，無法回贈給她同等或更強烈的光芒。到今天為止我受到的社會教育讓我明白，縱然收到一罈芳醇美酒，我這個沒酒量的人也沒資格品嘗。

千代子如果嫁給我，必然會嘗到殘酷的失望。她會把美好的天賦感情，毫無保留地傾注在丈夫身上，相對地，必然也期待從丈夫身上得到的唯一回報，就是丈夫會藉由從她身上得到的精神養分，在社會大為活躍。若從年紀不大、學問不多、見識淺薄這點看來或許堪稱可憐的她，總以為只有靠著頭腦與手腕打入社會，贏得肉眼可見的權力或財力才算是個男人。單純的她，即使嫁給我，肯定也會要求我那樣做，或者認定只要她那樣要求，我就一定做得到。橫亙在我倆之間的根本不幸或許就在這點。正如前面也提過的，我的個性溫吞，無法承受身為妻子的她付出的豐沛美好感情，就算如水潑在熱石上那樣悉數吸收，終究不可能如她所期望地加以利用發揮。如果說純真的她對我有甚麼影響，那也只會在我費盡唇舌也無法讓她明白之處，以意外的形式發現。即使她真的發現了，她大概也會覺得那還不如我塗抹髮油的腦袋或穿著綾布襪子的腳丫子可貴。簡而言之，站在她的立場，只會把美好的感情長久浪費在我身上，逐漸哀嘆婚姻的不幸。

我每次拿自己與千代子比較，總想一再重複不知畏懼的女人和只知畏懼的男人這句話。最後甚至覺得那不是我創造的說詞，而是直接出自西洋人的小說。上次聽過好為人師的松本舅舅談論詩與哲學的區別後，說到不知畏懼的女人和只知畏懼的男人，我就會立刻想起與自己無緣的詩與哲學。舅舅雖非專業出身卻對這方面頗有興趣，因此講了很多有趣的事，但他抓著我說「像你這種感情用事的人」暗指我是詩人就錯了。照我說來，無所畏懼才是詩人的特色，而畏懼是哲人的命運。我之所以優柔寡斷拖拖拉拉，是因為凡事先考慮結果，總是杞人憂天。千代子能夠行止如風自由奔放，則是因為強烈的感情瞬間洶湧而出。她是我所認識的人當中最無所畏懼的人。所以她看不起畏懼的我。同時對於恐怕會被自身豐沛感情拖累的她，我身為不解命運嘲諷的詩人也深感憐憫。不，有時甚至為她戰慄。

十三

須永的敘述結尾有點令敬太郎費解。老實說，他或許的確是個堪稱詩人或哲學家的男人。但那是旁人對他的評價，敬太郎自己絕不這麼認為。因此對於詩或哲學這類字眼，也視為只有在鏡花水月的世界才派得上用場的幻夢，幾乎不值一顧。而且他很討厭大道理。無法左右自己身體的紙上談兵，就算說得天花亂墜，對他而言也等於無用的假鈔。因此對於只知畏懼的男人或無所畏懼的女人這種貌似算命籤文的文句，當然不可能聽了沒反應，但須永自述著感性豐沛的身世，不斷抒發那方面的感想，因此敬太郎雖然不是很理解，還是不得不老老實實傾聽。

須永也察覺了這點。

「好像越講越像深奧枯燥的理論了。都是我一個人得意忘形太饒舌。」

「不會。聽來非常精采。」

「很有手杖的效果？」

「好像還真的有。你順便再多說一點吧。」

「已經講完了。」

須永說完，將目光移向平靜的水面。敬太郎也沉默片刻。不可思議的是，剛才須永說的那套不知是詩還是哲學的論調，猶如形狀不定的雲峰，矗立腦海遲遲不肯消散。坐在他面前不發一語的須永本人，在他看來也是某種脫離常軌的怪人。敬太郎認定他的故事一定還有下文，遂問須永剛才最後說的那個故事是幾時發生的事。須永回答是自己大學三年級時。敬太郎又反問他們的關係在過去一年多是經由甚麼途徑如何發展，現在又有甚麼樣的解決。須永苦笑說，先出去再說吧。二人付了帳離開。須永看著走在前面的敬太郎得意甩動的手杖再次苦笑。

來到柴又的帝釋天境內時，他們虛應故事地禮貌性參拜平凡無奇的寺殿後就離開了。二人都決定搭乘火車立刻回東京。來到火車站，距離懶洋洋的鄉下火車發車時間還早。二人立刻走進旁邊的茶店休息。這時敬太郎拿須永之前的承諾催促須永繼續說下去。——

那是我大三要升上大四那年暑假的事。我待在家中二樓正思索要如何度過這個暑假，母親忽然上樓來說，如果我閒著沒事不如去一趟鎌倉。田口一家已在一周前去鎌倉避暑。姨丈本就不太喜歡海邊，一家人往年都是去輕井澤的別墅，但今年因為二個女兒很想戲水，所以租借了某人位於材木座[3]的宅邸。出發前千代子特地前來報告，我在旁邊聽到她對我母親說，雖然還沒去看過別墅，但據說蓋在山陰的涼爽山崖上，房子有兩三層樓所以很寬敞，叫我母親一定要去玩。當時我也建議母親不如去玩一玩散散心。母親從懷中取出千代子的來信給我看。信中由千代子和百代子聯合署名，轉達她們母親的意思，邀請我和母親一起去玩。母親如果要去，我也不放心老人家獨自搭火車，因此勢必得陪同。對於彆扭的我而言，母子倆跑去那麼多人的地方，就算不會麻煩到別人也不好意思，所以很不情願。可是母親一臉躍躍欲試。而且還露出都是為了我才想去的表情，讓我越發反感。不過，最後我還是決定陪她去。這麼說別人或許無法理解，但我是個頑固的男人，也是個容易心軟的男人。

3 材木座，位於鎌倉海岸附近的地名。

十四

母親因為個性內向平時就不太喜歡旅行。注重傳統規矩嚴格的父親在世時，她好像也少有機會外出。至少我就不記得曾與父母全家出遊。即便父親死後比較自由了，我的母親也不幸地並無機會隨心所欲四處遊玩。無法獨自遠行或長期離家的她，就在母子相依為命的家中如此逐年老去。

決定去鎌倉的那天，我替她拎著一個旅行袋，坐上直達火車。母親在車子起動時，笑著對坐在旁邊的我說，好久沒搭火車了。其實我也沒有太多搭車經驗。在這種新鮮感的誘發下，我們的對話比平日更生動活潑。到底聊了些甚麼自己也不記得，總之就是有一搭沒一搭一個說一個聽，最後車子就抵達目的地了。我們沒有事先通知，因此無人來火車站接我們，但我們雇車時一說是某人的別墅，車夫立刻了然地出發。經過一陣子沒留意，就突然多了很多新房子的碎石子路，從松樹之間可以看見遠處田裡美麗的黃色花海。乍看之下，就和油菜花一樣色彩亮眼令人耳目一新。我在車上想了半天這點點散布的色彩是甚麼，最後突然察覺那是南瓜，不禁獨自失笑。

車抵別墅門口時，從馬路也能清楚看見卸下隔扇門的室內走動的人影。我發現其中有穿白色浴衣的男人，猜想八成是姨丈昨天從東京來過夜。沒想到屋裡的人全都來玄關迎接我們了，唯獨那人始終不曾露面。當然，那人若是姨丈，不出來迎接也是應該的，但是等我們進客廳後也沒看到他的人影。我東張西望之際，阿姨和母親已開始說著火車上一定很熱吧，能夠找到風景這麼好的別墅真不錯云云，展開老年婦女嘮叨的寒暄。千代子與百代子一會勸母親換上浴衣，一會忙著替她把脫下的和服掛好。女傭帶我去浴室，我用水洗臉洗頭。雖然房子位於山崖上離海岸還很遠，但是水質意外很差。扭乾毛巾後一看臉盆底部，竟有沙子般的渣滓沉澱。

「用這個吧。」千代子的聲音突然從身後傳來。我轉頭一看，白色的乾毛巾已遞到肩頭。我接過毛巾直起身子。千代子又從旁邊的梳妝台抽屜替我取出梳子。我坐在鏡前梳頭時，她就倚靠浴室門口的柱子，望著我濕淋淋的頭髮。我始終沒開口，因此她主動問，「水質很差吧？」我看著鏡中說，「水怎麼這麼黃。」當我們針對水質交談完畢，我把梳子放到梳妝台上，毛巾搭在肩上站起來。千代子比我先離開柱子打算去客廳。我冷不防從後面喊她名字，問她姨丈在何處。她駐足轉過頭。

「我爸四、五天前來過一下，但前天有事已經回東京去了。」

「他不在這裡嗎？」

「對。怎麼了？不過今天傍晚他或許會帶著吾一過來。」

千代子說明天如果天氣晴朗，大家計畫出海捕魚，所以田口如果不能設法在今天傍晚之前趕到就麻煩了。千代子還邀我一起去。但是比起捕魚，我更想知道剛才看到的浴衣男子下落。

十五

「剛才不是有一個男人待在客廳？」

「那是高木先生。就是秋子的哥哥。你應該知道吧？」

我沒回答知不知道。但在心中，立刻醒悟這個高木是何許人。百代子的同學當中有個名叫高木秋子的女孩，這我老早就知道。也看過她和百代子的合照，知道她的長相，甚至見過她親筆寫的明信片。那陣子也聽說，她唯一的哥哥去了美國，最近剛回來。想必家境優渥，所以那人來鎌倉玩也不足為奇。好吧，就算在此地有別墅也不奇怪。但我忽然想從千代子口中得知那個高木的住處。

「就在這下面喔。」她簡短說。

「是別墅嗎？」我追問。

「對。」

我倆之後沒說甚麼就此回到客廳。客廳裡，我媽和阿姨還在煞有介事地討論海水的顏色如何、鎌倉大佛位於哪個方位等等雞毛蒜皮的小事。百代子特地過來通知千代子，他們的父親說今天傍晚就會抵達。姊妹倆想像著明天去捕魚的樂趣，就像已勝券在握般熱烈討論。

「高木先生也會加入吧。」

「阿市也去吧。」

我說我不去。並且補充說明是因為家裡有點事，今晚必須回東京。但我暗忖，這裡本來人就很多了，如果田口帶著吾一也來了，我怕自己連睡覺的地方都沒有。而且我討厭見到姊妹倆認識的高木。他之前還在和二人談論我，見我來了，才刻意迴避，從後門離開。當我聽到百代子這麼說時，第一反應就是竊喜逃過一劫不用受那種拘束的悶氣。我就是這麼害怕見到陌生人。

聽到我說要走，姊妹倆神情詫異地開口挽留。千代子尤其激動。她抓著我說我是怪胎，還譴責我怎能丟下母親一人自己說走就走。她說就算我要走也不讓我走。比起對自己的弟弟妹妹，她在我面前更有自由發言的特權。我平時就想像過，如果我能像她對我這樣大膽率直又霸道地（雖然有時是出於善意）對待他人，即便是我這樣缺點多多的人，想必也能在社會上混得如魚得水。內心對這個小暴君頗為羨慕。

「妳好凶。」

「你才不孝咧。」

「不然我去問阿姨吧，如果阿姨說留下過夜比較好，那你就留下。好嗎？」

百代子用試圖調解的口吻說，立刻起身去了老太太們聊天的客廳。母親的意思當然不用問也知道。因此在此敘述百代子從二位老太太那裡得到的答覆也只不過是畫蛇添足。總之我成了千代子的俘虜。

最後我用要去街上走走當藉口，在炎熱的午後撐著洋傘漫無目的徘徊在別墅附近。若說是為了追憶久違的本地往昔風情亦無不可，但我就算曾有那種品味孤寂心境的風雅，此刻也沒有那個閒情逸致享受。我只是四處亂走沿路看著路旁的標誌。當我看到一棟比較氣派的平房門柱上寫著「高木」二字時，我猜想八成就是這家，遂在門前佇立片刻。之後毫無目的地繼續漫步約十五分鐘。但這等於是在自欺欺人地表明我並非為了觀察高木家才特地出來。我立刻轉身回去。

十六

老實說，我對高木此人幾乎一無所知。只聽百代子提過他止在尋找合適的結婚對象。我記得當時百代子就像要找我商量似地，窺視著我的臉色說，「和我姊不知是否相配。」我用一如往常的冷淡語氣說，「或許不錯，妳不妨告訴妳父親或母親。」之後我不知去過田口家多少次，但高木的名字，至少當我在場時始終無人提及。對於這樣一個毫不相干、甚至沒見過面的男人，我究竟是抱著甚麼樣的好奇心，特地頂著沙子都熱得冒煙的酷暑出門去看他的住處？到今天為止我始終沒對任何人說明理由。連我自己當時也無法充分解釋。只是心頭若有所感，好像遠方有一種不安在驅使我行動。看到在鎌倉的那二天以明確形式發展的結果，如今想來那果然和誘使我出門散步是同樣的動力。

我回到別墅不到一小時，和我看到的門牌同樣姓氏的男人就突然出現在我眼前。阿姨說，「這位是高木先生。」鄭重把此人介紹給我。他的外表看來是個肌肉緊實、氣色紅潤的優秀青年。就實際年齡而言，說不定比我還大，但要形容那種精力旺盛的模樣，唯有用青年這個名詞才符合他的蓬勃生氣。我第一眼看到此人時，甚至懷疑老天爺是否為了做對比，故意安排我倆在同一個房間共處。當然處於劣勢的是我，因此這樣被鄭重介紹到一起，我只能視為一種不好笑的玩笑。

我倆的容貌已是一種惡意的對照。但是說到言行舉止，更讓我自覺有雲泥之別。我面前的人，都是母親或阿姨、表妹這些關係深厚的近親，可是被這些人圍繞的我，與這個高木相比，反而更像是打哪來的客人，因為他應對自如，而且很懂得如何在不失品格的狀況下表現自我。按我這個怕生的人說來，我真想說此人該不會一生下來就被扔在交際場合，就此在同一個地方長大直到今天。還不到十分鐘，他已從我手裡奪走所有對話，並且將對話焦點集中在他一人身上。同時他也留心不讓我被冷落，不時還對我拋出一兩句話。偏偏他丟來的都是我不感興趣的話題，因此我無法和大家聊天，也無法和高木一人對談。他親暱地喊我阿姨「伯母」。對於千代子，則跟我一樣態度自然地使用「千代」這個我們從小喊慣的稱呼。並且對我說，「剛才您抵達的時候，我正好和千代聊到您。」

我打從第一眼看到他的容貌時就很羨慕。聽他講話，立刻感到望塵莫及。光憑這點，或許在這個場合就已足夠令我不快了。但在慢慢觀察他的過程中我開始懷疑，他該不會是刻意在我這個落居下風的人面前炫耀他的長處吧。這一刻我忽然開始恨他。而且之後就算出現該我開口的機會，我也刻意保持沉默。

如今冷靜回想當時，這麼解釋他的行為或許只是我自己太偏執。我經常懷疑他人，同時也不得不懷疑多疑的自己，到頭來與人交談時往往說不出明確的所以然，若說這就是我的孤僻個性所致，背後其實還潛藏著尚未凝結成形的嫉妒。

十七

我身為男人該算是嫉妒心強還是弱，自己也不甚清楚。身為沒有競爭者的獨生子，毋寧是被溺愛長大的我，至少在家中沒有機會嫉妒。小學和中學比我成績好的同學幸好也不多，算是極為順遂地度過。高中至大學期間，一般人對名次已沒有那麼重視，而且逐漸增加的見識也會令人高估自己，對分數高低倒是沒那麼在乎了。除此之外，我尚未有過慘痛的戀愛經驗。更不曾和旁人爭奪一個女人。坦白說，我對年輕女子，尤其是美貌的年輕女子，往往超乎尋常地特別注意。走在路上看到漂亮的臉蛋和漂亮的衣服，就像雲間射下豔陽，心情會格外明媚。偶爾也會萌生想占有那個的想法。但我立刻預想到那漂亮的臉蛋和衣服會如何虛無地劣化，頓時醉意全消毛骨悚然，頓悟人性之膚淺。我之所以不會對美人有執念，其實只不過是被這酒醒後的惆悵所阻。每次出現這種心情變化時，我都會懷疑年輕的自己是否突然變成了老人或和尚，心情而變得極端不快。然而，或也因此讓我得以避免因愛生妒。

我希望做個普通人，因此並不想炫耀自己毫無嫉妒心，但正如剛才所說，在我親眼看到這個高木之前，心中從不曾萌生如此強烈的以嫉妒為名的感情。我清楚記得當時高木帶給我難以名狀的不快。而且讓我燃起這種嫉妒的，正是不屬於我、我也不想占有的千代子，想到這裡時，我感到如果不壓抑我的嫉妒心，未免對不起自己的人格。我懷抱著無權存在的嫉妒心，背著人暗自苦悶。幸好千代子與百代子說天快黑了要去海邊，我想高木肯定會跟她們一起去，於是只求快點讓我一人獨處。她們果然邀高木同行。意外的是，他竟找藉口推託，不肯輕易起身。我猜那大概是因為顧忌我，因此越發不快。姊妹倆接著又來邀我。我當然不肯去。本來就算得不到從高木面前盡快逃離的機會，我也恨不得主動奪來機會，可是以現在的心情，我已經不想努力與二人去海邊了。母親一臉失望，勸我跟她們去。但我只是默默遠眺海上。姊妹倆笑著站起來。

「你還是這麼彆扭。簡直像幼稚的小鬼。」

被千代子如此責備的我，的確在誰看來都是標準的幼稚小鬼吧。連我自己都覺得很幼稚。很會討好人的高木，主動去簷廊替二人取來斗笠似的大草帽，對她們說聲路上小心。

二人的背影走出別墅大門後，高木繼續陪老太太聊了一會。他說這樣來避暑倒是樂得輕鬆，可是怎麼打發時間成了大問題反而很痛苦云云，活力充沛的身體似乎不知如何應付酷暑和無聊。之後，他自言自語似地說接下來到晚間該做甚麼好呢，彷彿突然想起似地，問我會不會撞球。幸好我活到這麼大還沒嘗試過撞球這種遊戲，因此我立刻拒絕。高木說他本以為找到一個好球伴，真可惜，就這麼走了。我目送他活潑的背影。猜想他現在肯定是要去姊妹倆前往的海邊。但我坐著始終沒動。

十八

高木走後，母親和阿姨談論了一會此人。正因為是初次見面，母親對他似乎印象格外深刻，還讚美他是個隨和又周到的人。阿姨也一一舉例，似乎是要證明母親的評語無誤。這時我才發現，我對高木極為貧乏的了解幾乎全部都得修正。我從百代子口中聽說的，是他從美國歸來，但據阿姨所說，他其實是在英國受教育的人。阿姨不知從誰那裡聽來「英國式紳士」這種名詞，連用了兩三次，不僅讓毫無概念的母親很吃驚，還向母親說明「所以這孩子看起來就人品不錯」。母親只是發出感嘆聲。

二人聊這個話題時，我幾乎完全沒開過口。但當我想到表面看來一如往常的母親，這時內心不知拿高木和我比較產生了甚麼想法，我對母親不禁又愧疚又埋怨。母親如果把千代子與我這段青梅竹馬的關係放在一方，另一方又想像千代子與高木這段新關係的話，不知會做何感想，想到這裡，就算只是些許不安，我也等於是把她特地帶來本可避免這種不安的場所，本就不快的我，因此又添了一重對不起老人家的痛苦。

以下只是我根據前後狀況自行推測，實際上並未成為事實所以也不好說，但我想阿姨或許是打算利用這個機會，以不算商量亦非宣布的形式知會我們母子，如果有緣分，她想把千代子嫁給高木。事事看在眼中，唯獨對此事反而比我更糊塗的母親不知是怎麼想，但我已預料會當場從阿姨口中聽到永遠拆散我與千代子的談判第一章。不知幸或不幸，阿姨尚未開口，姊妹倆已從任由大草帽的帽沿翻飛的海邊跑回來了。不可否認的是，我的確為了母親暗自慶幸我的預料未成真。同時這件事也的確令我焦躁。

到了傍晚，母親命我和姊妹倆一起去火車站迎接從東京過來的姨丈，於是我們一起出門。她們穿著同樣的浴衣和白襪。在目送她們背影的母親看來，想必格外為她們驕傲吧。我與千代子並肩同行的身影，對母親來說或許更是遠比一般畫作有價值。我很難過自己被老天爺當成欺瞞母親的材料，走出大門時轉頭一看，母親和阿姨還在看著我們。

走到半途，千代子突然想起甚麼似地停下腳說，「啊，我忘了邀請高木先生。」百代子立刻看我的臉。我也駐足，卻沒有吭聲。百代子說，「算了吧，我們都已經走到這裡了。」千代子說，「可是之前他叫我出門時喊他一聲。」百代子又看著我，面露遲疑。

「阿市你有錶吧，現在幾點？」

我取出懷錶給百代子看。

「現在還不至於來不及。如果妳想邀他就去邀吧。我先走一步，在車站等你們。」

「已經太晚了。高木先生如果真想去，肯定自己也會去。事後再向他道個歉說我們忘了不就好了？」

姊妹倆妳來我往爭辯幾句後決定不回頭。高木子果然如百代子的預言，在火車抵達前就快步走進車站，對姊妹倆抱怨：「真過分，之前明明再三拜託過。」然後又問：「伯母呢？」最後才轉向我，殷勤寒暄說之前不好意思。

十九

當晚接到姨丈和小表弟後，再加上我們母子，用餐時間不僅比平日晚了很多，而且正如我暗自擔心的，在異常吵雜中開動。姨丈笑著說，「阿市，這樣簡直像火災現場一樣鬧哄哄對吧，不過偶爾這樣吵吵鬧鬧地吃飯也很有意思喔。」算是做出間接的辯解。習慣安靜用膳的母親，在這喧鬧中的確如姨丈所言神情愉快。母親雖然內向，卻很喜歡這種熱鬧的聚會。她當時偶然吃到一塊鹽烤小竹筴魚就頻呼好吃。

「只要拜託漁夫，想要多少有多少。如果喜歡，不如帶一點回去吧。我知道大姊喜歡早就想給妳，可是一直沒機會。況且魚一下子就會腐敗。」

「我也曾經在大磯買了魚特地帶回東京，路上必須格外小心。」

「否則就會腐壞嗎？」千代子問。

「阿姨討厭興津鯛嗎？我倒覺得興津鯛更好吃。」百代子說。

「興津鯛也有興津鯛的好處。」母親溫婉地回答。

這麼瑣碎的對話我之所以還記得，是因為當時我仔細觀察過母親臉上流露的滿足，另一個原因則是因為我和母親一樣喜歡鹽烤竹筴魚。

順便在此聲明，我在個人嗜好與個性方面，有些地方很像母親，也有些地方截然不同。透露一個我從未告訴任何人的祕密，其實我在過去幾年來，私下一再詳細研究過我與母親何處不同，何處相似——當然這純粹是我的主觀想法。就算母親問我幹嘛那樣做，我也難以說明。因為連我捫心自問都說不出所以然，自然無法解釋理由。不過就結果而言是這樣的——即便是缺點，能和母親共同擁有我也開心；縱使是優點，如果只有我有也會很不快。其中我最在意的，就是我的長相只像父親，五官和母親一點也不像。迄今我每次照鏡子時仍會想，哪怕長得醜也沒關係，如果能繼承母親的五官特點，一定會更像母親的孩子而感到更愉快吧。

因為晚餐延遲，就寢時間自然也順延到很晚。再加上人數驟增，阿姨光是安排床位和分配房間就費了好大的勁。三個男人被安排在一起，同在同一頂蚊帳內。姨丈肥胖怕熱，頻頻用團扇搧風。

「阿市，怎麼樣，熱不熱？這樣比起來還是東京更舒服。」

我和我身旁的吾一都說東京比較舒服。既然如此何必大老遠南下鎌倉，擠在狹小的蚊帳一起睡覺，對此，姨丈、吾一和我都無從解釋。

「這樣也別有趣味。」

姨丈用這一句話就立刻解決了這個疑問，但炎熱的氣溫始終沒降低，誰也無法立刻睡著。吾一年紀還小，頻頻向姨丈詢問明天捕魚的事。姨丈不知是認真還是開玩笑，對吾一說只要上了船，魚群自然會望風而降。不只是講給自己的兒子聽，他不時還會說「阿市你說是吧」，就連對捕魚毫無興趣的我都被迫當聽眾，令我感覺有點怪。但我必須做出禮貌性回應，因此在話題結束前，我只好作為理當同行者之一與他一問一答。我本來就不打算去，所以這個變化令我有點意外。看似輕鬆自在的姨丈不久就開始鼾聲大作。吾一也呼呼大睡。唯獨我刻意閉上雙眼，胡思亂想到深夜。

二十

翌日醒來，本來睡在我旁邊的吾一不知幾時已經不見了。我睡眠不足的腦袋枕著枕頭，循著不似夢境亦無清晰想法的思路，不時抱著偷窺異種人似的好奇心打量姨丈的睡顏。並且思忖當我自己睡著時，在旁人看來，我是否也同樣如此神色安然。這時吾一爬進蚊帳，與我商量今天的天氣好壞。他一個勁催促我起來看看，我只好爬起來去簷廊，只見海上籠罩薄霧茫茫，附近海岬的樹林都失去平日的色彩。我問是否在下雨，吾一立刻跳下院子眺望天空，然後告訴我有點小雨。

他似乎很擔心今天的坐船出遊會取消，把二個姊姊也拽到簷廊，頻頻詢問：「怎麼樣？怎麼樣？」。最後或許是發現需要徵求父親這個最後審判者的意見，又去喊還在睡的姨丈。姨丈睡眼惺忪似乎覺得天氣怎樣都不重要，馬馬虎虎看了一下天空和海面說，「放心，看這樣子肯定很快會放晴。」吾一聽了似乎這才安心，千代子說這麼靠不住又不負責任的天氣預報真叫人擔心，然後看著我的臉。我甚麼話都說不出來。姨丈接腔說，「沒事、沒事。」逕自去浴室了。

吃完早餐時開始下起霧濛濛的細雨。但是沒有風，海上看起來反而比平時更平穩。好心腸的母親見天氣不佳很同情大家。阿姨提醒說，肯定很快會下大雨，今天還是取消出遊比較好。但年輕人悉數堅持要去。姨丈說，那就老太婆留下，年輕人全體出門。阿姨一聽，故意問姨丈說那麼老頭子要加入哪一邊，逗得大家都笑了。

「今天我可是屬於年輕人的陣營。」

姨丈像是要證明自己說的這句話，立刻撩起浴衣下擺塞到腰間走下院子。三姊弟也跟著從簷廊去院子。

「你們也把下擺撩起來比較好。」

「我才不要。」

我站在簷廊上俯視露出山賊似的黑毛腿的姨丈，戴著靜御前[4]斗笠般的大草帽的二個女孩，還有腰間綁著黑色軟趴趴腰帶的小表弟，就像在看一群來自都會的奇妙雜牌軍。

「阿市看著我們，八成又想講甚麼壞話。」百代子淺笑著看我。

「你也快點下來。」千代子用斥責的口吻催我。

「可以拿舊木屐借給阿市。」姨丈提醒。

我只好二話不說走下院子，但是約好的高木還沒來，這又成了一個問題。大家都認為他八成是看天氣不好以為取消出遊，因此決定我們慢慢走，吾一就利用這段時間跑去帶他過來。

姨丈照例頻頻對我發話。我也配合他的步調陪他說話。漸漸的，男人畢竟走得快，不知不覺已走在姊妹倆前頭。我曾轉身看過一次，她倆對於落後毫不在意，也壓根不打算努力追上來。此舉在我看來，分明是故意放慢腳步等待隨後趕來的高木。那應是出於對邀約客人出遊的禮貌，也是她們應有的作為吧。但當時的我無法

4 靜御前，源義經的愛妾。本為京都的歌舞伎人。

那麼想。就算有那麼想的餘地，也感覺不到。本來轉頭想叫姊妹倆快點跟上來的我，又打消念頭繼續和姨丈邁步前行。就這樣一路走到進入小坪[5]的海岬入口。這是沿著伸向海中的山腳，闢出勉強可容人通過的小徑，繞向對面的坡道。姨丈走到坡度最高的角落就此駐足。

二十一

他突然用與他的身材相稱的大嗓門呼喊姊妹倆。我必須坦承，在此之前我不知有多少次想回頭。但不知該說是有點心虛還是自尊心不容許，每當我想回頭，脖子就硬得像野豬一樣不肯向後轉。

定睛一看，她倆還在一百公尺之外。而且緊挨著她倆的後方就是高木與吾一。姨丈不客氣地大聲喊「喂」時，姊妹倆同時抬頭仰望我們。但千代子立刻朝後方的高木轉頭。這時高木用右手摘下草帽，頻頻朝我們揮舞。不過四人之中只有吾一出聲回應姨丈。他就像在學校練習喊口令，不僅有響亮的回聲在海面與山崖間迴響，還將雙手一起舉到頭上。

姨丈和我站在山崖邊等待他們走近。即便在姨丈呼喚後，他們依然保持和之前同樣緩慢的步調，邊說話邊走上坡。於我而言那並不尋常，看起來分明在故意嬉鬧。高木穿著褐色寬鬆外套不時把手插進口袋。我心想這麼熱的天，外套怎麼穿得住，起初不可思議地望著他，但隨著他逐漸走近，我才發現那是單薄的雨衣。這時姨丈突然說，「阿市，搭船在附近四處遊玩應該也很有意思吧。」我連忙回過神將視線從高木身上轉向腳下。只見靠近岸邊之處，有一艘漆成全白的空船漂浮在平靜的海面上。還不到毛毛雨那種程度的雨絲依然未停，因此海面一片朦朧，對面絕壁上平時清晰可見的樹木與岩石也幾乎融為一色。這時四人終於走到我們身旁。

「抱歉讓各位久等了，其實是我正在刮鬍子，也不能刮到一半就停手……」高木一看到姨丈就連忙解釋。

「你穿這樣不會熱嗎？」姨丈問。

「就算會熱也不能脫呀。因為外表像洋人，裡面卻像野人。」千代子笑著打趣。高木在雨衣底下穿著短袖薄襯衫，古怪的短褲露出整截小腿，黑襪子搭配木

5　小坪，逗子市內的地名。靠近鎌倉的漁村。

屐。他把雨衣底下的穿著對我們展示一番，感嘆回到日本後穿衣自由多了，就算在淑女面前也不用拘謹地裝紳士。

一行人絡繹走進路寬約六尺的破舊小漁村後，某種令人不快的氣味頓時撲鼻而來。高木從口袋取出白手帕捂在小鬍子上。姨丈突然對站在那裡圍觀我們的小孩問了一個古怪的問題：「生於西部從南部來當養子的人家在何處？」小孩說不知道。我問千代子，姨丈怎會問這麼奇怪的問題。千代子告訴我，昨晚遣人來確認行程的那家主人曾說，如果忘了名字只要說是這樣的男人就可以找到。我拿這悠哉的指路方式和同樣悠哉的問路方式，與緊繃又小家子氣的自己相較，莫名有點羨慕。

「那樣就能找到嗎？」高木滿臉不可思議。

「如果真能找到，那才是怪事呢。」千代子說著笑了。

「沒事，一定找得到。」姨丈接腔打包票。

吾一半是好玩地見人就問：「生於西部從南部來當養子的人住在何處？」，每次都逗得大家大笑。最後，當我們來到戴著斗笠與白色護腕及綁腿彈月琴的年輕女人正在歇腳的破茶店，拿同樣的問題問店裡的阿婆時，沒想到阿婆立刻告訴我們地方，於是大家又拍手笑了。那是從馬路往山上走上三層石階的小丘上的茅草小屋。

二十二

六人穿著五花八門的服裝絡繹走上這小石階的模樣，旁人看了肯定會覺得很奇怪。而且六人之中，沒有任何人對接下來要做甚麼有具體計畫，頗為瀟灑自在。就連帶隊的姨丈都只知道要搭船，之後是用網子撈捕還是用釣竿，船要划到何處，這些他好像通通不清楚。我跟在百代子後面雙腳用力踩上磨損凹陷的石階，一邊拾級而上一邊思忖，參與這麼無意義的行動卻無怨無悔，或許就是避暑的樂趣所在。同時我也懷疑這無意義的行動之中，或許正在某對男女之間暗自上演有意義的重要一幕。而且在那一幕中，若有我必須扮演的角色，我想除了扮演被面容慈悲的命運之神輕易擺布的角色之外，我別無選擇。最後，毫無成算只是見招拆招的姨丈，若在旁人沒注意之際就完成這一幕，那恐怕得說他才是手法巧妙無人能比的作者。當這樣的想法掠過我腦海時，隨後跟上來的高木說，「這樣簡直熱得受不了，抱歉，我要脫雨衣。」

房子比起在下方遠眺時更狹小破舊。門口釘有一隻勺子，上面寫著「百日風邪吉野平吉一家」，我們這才知道屋主的名字。發現那個並且念給大家聽的，是眼尖的吾一。探頭朝屋裡一看，天花板與牆壁都烏黑發亮。只有一個老太太在。老太太說，「今天天氣不好，他說客人八成不會來，因此老早就出海了，我現在就去海邊喊他回來。」姨丈問，「他是乘船出海嗎？」老太太指著海上回答，「八成是那艘船。」雖然霧靄仍未散去，但天空比之前明亮多了，因此比較可以看清海上，她指的那艘船在遙遠的彼方看起來很小。

「這下子可麻煩了。」

高木用他帶來的望遠鏡瞭望說。

「說得倒輕鬆，就算要去接人，又怎麼可能去那種地方接。」千代子笑著從高木手中接過望遠鏡。

老太太接說，「哪裡，很快的。」穿著草鞋就跑下石階。姨丈笑著說鄉下人就是樂天。吾一也跟在老太太後面追去。百代子神色恍惚地在骯髒的簷廊坐下。我環視這個庭院。簷廊邊不到五坪的小空地實在很難稱為庭院。角落有一棵無花果，在瀰漫魚腥味的空氣中，綠葉還算茂密。枝頭零星掛著未熟的果實，其中一根樹枝的分岔處掛著養昆蟲的空籠子。下方有兩三隻瘦雞拼命伸出爪子扒地拿飢餓的嘴啄著土中，我望著倒扣在一旁的鐵絲鳥籠，籠子的外型就像佛手柑一樣歪七扭八，讓人感到有點滑稽。這時姨丈突然說，「好像有臭味。」百代子害怕地說，「我已經不想抓魚了，我只想趕快回家。」本來一直用望遠鏡看著海上，同時不停和千代子說話的高木這時立刻向後轉身。

「到底在搞甚麼。我去看看狀況。」

他說著向後方的簷廊張望，準備放下手裡的雨衣和望遠鏡。但高木還沒動，站在一旁的千代子已伸出手。

「給我吧。我幫你拿。」

從高木手裡接過這二樣東西時，她又看著他露出半截胳膊的模樣笑著評論，「這下子真的像野人了。」高木只是報以苦笑，立刻朝海邊走下去。我沉默地留神打量他像運動員一樣發達的肩膀，當他匆匆走下石階時，每次甩動手臂，肌肉就跟著起伏。

二十三

大家一起走下海灘準備搭船是在約莫一小時之後。海灘不知是準備辦甚麼祭典還是已經辦完了，有二根深埋沙中的旗桿吸引我的目光。吾一不知從哪撿來被海浪打上岸的枯枝，在遼闊的沙灘上留下許多大字和巨大的人頭塗鴉。

「請上船吧。」光頭船主說，我們六人毫無秩序亂糟糟地從船緣爬上去。巧的是，千代子和我被後面的人推擠，二人促膝對坐在隔開的船頭。姨丈一馬當先，頗有大家長風範地盤腿坐在船身中央最寬敞的地方。興許是把高木當成這天的客人，特地邀請他也坐下，於是高木只好在姨丈旁邊就座。百代子與吾一和船主一起爬進他們隔壁的空間。

「這邊還有位子，要不要坐過來？」高木回頭對緊挨著後面的百代子說。百代子說聲謝謝，並未換位子。我打從開始就很不想與千代子坐在同一張蓆子上。前面我已坦承過對高木心懷嫉妒。那種嫉妒在程度上，或許無論昨日或今天都一樣，但我心中始終沒有萌生絲毫競爭的念頭。我也是男人，今後說不定哪天會和甚麼樣的女人陷入熱戀。但我敢斷言。如果不做出與熱戀同樣激烈程度的競爭就無法得到意中人，那我寧願忍受莫大的痛苦與犧牲，也打算態度超然地袖手放棄戀人。哪怕別人批評我不像個男人、沒勇氣、意志力薄弱，也隨他們去批評吧。但女人如果三心二意到必須那樣激烈競爭才能歸我所有，那我只能說她根本不配讓我如此激烈競爭。與其勉強擁有不愛自己的女人，還不如很有男子氣概地放手讓對方的戀情自由，自己孤獨地凝視失戀的傷痕，這樣良心顯然會更滿足。

於是我對千代子這麼說——

「千代妳不如過去坐。那邊地方寬敞比較舒服。」

「我幹嘛要去？待在這裡礙到你了？」

千代子說著文風不動。「因為高木在，所以妳過去吧」這種話，無論聽來露骨或被當成反諷，我都完全沒勇氣說出口。但是被她這麼頂回來後，我的心頭閃現某種喜悅，證明我顯然心口不一，對於從未發現自己薄弱性情的我而言是個沉痛的打擊。

比起昨天見面時，不知是否心理作用，總覺得高木看起來變得比較低調，聽著千代子與我的這段對話也若無其事。船離岸時，他正和姨丈討論：「天空看起來似乎放晴了。這樣反而比艷陽高照更好。是最適合搭船出遊的天氣。」姨丈突然大聲問，「船老大，我們到底要捉甚麼魚？」原來姨丈和大家一樣，直到此刻仍不知道要捕甚麼魚。光頭船主用粗鄙的言詞回答要抓章魚。對於這個奇特的回答，千代子和百代子似乎都覺得好笑勝過驚訝，當下放聲大笑。

「章魚在哪裡？」姨丈又問。

「就在這一帶。」船主說。

他拿出比澡堂用的小木桶略深、底部鑲嵌玻璃的橢圓形小桶放進水中，把臉塞進桶中觀察海底。船主稱這個奇妙的工具為「鏡子」，隨即把多出來的兩三個小桶借給我們。率先利用那個的，是坐在船主旁邊的吾一與百代子。

二十四

之後鏡子輪流給每人傳閱時，姨丈嘖嘖讚嘆，「這下子清清楚楚，甚麼都看得見。」姨丈或許是因為對社會上的事大抵都了解，養成萬事不放在眼裡的毛病，碰上這種大自然的現象立刻大驚小怪。我從千代子手裡接過鏡子，最後一個透過玻璃眺望海底，但入眼所見只有和我想像中毫無差別極為平凡的海底。只見小岩石勾勒出些許凹凸綿延起伏，墨綠色水藻無盡蔓延。水藻彷彿被薰風捉弄，細長的莖幹隨著波浪起伏安靜又悠久地前後搖曳。

「阿市，看得見章魚嗎？」

「看不見。」

我抬起頭。千代子又把頭伸進去。她的草帽軟趴趴的帽沿浸到海水，每次和船主駕駛的船行方向逆向時，就會掀起小小的浪濤。我從後方只見她的黑髮與雪白的脖子，感覺比她的臉孔更美麗。

「千代找到章魚了嗎？」

「沒有。到處都沒看到章魚。」

「據說除非經驗老到，否則很難發現。」

這是高木特地對千代子做的說明。她用雙手按著桶子，從船緣探出的身子扭向高木說，「難怪都看不到。」然後保持那姿勢像要戲水似地雙手壓著桶子上下浮動。百代子在另一頭喊姊姊。吾一四處亂戳根本不知在哪裡的章魚。戳章魚用的是約有三、四公尺長的細長竹竿前端裝上某種矛頭的奇怪工具。船主用牙齒咬著小桶，一手操槳，在船行之際，只要一發現章魚，立刻抓著那長竹竿巧妙地戳中軟綿綿的怪物。

船主一個人抓到了好幾隻章魚，每隻都同樣大小，沒有特別值得驚訝的收穫。起初大家還覺得稀奇，每次抓到就吵著圍觀，最後就連精力充沛的姨丈似乎都有點膩了，說道：「老是這樣抓章魚也沒甚麼意思。」高木一邊抽菸，一邊眺望堆積在船底的獵物。

「千代，妳見過章魚游泳的樣子嗎？過來看一下，真的很妙。」

高木說著對千代子招手，看到坐在她身旁的我時，又補了一句：「須永先生要不要看？章魚在游泳喔。」我說，「是嗎，那一定很有趣。」並未立刻起身。千代子說著「我看看」，一邊走到高木旁邊坐下。我待在原來的位子問她章魚是否還在游。

「對，很好玩，你快過來看。」

章魚把八隻腳筆直併攏，一次又一次滑動細長的身體，在水中筆直朝著船板前進。其中也有像烏賊一樣吐出黑墨的章魚。我彎腰看了一下那種情景就回到座位，千代子一直守在高木旁邊沒走。

姨丈對船主說章魚已經看夠了。船主問是否要回去了。對面那頭漂浮著兩三個巨大的竹籃，姨丈覺得只抓章魚有點無聊，讓船朝那邊划過去。大家不約而同站起來探頭看籃內，只見七、八寸長的魚，在籃內狹小的水中游來游去。有的魚鱗帶有與水色相仿的藍光，被游動時周身掀起的蕩漾海浪襯得身子晶瑩剔透。

「妳撈一條試試。」

高木讓千代子握住大型撈網的握柄。千代子興致勃勃接過想在水中攪動，可是攪不動，於是高木也伸出手，二人合力笨拙地在籃中攪動，但並未撈到魚，千代子立刻把網子還給船主。船主拿著那隻撈網，奉姨丈之命從水中挑出幾條魚。我們終於打破了一直看章魚的單調，多出了黃雞魚、鱸魚、黑鯛，很開心地就此上岸。

二十五

當晚我獨自回到東京。母親被大家挽留，說好回去時由吾一或誰護送，這才同意在鎌倉多待兩三天。我不懂母親為何那麼好說話，被人家一說就答應，以我敏感的神經看來，她這種溫吞的作風簡直令我恨得牙癢。

之後我再也沒見過高木。千代子與我和高木的三角關係，就此未再發展，身為其中的落敗者，我就像預知命運似地中途逃離漩渦外，對於這個故事的聽眾而言，肯定覺得我是被迫退出吧。然而，我自己也有幾分火勢未熄就急忙讓消防隊撤退之感。這麼說，好像我從一開始就抱著某種企圖專程去鎌倉似的，但是徒有嫉妒心卻無競爭心的我，好歹也有相應的自負，且不時在我陰鬱的心中某處不安穩地蒸騰。我仔細研究自己的矛盾。由於我無法對千代子積極利用這種自負，其他的想法或情緒遂亂七八糟地輪番占據心頭令我煩憂。

她有時看起來好像全天下只愛我一人。即便如此我也不可能進一步行動。但是當我思索是否該蒙著眼不看未來，鼓起勇氣回應她時，她往往又忽然從我手中逃離，換上一副與陌生人無異的嘴臉。我待在鎌倉的那二天，就受到過兩三次這種忽冷忽熱的待遇。有時甚至令我微感疑惑，懷疑她是否刻意操控這樣的變化，故意對我若即若離。不僅如此。每次我對她的言行做出某種解釋後，立刻又會對同一件事做出相反的解釋，最後往往搞不清到底哪個才是對的，讓我感到莫名煩躁。

這二天，我差點被這個不打算迎娶的女人釣上鉤。只要高木這個男人還在眼前猥瑣地出沒，我恐怕就會身不由己地上鉤。前面說過我對高木並無競爭心理，為了避免誤解，我想再次強調。如果千代子與高木和我三人糾纏在愛情或人情的漩渦中，我敢斷言，屆時驅策我的動力絕對不會是想贏過高木的競爭心。我敢斷言那就像從高塔俯瞰下方時，既恐懼又想跳下去的神經作用。如果歸結到最後是否贏過高木的這個表面結果而言，或許看似一場競爭，但那其實是出於全然獨立的另一種動力。而且如果高木不在，我絕不會產生那種動力。那二天，我深刻感到這種怪異的動力閃現。最後我是抱著強烈的決心迅速離開鎌倉。

我是個連充滿強烈刺激的小說都不敢看的軟弱男人，更不可能實行充滿強烈刺激的小說情節。當我發現自己的心情快變成小說情節的剎那，我吃驚得立刻返回東京。所以火車上的我，半是優勝者半是落敗者。在乘客較少的二等車廂內，我幻想著自己寫出來又自己撕碎扔棄的小說後續情節。那一幕有海，有月亮，有海岸。有年輕男人的影子和年輕女人的影子。起初男人激動女人哭泣。後來是女人激動男人安撫。最後二人手拉手走在無聲的沙灘上。或者，有裱框的書畫，有榻榻米，涼風徐來。二個年輕男人進行無意義的爭執。漸漸激動得面紅耳赤，最後二人都氣得說出有損自己人格的話。甚至憤而大打出手。又或者……。類似戲劇的情景一幕幕在眼前出現。我失去了嘗試其中任何一種的機會，反而為自己慶幸。旁人大概會嘲笑我像個老頭子。如果只知訴諸詩詞而不懂處世就是老人，那我被如此嘲諷也心滿意足。但是如果在詩詞中乾涸枯萎就是老人，那我無法苟同這個評語。我始終為了追求詩意努力掙扎。

二十六

想像我回到東京後的心情，我擔心或許反而會比刺激就在眼前的鎌倉更令我焦躁。於是我在心中想像沒有對手獨自焦躁的痛苦。沒想到結果竟是另一種。我按照我的希望，比較容易地恢復近似平日的冷靜與蠻不在乎，回到我冷清的二樓房間。我把帶著新鮮氣息的蚊帳掛滿整個房間，聽著簷下的風鈴聲欣然入睡。晚上有時也會上街，抱著花草盆栽拉開格子門回家。母親不在，所以我的飲食起居皆由阿作這個女傭打點。從鎌倉回來後，第一次在自家用餐時，看到阿作把黑色托盤放在膝上，在我面前畢恭畢敬的模樣，我慢半拍地感到她與鎌倉那對姊妹的差異。阿作本來就不是甚麼美女。但在我面前除了畢恭畢敬之外甚麼也不知的她，在我看來不知有多麼溫婉多麼內斂，多麼像個楚楚可憐的小女人。她似乎認定以自己的身分就連思考情為何物都太過逾矩，老老實實地端坐著。我少有地對她溫聲說話。並且問她今年幾歲。她回答十九歲。我又突然問她想不想嫁人。她紅著臉低頭不語，讓問出這個唐突問題的我感到很抱歉。因為我與阿作過去幾乎沒有私下交談過。從鎌倉帶回的嶄新記憶作祟，令我從這時起，開始注意到自家女傭的女人味。當然她和我之間不可能出現愛這個字眼。我只是愛上她周遭散發出的沉穩、安詳、平和的氛圍。

若說我從阿作那裡得到安慰，自己都覺得可笑。但如今想想，似乎找不到除此之外的原因，所以果然還是阿作——與其說阿作本人，或許該說是以當時的阿作為代表，對我展現的某種女性特質，讓我就連想像的刺激都會焦躁的腦子鎮定下來。坦白說，鎌倉的景色不時浮現眼前。在那景色中當然有人在活動。但是幸好那看起來離我很遙遠，是與我毫無利害關係的活動。

我上二樓開始整理書架。雖然愛乾淨的母親隨時留意不忘打掃，但是將書籍一一重新排放時，還是會在眼睛看不到的角落發現意外的塵埃，因此要全部整理好頗費工夫。我把這當成暑期最適合的休閒事業，盡量消磨時間，心血來潮時就拿本書沒完沒了看下去，以輕鬆自在的方針如蝸牛緩慢進行。阿作突然聽到我撣灰的聲音，從樓梯口探出梳著銀杏髻的腦袋。我叫她幫我拿抹布擦拭部分書架。但我覺得使喚她幫忙這項不知要耗多久的工作也很可憐，立刻又叫她下樓。我排放書籍約一小時後有點累了，正在抽菸休息時，阿作又從樓梯口探頭。並且問：「我能幫上甚麼忙嗎？」我也想讓阿作做點事。不幸的是我要整理的是不懂洋文的她無從插手的書籍，因此我雖感抱歉，還是婉拒她的幫忙又把她趕下樓。

阿作的事情沒必要一一詳述，但是因為之前的關係我還記得她當時的行動，所以順帶一提。我抽完一根菸後又繼續整理。這次不用擔心阿作來打擾我的一人世界，我一口氣整理完書架的第二層。這時我偶然從架子後面發現一本向朋友借來很久忘記歸還的奇妙書籍。那是單薄的小冊子，因此掉到其他書籍的背後沾滿灰塵，直到今天才被我發現。

二十七

借給我這本書的是某位熱愛文學的朋友。我曾和此人談論小說，我認為思慮過度之人事事耽於沉思，卻始終沒有勇氣斷然採取行動，因此就算寫成小說恐怕也很無趣吧？我平時就不大愛看小說，正是因為我沒資格成為小說中的人物，之所以沒資格，我老早就覺得是因為自己左思右想優柔寡斷，所以我才會提出這種疑問。這時他指著桌上的這本書說，這本書中的主角，具備令人耳目一新的思想與驚人的果斷行動力。我問他書中到底寫了些甚麼。他說你自己看了就知道，拿起書遞給我。封面寫著德文的《思想》[6]。他告訴我這是從俄文翻譯過來的。我拿著單薄的書，再次問他此書的故事大意。他說大意如何不重要。雖然幾乎不知這裡面寫的究竟是嫉妒、復仇、離譜的惡作劇、異想天開的計謀、認真的作為、瘋子的推理、還是普通人的算計，但畢竟伴隨驚世駭俗的行動與同樣驚世駭俗的思想，因此總之先看看就是了。於是我借了這本書回家。但我壓根不想看。因為我雖然平時不看小說，卻鄙視小說家這種生物，所以朋友說的話完全無法打動我讓我產生興趣。

壓根忘記這件事的我，這時隨手從架子後面抽出那本書拍去厚厚的灰塵。一看到那個眼熟的德文書名，頓時想起那位熱愛文學的朋友以及他當時說的話。這時不知從哪冒出的好奇心驅使，讓我立刻翻開第一頁開始閱讀。書中寫了一個可怕的故事。

6 《思想》（*Gedanke*），俄國小說家列昂尼德．安德列耶夫（Leonid Andreyev）作品的德譯版書名。

某個男人對某個女人有意，但女人不僅對他不屑一顧，反而嫁給他認識的某人，因此他打算謀殺那個新婚的丈夫。但他不只要殺人。他覺得必須當著做妻子的面前謀殺才有趣。而且謀殺的方法必須複雜得讓那個旁觀的妻子明知他是凶手，卻永遠只能咬著手指頭眼睜睜看著他逍遙法外，完全拿他沒辦法。最後他想出了一個方法。他利用某天受邀出席晚宴的機會，開始假裝突然急病發作。他當場刻意做出旁人只會認為是瘋子的舉動，眼看在場眾人全都深信他是瘋子，他在內心暗自慶賀策略成功。他在容易引人注目的社交場合又重複了兩三次這種行為後，終於普遍博得「這是個一發作就容易精神瘋狂的危險人物」的評價。他這樣大費周章做準備，打算製造一樁讓人無法制裁的殺人計畫。他的屢次發作，令華麗的社交場合失色，因此過去來往的好友，如今人人對他緊閉大門。但他對此不以為意。因為還有一戶人家可以讓他自由出入。那就是他處心積慮企圖推落死亡深淵的朋友及其妻子的家。某天他若無其事地敲朋友家的門。表面上在那裡閒話家常，暗中卻在伺機撲向眼前人。他拿起桌上沉甸甸的文鎮，突然問這個能否殺人。朋友當然沒把他的問題當真。他卻抓著文鎮用盡全力，當著友人妻子的面，打死了她心愛的丈夫。之後他被人以瘋子的名義送往瘋人院。但他憑著驚人的思想與判斷力、推理力，根據以上經過，辯稱自己絕非瘋子。但他隨即又開始懷疑自己的辯解。不僅如此，他還想替自己的那個懷疑辯解。他究竟是精神正常還是瘋子呢——我拿著這本書不由得毛骨悚然。

二十八

我的頭腦是為了抑制我的心而存在。就行動的結果看來，回顧無甚遺憾的過去，我想這應是人之常情。但是每次心頭要熱血沸騰時，就被嚴肅的大腦強迫施壓克制，正如一般人都有的經驗，會非常痛苦。說到倔脾氣這點，嚴格說來我算是比較陰柔的暴躁，因此很少像旁人情緒爆發時突然被理智壓抑，嘗到汽車高速行駛時突然踩煞車的那種痛苦。但我內心還是會感到在某些場合只能用「生命軸心被硬生生扭曲」來形容的活力在燃燒。每當二者發生衝突，向來總是屈從腦袋命令的我，有時認為是腦袋太強大所以才讓我屈從，也有時認為是我的心太軟弱才會屈從，這種衝突雖是為生活而產生的衝突，可我就是無法擺脫「這是在削弱自我生命之爭」的恐懼。

所以我看了書中主角才會吃驚。他將好友的生命視如草芥，不認為理性與感情之間有任何矛盾或衝突。他擁有的一切智力，悉數成為復仇的燃料，方便他做出殘忍的凶行，而且絲毫不知悔改。他是個運用縝密思考，給對方當頭澆下滿腔毒血的偉大演員。再不然就是兼具超乎常人的頭腦與熱情的瘋子。和平時的自己相較，我很羨慕這個毫無顧慮肆意採取行動的主角。同時也害怕得冒冷汗。我想如果真能做到那樣想必很痛快。但又覺得做了之後，八成會受到良心難以承受的拷問。

不過，如果我對高木的妒火經由某種不可思議的路徑，日後以數十倍的強度烈火焚身不知會怎樣。但我無法想像屆時的自己。因為人的性格本就各不相同，終究不可能如此模仿，因此我立刻決定放棄這個問題。接著，我又覺得我肯定也能做到同樣程度的復仇。最後，我想起唯有像我這樣平日就為理性和感情之爭苦惱的人，才能冷靜且有計畫、有組織地做出如此殘酷的凶行。最後為何會這麼想，連我自己也不明白。只是這麼想時突然心情怪異。那種心情並非純粹的恐懼亦非不安或不快，似乎遠比那些更複雜。不過，若就最後呈現的心理狀態而言，就像一個老實人喝了酒變得大膽，感到這下子甚麼都能做的滿足，同時也察覺喝醉的自己比起平時變得更加墮落，這種墮落是酒精的影響，因此無論避往何處，只要是人都無法逃脫，於是沉痛地就此絕望，是一種怪異的心情。懷著這種怪異的心情，我瞪著眼夢見自己當著千代子的面拿沉重的文鎮打破高木腦袋，嚇得立刻跳起來。

一下樓，我直接衝去浴室拿水猛澆腦袋。一看客廳的時鐘，已經過了中午，我決定趁此機會坐下解決午餐。照例由阿作來服侍。我二話不說大口吞飯，突然問阿作我的臉色是否很糟。阿作吃驚地瞪著眼說不會。對話就此結束後，輪到阿作問我怎麼了。

「沒有，沒甚麼。」

「大概是因為天氣突然變熱了。」

我默默吃完二碗飯。倒了茶準備喝時，我又突然對阿作說，比起去鎌倉人擠人，還是待在家裡更安靜自在。阿作說，可是那邊應該比較涼快吧。我說，不，反而比東京還熱，待在那種地方只會心情焦躁待不住。阿作問老夫人是否還要在那邊待很久。我說應該馬上就回來了。

二十九

我看著坐在我面前的阿作，素樸清淡如一筆畫出的牽牛花。只可惜不是出自名家之手，但在我看來她和那種畫一樣，只不過畫得比較簡略。或許有人會問我為何將阿作的外貌比喻作繪畫。其實沒甚麼深刻的意思，只是她服侍我用餐時，剛看過小說的我，和此刻恭敬捧著黑漆托盤的她做比較，我很受不了自己的內心為何像濃重的油畫一樣複雜。坦白說，作為受過高等教育的證據，過去我一直自傲自己的腦袋比他人更複雜。然而曾幾何時我已疲於動腦。想到自己是受了甚麼報應必須如此縝密追究事情才能活下去，我就覺得可悲。我把碗放回餐盤上，看著阿作的臉頓感可貴。

「阿作妳也會思考種種事物嗎？」

「我哪有甚麼事情好思考的。」

「不會思考嗎？那倒好。沒有心事必須思考是最好的。」

「就算有事我也沒那個智慧，根本想不出所以然。我太沒用了。」

「這才是幸福。」

我脫口這麼一說，嚇到了阿作。阿作八成以為我突然諷刺她。真是對不起她。

那天傍晚，母親不聲不響地突然從鎌倉回來了。當時我正把藤椅搬到二樓已經沒陽光的簷廊上，聽著阿作打赤腳在院子灑水的聲音。下樓去玄關時，看到送母親回來的不是吾一，是千代子跟在母親後面進屋，我大吃一驚。因為我坐在藤椅上時壓根沒想過千代子。就算想過也無法把她和高木分開。我一直深信二人暫時無法離開鎌倉這個舞台。見到似乎曬黑的母親，我還來不及問候就急著想問千代子為何會來。實際上，我開口第一句的確這麼問了。

「我送阿姨回來呀。這有甚麼好驚訝的。」

「那真是謝謝妳。」我回答。我對千代子的感情，和我去鎌倉之前已大不相同。去當地之後和回到東京之後也大不相同。對於和高木綁在一起的她，以及這樣單獨被切割出來的她，感覺也大不相同。她說因為不放心把年邁的阿姨交給吾一，所以自己跟著過來。阿作洗腳之際，她就忙著從衣櫃取出母親的單衣，服侍母親換下旅行穿的衣服，像原先的千代子一樣勤快。我問母親後來是否發生過甚麼趣事。母親神情滿足地回答，也沒甚麼特別值得一提的事，然後又說，「不過，托你們的福讓我很久沒這樣好好休養了。」我覺得母親這番話應該是向旁邊的千代子道謝。
我問千代子是否今天要立刻回鎌倉。
「我要留下過夜。」
「在哪過夜？」
「這個嘛，回我家也行，可是家裡太空曠太冷清了——好久沒在這兒過夜了，就睡這裡吧，可以嗎，阿姨？」
在我看來，千代子分明從一開始就打算睡在我家。坦白說，我在那裡坐下不到十分鐘，就又忍不住從某種立場對她的言行舉止一一觀察、評斷、詮釋。察覺這點時，我感到非常不快。也感到神經已經疲於去做這種努力。是我違抗自我不得不如此動心思？還是千代子逼迫不情願的我這樣？不管是哪種，我都很生氣。
「其實千代妳不用來，有吾一陪著就夠了。」
「可是我有責任護送阿姨。因為當初邀請阿姨的是我。」

三十

「那我也受到邀請了，妳怎麼沒有護送我回來。」

「那你幹嘛不聽我的話在鎌倉多待幾天。」

「不，我是說那時候，我回來的時候。」

「如果真這樣做，那我豈不是像個護士小姐。好吧，當護士小姐也行，我可以陪你回來。但你當時為何不這麼說？」

「因為說了恐怕也只會被拒絕。」

「我才怕會被你拒絕呢。對吧，阿姨？難得接受邀請出現了，卻老是板著臉不情不願的樣子。你真的有病。」

「所以才想要千代子護送回來吧。」母親笑著說。

直到母親回來的一小時前，我都沒想過千代子會來。如今自然沒必要再次重申，但我本來幾乎已可確定母親會帶給我關於高木的消息。甚至預想過母親的臉上籠罩不安與失望的陰霾時我心裡的愧疚。結果現在卻看到和我預期的完全相反的結果。她倆依然是親密的姨甥。二人一如往常地交流彼此特有的溫情與爽朗，同時也大方地與我分享。

那晚我省下出門散步的時間，和二個女人上了二樓邊乘涼邊聊天。我奉母命在簷下掛起描繪七草的岐阜燈籠，在燈籠內點燃小蠟燭。千代子提議天氣熱不如關燈，毫不客氣地熄了室內的燈。無風的夜晚，月亮高掛中天。倚杜憑欄的母親說她想起鎌倉。這段時間已習慣海邊生活的千代子說，在有電車噪音的地方賞月好像有點可笑。我又坐回原先的籐椅搧扇子。阿作從樓下上來二次。一次是給香菸盆添火，放到我的腳下。第二次是拿托盤送來附近買的冰淇淋。每次我都忍不住拿這個彷彿生於階級制度嚴明的封建時代，認定自己一輩子只能做卑微女傭的阿作，與無論在任何人面前都落落大方像個淑女的千代子來比較。千代子即使看到阿作出現，也和面對其他女子的態度一樣，壓根沒放在心上。至於阿作，每次起身走到樓梯口旁要下樓時就會倏然轉身，望著千代子的背影。我想起自己在鎌倉冷眼旁觀高木的那二天，不由憐憫地看著曾經明言自己沒有心事所以從不思考的阿作，如今有了千代子這個時髦洋氣的有毒思考材料。

「高木過得如何？」這個問題屢屢衝上我的嘴邊。可是除了單純打聽消息的好奇之外，還有某種不純的目的推動我，因此每次或許是因為心裡暗罵自己卑怯，終究不容我違背個人信念問出口。而且等千代子走後只剩下母親，我們母子倆自然可以盡情談論高木。不過老實說，我很想聽千代子親口說出高木的事。也想知道她對他有何看法，好讓自己心裡有個明確的概念。這是嫉妒作祟嗎？如果說打聽這個是因為嫉妒，那我毫無異議。就現在的心態看來，除此之外也無以名之。如此說來我是愛著千代子嗎？問題推演到這一步，我除了詞窮別無他法。因為實際上，我對她並未感到那麼熱烈的愛意。那麼，是我的嫉妒心比常人強烈兩三倍嗎？或許真是如此。但是如果要更貼切地評斷，我想恐怕是我本來的任性所致。但我還想再補充一句。照我說來，既然離開鎌倉之後我還對高木有這麼強烈的嫉妒，那顯然不只是我的個性有缺陷，千代子自己也要負很大的責任。我甚至敢挑明了說，就是因為對象是千代子，我的弱點才會如此濃重地渲染心頭。那麼，是千代子的哪個部分令我的人格墮落呢？這點不得而知。我想或許是她的親切吧。

三十一

千代子的態度一如往常直白明快。不管有任何問題，她都能毫不猶豫地開口。只能說那證明了她果然是一根腸子通到底。她去鎌倉後開始自學游泳，她說現在最大的期待就是可以游到水深過頂之處。她還說個性謹慎的百代子很擔心，苦惱地哀聲阻止她冒險，讓她覺得很好玩。這時母親露出半是擔心半是驚愕的神情，懇求她說：「女孩子家怎麼能這樣輕率。今後就算是看在阿姨的面子上，拜託妳別做那種危險的惡作劇了。」千代子只是笑著回答，「不會有事啦。」但她忽然轉頭看著坐在簷廊椅子上的我，問道：「阿市也討厭我這樣的瘋婆子嗎？」我只是說不太喜歡，然後就望著月光灑遍大地的門口。如果我忘了自尊自重，肯定會再補上一句「但是高木先生應該會喜歡」。幸好沒有墮落到那種地步，好歹保住我的顏面。

千代子就是這樣大剌剌。但是眼看夜色漸深，直到母親說該睡了，她始終對於高木隻字不提。我認為她是故意的。我感到彷彿白紙落下一點墨漬。去鎌倉之前，我曾深信千代子是全天下最單純的女人，可是僅僅在鎌倉待了二天，我就開始懷疑她是裝傻。那個懷疑如今終於要在我心頭扎根。

「她為什麼絕口不提高木？」

我躺著如此思索，甚感苦惱。同時自己也很清楚為這種問題剝奪睡眠時間很愚蠢。所以苦惱也變得可笑，讓我更加煩躁。我照舊獨自睡在二樓。母親與千代子在樓下房間鋪好被子，同睡在一頂蚊帳中。我想像呼呼大睡的千代子就在自己身體的正下方，不得不認為痛苦掙扎的我輸了。我甚至連輾轉反側都厭煩。因為我怕自己還沒睡著的動靜被樓下聽見，會被千代子當成勝利的鐘聲，令我深覺恥辱。

我這樣針對同一個問題左思右想之際，同一個問題在我看來也有很多解釋。她之所以絕口不提高木，或許只不過是出於對我的好意。親切的她不想讓我不快，所以刻意迴避那個話題。如果這樣解釋，在鎌倉時的我想必很不講理地擺臭臉，讓如此單純的她都沒有勇氣在我面前公然提起高木二字。如果真是這樣，那我等於是為了得罪人才走入人群的討厭動物。今後只要躲在家裡不出去交際就沒事。可是如果摘下親切的面具，耍心機裝傻才是她的本意……我細細剖析心機二字。她打算用高木當誘餌引我上鉤嗎？她這麼做，並沒有最後的目的，只是暫時刺激我對她的愛意來取樂嗎？抑或，她打算叫我就某種角度變得像高木一樣？那樣她就可以考慮愛我？或者她看高木與我為她決鬥自以為有趣？又或者，她讓高木在我眼前出現，暗示我有這號情敵在，催我早作決斷？——我翻來覆去剖析這心機二字。我認為既然用上心機那就是戰爭。若是戰爭，最後必然會有個勝負。

失眠認輸的自己讓我很不甘心。電燈早在掛蚊帳時就已關掉了，因此蔓延室內毫無縫隙的黑暗凝重得幾乎令我窒息。我再也受不了在一片漆黑之中睜著眼只動腦子的痛苦。原本就連想翻身都忍著的我，這時猛然爬起來開燈。順便去簷廊把遮雨板拉開一條縫。月已西斜的天空下沒有風。我只感到有點冰冷的空氣拂過皮膚與咽喉。

三十二

翌日我比平時獨自在家睡覺時提早一個半小時醒來。我立刻起床下樓，只見阿作用白色頭巾包住銀杏髻，正將長火盆內的灰燼過篩，她一看到我就說「呀，您醒了」，一邊立刻替我去浴室準備洗臉用具。我洗完臉出來踮腳經過滿是灰塵的起居室去玄關。順便隔著蚊帳探頭看了一下二人睡的房間，向來敏感的母親或許是因為昨天坐火車太累，仍在安靜沉睡。千代子當然也似乎正沉陷在夢境底層般枕著枕頭呼呼大睡。我漫無目的地走向門口。對於遺忘晨間散步樂趣已久的我而言，這一如往常的街色，彷彿未被酷暑與雜沓沾染的安息日般安詳。電車軌道散發打磨過的亮光朝地面筆直延伸而去，也給人安穩之感。但我並非想散步才出門。只是太早醒來，打算藉運動來填補不上不下的生命空檔才走路，因此在天空地面乃至街頭都無法發現太大的趣味。

過了一小時，我毋寧是神色疲憊地在母親與千代子狐疑的目光中歸來。母親問我上哪去了，之後又說我的臉色很差，問我是不是哪裡不舒服。

「八成是昨晚沒睡好吧。」

我不知如何回答千代子說的這句話。老實說，我很想昂然頂回去說我睡得好得很。不幸的是我並非那麼會耍心機的人。不過，我過剩的自尊心也不容我坦白說出的確沒睡好。最後我甚麼也沒回答。

三人一起吃完早餐，母親昨天趁著涼快找的梳頭師傅就立刻上門來了。她穿著剛洗過的白圍裙，伏身在門口行禮，親暱地打招呼說「夫人您回來了」。她擁有這個行業皆有的好口才。她也很擅長運用這點，每句話都在給內向的母親製造機會炫耀避暑之旅。母親看似滿意，但也沒有因此就喋喋不休。梳頭師傅立刻又選中年輕的千代子作為更可發揮口才的對象。千代子本來就是對誰都一樣親切隨和的女人，因此梳頭師傅每次一喊大小姐，她就會很配合地跟著一搭一唱。談到千代子學游泳時，梳頭師傅就像刻意說給誰聽似地奉承說，女孩子就該這麼活潑才好，這年頭的千金小姐都在學游泳。

這麼說好像在宣揚自己的怪癖會很可笑，不過老實說，我很喜歡看女人梳頭綁髮髻。母親利用稀疏的頭髮勉強梳成髮髻的模樣，就算技術如何高明，也不是甚麼值得炫耀的場景，不過倒是很適合打發無聊。我望著在梳頭師傅動手的過程中母親自然形成的小圓髻。內心暗想，千代子的頭髮如果梳成日本髮髻一定很好看。因為千代子有一頭烏黑亮麗又直又長又濃密的頭髮。所以這種場合若是以往的我，肯定會勸千代子也順便梳頭。但我現在實在難以對她提出那種親密要求。巧的是，這時千代子竟也主動表示她想梳髮髻。母親也慫恿她說，「那妳梳嘛，好久沒梳頭了。」梳頭師傅也說，「那您一定要試試，我第一眼看到您的頭髮時就覺得您把頭髮綁成一束太可惜了。」千代子最後果真在梳妝台前坐下。

「梳哪種髮髻好呢？」

梳頭師傅建議她梳島田髻。母親也持相同意見。千代子任由長髮垂落背後，突然喊我。

「你喜歡甚麼髮型？」

「您的先生一定也會說喜歡您梳島田髻。」

我愣住了。千代子似乎泰然自若。她故意朝我轉頭，笑著說，「那我就梳島田髻給你看吧。」

「好啊。」我回答的聲音聽起來很生澀。

三十三

我在千代子沒做好頭髮之前先上了二樓。像我這種神經質的人一旦偏執起來，會故意做出在無關者看來幾乎是幼稚的作為。我中途離開梳妝台旁，自以為逃過了梳著美麗島田髻的女人強求男人讚賞的義務。當時的我，沒那麼好心去迎合這個女人的虛榮心。

我不想把自己講得多厲害似地美化自己的形象。但即便是我這樣的人，比起把腦袋用在長火盆旁的這種耍心機伎倆，寧願投入在更高尚一點的問題上。只是被迫墮落到這種地步時，我的弱點就是無論如何都不敢做出出格的舉動。正因為我了解自己的無趣程度，更讓我厭惡偏要那樣做的自己。

我認為虛張聲勢和卑劣一樣討厭，因此就算卑微，我也深信說出真我是一種名譽，盡量直言無諱。然而，世間認為偉大或崇高的人，真的都超越了長火盆和廚房中的庸俗人生糾葛嗎？我只不過是個剛踏出校門經驗不多的楞頭青，但就我的智力與想像力來思考，那種偉大崇高的人恐怕在任何時代都不存在吧。我尊敬松本舅舅。但是說得露骨點，我認為舅舅那樣的人稱為看似偉大、故作高尚就夠了。我並不想無禮且偏執地給我敬愛的舅舅加上冒牌貨之名。但是他看似不拘世俗，其實心裡還是很在意。他袖手旁觀似乎不計較小事，其實腦袋深處卻在汲汲營營。但他至少沒有形諸於外，我很想讚美他已經比一般人有格調多了。而他之所以能夠不形諸於外，是因為他有財產，有一定的年紀，也有學問、見識與修養。不過，最後也是因為他和家人的關係和諧，他在社會上看似離經叛道，其實按部就班一路順遂。——話題扯遠了。也許我對自己的小家子氣辯解太多了。

我如剛才所說很早就上了二樓。二樓離太陽更近，因此比樓下熱，但因為我平日待習慣了，一天之中大部分時間都在此度過。我一如往常在桌前坐下後只是托腮發呆。今早我發現放菸灰的馬約利卡[7]菸灰缸被擦得乾乾淨淨放在我的手肘前，我望著菸灰缸底部出現的二隻鵝，兀自想像阿作倒掉菸灰的手。這時有人從樓下踩著樓梯上來了。我一聽腳步聲立刻知道不是阿作。被千代子看到我發呆讓我感到很屈辱。也不喜歡立刻打開旁邊的書本，假裝自己一直在看書的這種小聰明。

「我梳好頭了，給你看。」

我看著一上來就在我面前說著坐下來的她。

「看起來很可笑吧？我很久沒梳頭了。」

「梳得很漂亮。今後妳隨時可以梳島田髻。」

「梳壞了兩三次，又拆開重梳才弄好的。因為我頭髮太不聽話。」

就這樣一問一答交談了幾句之際，不知不覺我感到眼前是和以前一樣美麗率直又天真的千代子。不知是我的心情忽然好轉了，還是千代子對我的態度在哪有所轉變，這我自己也說不清楚。我只記得好像兩者都沒有明確的證據足以解釋。如果這

---

7 馬約利卡（majolica），十五世紀義大利生產的彩繪陶瓷。此處是指模仿那種花色的陶器。

種輕鬆的狀態再持續個一兩小時，或許我對她的怪異疑惑，也能回到當初，打從一開始就當成誤解徹底刪除。可我搞砸了。

三十四

說穿了很簡單，我和千代子聊了一會後，發現她不只是上樓來展示髮型，而且今天待會就要回鎌倉，所以也是來向我道別時，因為毫無心理準備，我當下搞砸了。

「妳這麼快就要回去了啊。」我說。

「不快了，都已經住一晚了。不過頂著這種髮型回去有點好笑。好像要出嫁似的。」千代子說。

「大家都還在鎌倉嗎？」我問。

「對。怎麼了？」千代子反問。

「高木先生也在？」我又問。

高木這個名字之前千代子沒提，我也刻意迴避。但是，因著某種契機，我倆之間恢復了平時坦誠相處的氣氛，於是就在這和樂融融的氛圍中，我一不留神就脫口而出。我隨口拋出這個問題後，看到她的神情時忽然後悔了。

我前面也提過，由於我優柔寡斷又頑固不知變通，因此遭到她的某種輕蔑，老實說，我倆的來往只不過是在彼此默認這點下的親近。不過幸好我也有一個常令千代子畏懼之處。那就是我的沉默。像她這種直白爽朗非得說出內心話的人，當然不可能喜歡我這種含糊不清有話悶在肚子裡的態度，不過其中又暗藏某種捉摸不透的奇妙心態，因此她從以前就無法徹底了解我，雖然看不起我卻又覺得我有點可怕，就某種角度還有點尊敬我。雖然沒有明言，但對方的確在心底正式認同這點，我也在冥冥之中當成正當權利向她如此要求。

可是當我不經意脫口提及高木時，千代子彷彿永遠收回了對我的這種尊敬。因為當她聽見我問「高木先生也在嗎」，表情頓時變了。我不想認為那是勝利的表情。但她的眼中，分明閃爍著過去我從未在她眼中發現的某種輕蔑。我就像在出乎意料的瞬間被人狠狠打了一耳光，頓時僵住了。

「你這麼在意高木先生？」

她說著，發出我恨不得用雙手掩耳的高亢笑聲。那一刻，我感到強烈的羞辱。

但一時之間我也想不出該怎麼回話。

「你真卑怯。」她接著又說。這個突然的形容詞也令我萬分驚愕。我很想回嗆，妳才卑怯，故意把人叫去本來可以不去的地方。但是面對比我小的女孩，用同樣程度的激烈言詞回敬還太早，於是我勉強忍住。千代子也就此陷入沉默。我好不容易才擠出「為什麼」這三個字。千代子聽了濃眉一挑。她似乎把我這個問題解釋為我明明很清楚我的卑鄙怯懦，可是偶爾遭到他人指出，就故意裝傻來遮掩自己的弱點。

「這還用問嗎，你自己應該最清楚吧。」

「我就是不知道才問妳。」我說。我怕母親在樓下聽見，而且也自認很了解年輕女子情緒化的特質，因此為了盡量讓對方放鬆下來冷靜說話，當時的我，用了幾乎是強迫自己壓低音量的緩慢語調，沒想到那似乎反而讓千代子更不痛快。

「如果連這個都不知道，那你也太蠢了。」

我猜我的臉色恐怕變得比平日更蒼白。我只記得自己死盯著千代子。我也記得那一刻，向來不知畏懼的千代子，與我在無言中四目相接，彼此都靜默片刻。

三十五

「像妳這麼活潑的人，當然會覺得我這麼內向的人顯得很卑怯。因為我是個沒勇氣把想法立刻說出口或直接採取行動，非常優柔寡斷的男人。就這點而言，妳要說我卑怯我也無話可說……」

「誰說那樣卑怯了！」

「但妳很瞧不起我吧？我清楚得很。」

「你才瞧不起我吧？我比你更清楚這點。」

我不認為有必要同意她這句話，因此刻意不回答。

「你認為我是個沒學問、不懂道理、不足為取的女人，心裡把我看扁了。」

「那和妳瞧不起我優柔寡斷是同一回事。我就算被妳罵卑怯也無所謂，但如果妳指的是道德意義上的卑怯，那我認為妳錯了。至少對於和妳有關的事，我不記得我曾做過在道德上堪稱卑怯的舉動。如果對本該用拖拖拉拉或優柔寡斷來形容的毛病卻用卑怯這個字眼，似乎欠缺道義上的勇氣——甚至可以說，聽起來好像我是個不懂道德的卑劣小人，讓我很不舒服，所以我希望妳更正說法。抑或，如果就我剛才說的定義，真的做了甚麼對不起妳的事，也請妳儘管說出來。」

「那我就告訴你甚麼叫做卑怯吧。」千代子說著哭出來。過去我一直認為千代子是比我強勢的女人。但我把她的強勢解釋為單純只是出於善良的女孩子心氣。可是此刻出現我面前的她，分明是只知爭強好勝的世間庸俗婦人。我並未被她打動，只是冷眼等著看她如何含淚解釋。因為我堅決相信，從她唇間吐露的話，無非只是她維護自己體面的強辯罷了。她迅速眨動了兩三下濡濕的睫毛。

「你認為我是個瘋瘋癲癲的笨蛋，始終報以冷笑。你對我……根本沒有愛。換句話說你並不想和我結婚……」

「妳不也不想……」

「你先聽我把話說完。你想說彼此彼此是吧。那樣也行。我也沒求你娶我。我只是覺得你既然不愛我，又不打算娶我，為何還對我……」

她說到這裡突然頓住了。愚鈍的我還來不及領悟她之後說甚麼。「對妳怎樣？」我半帶催促地問她。她突然像豁出去似的，斬釘截鐵說，「那你為何要嫉妒？」說完比之前哭得更厲害。我感到熱血頓時衝上腦袋，兩頰發燙。她似乎壓根沒注意到。

「你太卑怯了，是道義上的卑怯。就連我邀阿姨和你去鎌倉玩，你都懷疑我的居心。那樣就已經很卑怯了。不過，那不是問題重點。可你既然接受了人家的邀請，為什麼不能像平時那樣愉快。我邀你來玩等於自取其辱。你侮辱我家的客人，結果也侮辱了我。」

「我不記得有侮辱過誰。」

「你有。言語和動作不重要。是你的態度在侮辱人。就算態度上沒有，你的心裡也在侮辱人。」

「我沒義務被妳這樣深入私領域批評。」

「男人就是卑怯，才做得出這種無聊的答覆。人家高木先生是紳士，所以有容人的雅量，可你卻容不下高木先生。因為你太卑怯。」

松本的敘述

一

後來市藏與千代子之間怎樣了我並不知情。應該也沒怎樣吧。至少在旁觀者看來，二人的關係從以前到今天似乎完全沒變。如果問他倆，他倆可能都有很多話要說，但那也只限於當時的心情，只要當成他們是把前後不通的謊話說得像是有永恆價值似的就不會錯。反正我是這麼相信。

說到那個事件當時我也有所耳聞。而且是兩邊的說法都聽過。那根本不是誤會。雙方都這麼相信，而且雙方這麼相信都有其道理，也難怪會發生衝突。因此無論是要做夫妻還是當一輩子的朋友，終究無法避免那種衝突。除了視為二人命中注定有此一遭也別無他法吧。不幸的是，二人就某種意味而言關係緊密。而且促成那關係的方式是被旁人無法可左右的宿命所支配，因此才可怕。如果用一句做作的警語，他們堪稱為分而合、為合而分的一對可憐人。這麼說不知你能否理解，但他們如果結為夫妻，等於只會造成彼此不幸的結果，可是如果不結為夫妻，又會因為無法選擇彼此成婚的不幸而感到不滿。所以二人的命運還是順其自然，交由天意安排方為上策。你我多事的幫忙反而對當事人沒好處。正如你所知，對市藏或千代子而言我都不是外人。尤其是嫁到須永家的大姊，過去也曾多次為二人的婚事來拜託我或找我商量。但天意都撮合不了他們，我又有何能耐促成。換言之，大姊只是自己在做白日夢。

大姊和嫁到田口家的二姊，都很驚訝我與市藏的個性過於相似。我自己想到親戚之中居然能出現二個這樣的怪胎也覺得不可思議。按照大姊的想法，似乎認定市藏會有今天都是被我帶壞的。大姊對我的很多方面都頗有意見，其中最讓她不快的，就是她認定不明事理的我給親外甥造成的這種惡劣影響。回顧我對市藏這些年來的態度，我不得不同意她的指責很有道裡。順便不妨也承認她對於因此讓市藏疏遠了田口家的不滿。但二個姊姊把我和市藏視為同一個模子打造出來的彆扭怪胎，同樣對我倆蹙眉顯然是錯了。

市藏這個人越和社會接觸只會越往裡縮。所以一旦受到刺激，那個刺激就會不斷迴轉，漸漸深入侵蝕他的內心深處。而且無論侵蝕到何處，都會無邊無際地持續發揮同樣的作用折磨他。到最後雖然苦惱得只盼能逃脫這內心的反覆折磨，卻彷彿中了無法自力解決的詛咒只能被拖著走。並且開始害怕自己哪天會因這樣的努力倒斃，一個人孤零零地倒斃。因此身心俱疲幾乎發狂。這是橫亙在市藏生命中的大不幸。若想把這不幸轉為幸福，唯一的辦法就是把他不斷朝內發展的生命方向顛倒過來，向外反轉出去。不是用眼把外界的事物輸入腦中，必須是抱著用腦子觀察外界事物的心態去用眼。就算全天下只有一個也無妨，一定要找到足以令自己全心迷戀的偉大的事物，或者美麗的、溫柔的事物。一言以蔽之，必須興趣更廣泛多變。市藏起初瞧不起這樣四處留情。現在卻渴望四處留情。為了自己的幸福，他衷心祈求成為輕薄的翩翩才子。早在我給他忠告之前，他就已明白，除了輕薄多情之外天底下沒有其他途徑能夠拯救他。但他迄今仍無法實行，還在掙扎。

二

親戚們私下怪我是把市藏塑造成這種人的罪魁禍首，我自己也對這點甚感愧疚，所以怪不了旁人。簡而言之是我不懂如何因材施教。我糊塗地以為只要把自己的喜好盡可能轉移給市藏就足夠了，一直隨興地左右年輕人柔軟的精神，但那似乎成了一切的禍源。我是兩三年前才發覺這個過失。但當我察覺時已經太遲了。我只能束手無策，在心中嘆息。

簡單說來，我現在過的生活最適合我，卻絕對不適合市藏。我本來就容易三心二意，如果用極為粗俗的說法來評論，不過是天生的花花心腸。我的心不停向外游移。所以會因外界的刺激產生各種變化。這麼說各位或許不大能理解，但市藏是為了教育傳統社會而生的男人，我是被通俗世間教育出來的人。我雖已這把年紀卻還有年輕幼稚之處，相較之下市藏從高中時就已少年老成。他把社會當成思考的題材，而我只是主動迎合社會的想法。這是他的長處，也潛藏著他的不幸。這是我的短處，同時也蘊含我的幸福。我只要泡茶就會心情平靜，只要玩古董就會發思古之幽情。此外，當我觀賞相聲、戲劇、相撲，都會有那每一刻的心情。結果我過度沉溺於眼前的事物，自然會被失去自我的空虛感打擊。所以我過著這種超然生活想勉強確立自我。可是市藏是個除了自我本就一無所有的男人。要彌補他的缺點——或者該說，切斷他不幸的生活路徑，唯一的方法就是讓他不再沉潛內心，轉而回應外界。但我間接從他那裡奪走了這個唯一能讓他幸福的辦法。也難怪親戚都怪我。我甚至覺得他本人不怪我已經值得慶幸了。

我記得那是一年前的事。那時市藏還沒畢業，某天偶然來我家，稍作寒暄後立刻不見蹤影。那時我受某人之托，正在書房查閱日本花道的歷史。我忙著專心查資料，他露面時，我也只是轉頭打了聲招呼，但他的氣色很差令我耿耿於懷，工作告一段落後立刻走出書房去找他。他和我內人也相處得很好，我以為他們或許在起居室聊天，但他並不在那裡。我詢問內人，內人說八成在孩子的房間，我走簷廊過去開門一看，只見他坐在咲子的桌前，望著女性雜誌封面的美女照片。當時他回頭告訴我，他發現了這樣的美人，打從剛才已經盯著看了十分鐘。當那張臉孔在眼前時，似乎可以讓他忘記腦中的痛苦變得愉快。我立刻問他那是哪家的小姐。不可思議的是，他竟然還沒看照片下方寫的女人名字。我笑他真糊塗。又問他既然那麼喜歡那張臉，為何沒有先記名字。因為我認為，如果時間與場合允許，向對方提親也不是不可能。但他露出「有何必要記住姓名住址」的眼神，似乎覺得我的提醒很奇怪。

換言之，我純粹把照片當成真人的代表看待，他卻只是把照片當成照片欣賞。如果照片的背後附加真正的地位、身分、教育、性情，讓紙上肖像活起來，他或許反而會連那張中意的臉孔都一併放棄。這就是市藏和我最根本的差異。

三

市藏即將畢業的兩三個月前，我記得是去年四月左右吧。他母親針對他的婚事，前所未有地找我商量了很久。姊姊當然是一心想娶田口家的外甥女當兒媳婦，想法單純且頑固。我認為對女人講大道理是男人之恥，所以盡量避免講得太複雜，但我還是針對這個問題把道理掰開揉碎向她解釋，好讓思想傳統的她能夠理解，如果不尊重孩子本人的意願等於違背做父母的義務。如你所知，姊姊是個非常端莊賢淑的女人，但她當然也具備婦道人家到了緊要關頭只會翻來覆去堅持己見的共通特性。我對她的執拗與其說厭惡，她那種毅力反而令人異樣地憐憫。所以，當她表示目前親戚之中市藏唯一尊敬的只有我，能否請我把市藏叫來好好勸他一次時，我爽快地答應了。

我記得我和市藏在這個房間為此見面，是在姊姊請託後的第四天，某個星期天的早上。他雖然面臨畢業考在即非常忙碌，還是坐下來苦笑著說，考試結果如何都不重要。據他表示，關於婚事已聽他母親說過多次，他也一再拖延答覆，已經成了老套的問題了。不過他的態度，倒是和問題的老套成反比，看似頗為惆悵。他最後一次被母親勸說時，據說請母親先等他畢業，之後定會設法解決。但他還沒考完試就先被我叫來了，所以不僅看起來有點不耐煩，甚至直接說出「老人家就是急躁，傷腦筋」這種話。我也認為他言之有理。

據我推測，他之所以把答覆拖延到畢業，八成是猜想千代子肯定會找到比他更適合的結婚對象，所以他沒有直接讓母親失望，只是靜待周遭狀況推翻母親的想法自然而然帶給她壓力，無非是一種逃避手段罷了。我問市藏是否真是如此。市藏坦承不諱。我問他為何就不能滿足母親的心願。他說如果能夠的話當然也想事事都滿足母親。但他始終不肯允諾迎娶千代子。我問他是否賭氣才不肯娶人家，他說或許是吧。我又問他，如果田口同意把女兒許配給你，千代子自己也願意嫁，那你會怎麼做，市藏沒有回答，只是默默望著我的臉。我看到他這種表情，就提不起勁再說下去了。說是恐懼太誇張，說是同情又好像很可憐，看到他這種表情後，我幾乎不知該如何形容自己的心情才好，那是一種不得不讓對方永遠放棄的絕望，再加上某種淒厲和溫柔的特殊表情。

過了一會，市藏突然令我意外地感嘆自己為何這麼討人厭。這話說得太突兀也太不像他平日的作風令我很驚訝。我用責備的語氣反問他為何如此發牢騷。

「這不是發牢騷。我只是說出事實。」

「那你說說看誰討厭你了？」

「舅舅現在不就很討厭我嗎？」

我再次驚愕。因為太不可思議所以又和他爭辯了兩三句，最後我推測，當我被他某種特有的表情影響停止對話時，他似乎解釋為是對他產生嫌惡。我極力試圖澄清他這個誤解。

「我有何必要討厭你。從你小時候到現在，我們的關係不是一直都很好嗎？別說傻話了。」

市藏挨罵後也沒激動，只是臉色越發蒼白地盯著我。我彷彿坐在鬼火前。

四

「我是你的舅舅啊。天底下有哪個舅舅會討厭外甥。」

市藏聽到這句話，頓時挑起薄唇落寞地笑了。我從那落寞背後，看見一抹莫測高深的輕蔑。我得招認，他在理解力方面遠比我聰明。這點我很清楚。所以和他接觸時，我始終不動聲色地暗自留意，避免做出被他笑話的蠢事。但有時難免會出於長輩的傲慢，睥睨關係親近的他，明知膚淺，有時還是會裝模作樣對他做出無意義的訓誡。聰明的他並未利用他的優勢沒品地讓我出醜，但我每次都感到有損自己在他心中形象的屈辱。我立刻設法修正自己說的話。

「世界這麼大，當然也可能有父子反目成仇，夫妻互相置對方於死地。不過一般而言，只要是兄弟姊妹或舅甥之類的關係，總有特別親近之感吧。你受過一定的教育，也有一定的聰明才智，可是偏偏就有某種孤僻的個性。那是你的弱點。一定要改過來。否則旁人看著也不愉快。」

「所以我才說連舅舅都討厭我。」

我詞窮了。只覺自己也沒發現的自我矛盾好像被市藏指出。

「只要乾脆拋開孤僻不就沒事了嗎。」我若無其事地頂回去。

「我很孤僻嗎？」市藏冷靜地問。

「對呀。」我不假思索回答。

「甚麼地方孤僻呢？請明確說出來。」

「甚麼地方啊——總之就是有啦，就是有我才會這麼說。」
「那麼，如果說有那個弱點，弱點又是從哪來的呢？」
「這是你自己的問題，你自己好好想想不就行了。」
「舅舅真無情。」市藏用沉痛萬分的語氣說。那種語氣當下先令我有點慌。接著再看他的眼色我就更洩氣。他的眼睛異常憤恨地盯著我。我在他面前多說句話頂回去的勇氣都提不起來。
「舅舅還沒說之前我就在想了。用不著您說，這是我自己的問題我當然早已想過。因為無人可以教我，所以我只能自己想。我日日夜夜都在想。想得太多幾乎身心俱疲還在想。但是想了又想還是不明白所以才問您。您主動宣稱是我的舅舅。既然是舅舅就該比外人更親切。可是剛才那番話雖出自舅舅的口中，在我聽來分明比外人更冷酷。」
我看著他滑落臉頰的淚水。從小看他長大到今天，我想先對你聲明，我和他之間從未出現過這樣一幕。順帶我也要聲明，因此我完全不知該如何對待這個激動的青年。我只是茫然地袖手旁觀。市藏也無暇觀察我的態度來調整自己的發言。
「我或許孤僻。可能確實很孤僻吧。舅舅不說我自認也很清楚。我是孤僻的。

用不著舅舅那樣提醒，我也心知肚明。我只是想知道為何會變成這樣。不，我媽，阿姨，舅舅，你們全都很清楚那個原因。只有我自己不知道。唯獨我一人被蒙在鼓裡。我是因為在這世上最信任舅舅所以才來問您。可是舅舅殘酷地拒絕了我。今後我將把舅舅視為終生的敵人詛咒您。」

市藏霍然起身要走。那一瞬間我終於下定決心。並且叫住他。

五

我曾聽過某學者的演講。那位學者剖析現代日本的文明開化，毫無畏懼地在聽眾面前挑明，受到開化影響的我們如果不流於事物表面，必然陷入神經衰弱的理由。他並且強調，在不知事物真相前當然會好奇，可是一旦知道了，往往反而會羨慕從前無知的幸福，對現在的自己感到後悔，他苦笑著說自己的結論或許也不外如是，就此結束演講下台。那一刻我想起了市藏，我們日本人必須承受這種苦澀真理固然很可憐，但像他那樣獨自面對祕密，想探究又害怕，雖然害怕又想去探究真相，肯定更淒慘。我如此想著不禁暗自為他一掬同情之淚。

這純粹是我們家族的私事，和你毫無利害關係，因此如果沒有你之前對市藏的好意擔心，我本來不會告訴你，老實說，市藏的太陽打從他呱呱落地那天起就已籠罩烏雲。

我並不忌憚對任何人明言，我向來認定一切祕密唯有公開後才能回歸自然塵埃落定，因此不像一般人那麼注重安穩或維持現狀。也因此，過去沒有早點主動回溯市藏的命運至他誕生當時讓真相大白，於我甚至堪稱不可思議的過失。如今想想，我簡直不明白自己為何將這個真相保密到被市藏詛咒的那一刻。因為就算這個祕密公開，我也無法想像他們母子會因此感情失和。

市藏的太陽打從他呱呱落地那天起就已籠罩烏雲——我這句話的背後藏著甚麼樣的事實，和他交情深厚的你聽了，或許已經聯想到某種具體的可能。簡而言之，他們並非親生母子。為了避免誤解，我要再補充一句，他們是感情遠甚於親生母子的養母子。他們在天意安排下被親情緊緊綁在一起無法分離，甚至足以蔑視靠血緣成立的一般親子關係。就算是惡魔揮舞的鐮刀也不可能斬斷這種親情，所以無論揭開任何祕密都沒必要害怕。可是我姊姊非常恐懼。市藏也非常害怕。姊姊手裡握著祕密，市藏想著別人手裡大概握有祕密，二人都非常害怕。最後我終於拿出他害怕的那個真相，別無他意地放在他面前。

當時的交談我現在沒勇氣再一一向你重述。我原本就沒把那件事看得那麼嚴重，況且也必須盡量裝作若無其事，所以我就輕描淡寫地說了，但市藏把那當成攸關性命的消息，是在極度緊張中接受事實。不過如果繼續前面的話題，一句話扼要說出事實，他不是姊姊的孩子，是女傭生的。事情不是發生在我家，而且已經過了二十五年以上，所以詳細經過我也無從得知，總之那個女傭懷了須永的孩子時，據說姊姊付了大筆錢讓她辭職離開。之後等到人家通知她住宿的孕婦生了男孩，她就把孩子接回來對外宣稱是自己的孩子撫養長大。這固然是基於姊姊對須永的道義，但肯定也有她本就苦惱自己無法生育，所以打算當成自己的兒子真心疼愛的想法在推波助瀾。實際上如你所見，也如我們所見，他們到今日為止一直是最親密的母子，所以就算彼此把真相挑明了也不可能有任何影響。照我說來，比起社會上隨處可見合不來的親生母子，簡直不知好太多了。他倆如果在明知這點的情況下回顧過去的和睦，肯定也會非常愉快。至少如果是我就會。所以我始終盡力為市藏美化這感人的特點不敢懈怠。

六

「我是這麼想。所以我不認為有任何必要隱瞞。你既然擁有健全的精神，應該也和我有同樣想法吧。如果你無法這麼認為，那就表示你太孤僻。懂了嗎？」

「懂了。我徹底明白了。」市藏回答。

「明白了就好，不要再針對那個問題胡思亂想了。」我說。

「不會了。今後關於這件事，我應該不會再來煩舅舅了。的確如您所說，是我老做出彆扭的解釋。在聽到您這番話之前，我真的很害怕。害怕得甚至心頭糾結。但是聽了舅舅這番話，全都真相大白後，我反而安下心來輕鬆多了。我已不再害怕也不再不安。只是忽然有點徬徨。感覺好寂寞。彷彿全世界只有自己孑然獨立。」

「可是你媽媽還是原來的媽媽。我也還是過去的舅舅。大家對你都不會變。你千萬不可神經過敏。」

「就算沒有神經過敏還是很寂寞，我也沒辦法。現在如果回家看到我媽，我肯定會哭。此刻光是想像屆時的眼淚都覺得寂寞不堪。」

「還是別告訴你媽比較好吧。」

「我當然不會說。如果說出來，她不知會露出多麼痛苦的表情。」

二人默默相對。我無所事事地敲打香菸盆的菸灰缸。市藏低頭凝視和服褲子的膝蓋。最後他抬起落寞的臉。

「我還有一個問題想問，可以嗎？」

「只要是我知道的你儘管問。」

「我的生母現在在哪裡？」

他的生母在他出生不久後就死了。據說是產後失調所致，也曾聽說是生了別的病，但我記憶中缺乏詳細資料可提供，終究無法滿足他飢渴的眼神。關於他的生母最後的命運，我僅用兩三分鐘就說完了。他滿臉遺憾地詢問她的名字。幸好我還沒忘記御弓這個頗具古風的名字。他接著又問生母死時幾歲。關於這點，我並沒有明確的概念。最後，他問我可曾見過昔日在家中當女傭時的她。我說見過。他又問我她是甚麼樣的女人。可惜我的記憶頗為朦朧不清。事實上當時我也只不過是個十五、六歲的少年。

「我只記得她梳著島田髻。」

除此之外我無法提供任何明確的回答，所以我也很遺憾。市藏露出終於死心的眼神，最後又說，「那麼，至少告訴我她葬在哪間寺院好嗎？我起碼得知道生母埋骨何處。」但御弓埋骨之處我根本無從得知。我唉聲嘆氣地告訴他，迫不得已的話只能去問我姊。

「除了我媽就沒人知道嗎？」

「應該沒有吧。」

「那就算了。」

我對市藏既同情又愧疚。他朝庭院的方向扭頭，望著豔陽下綻放的大朵茶花，最後視線又回到我身上。

「我媽非要叫我娶千代子，果然還是基於血統上的考量，想把她的親人嫁給我吧？」

「正是如此。除此之外別無其他原因。」

市藏沒有接腔說那他願意娶。我也沒問他知道真相後是否要娶。

七

這次會面於我個人是一樁美好經驗。雙方能夠敞開心扉吐露一切，迄今仍為我乏善可陳的過去添上一抹色彩。即便就市藏看來，或許也是有生以來最大的慰藉。總之他走後，我的腦中仍留有做了好事的愉悅。

「萬事有我負責解決，你不用擔心。」

我把他送出玄關，並且對著他的背影溫暖地送上這句話。但是向姊姊報告會面結果時很尷尬。迫不得已，我只好先找個姊姊能夠接受的說法安撫她：「他說等到畢業之後有餘暇想別的了，一定會給個明確的交代，所以妳就先等著吧，現在如果一直拿這事逼他，只會影響他考試。」

我同時也把原委告訴田口，勸他盡量在市藏畢業前談妥千代子的婚事。田口詢問詳情的語氣和平時一樣殷勤周到且隨和。他說就算沒有我的提醒，他也有這個打算。

「不過畢竟是為她本人著想才安排婚事——這麼說可能得罪人，但我總不可能為了姊姊和市藏的方便，就勉強讓千代子提前或延後結婚。」

「那當然。」我不得不承認。我雖然和田口家有親戚之間的往來，但實際上對他家女兒的婚事從未主動插嘴，對方也不曾找我商量過。所以到今天為止千代子曾和甚麼樣的人論及婚嫁，無論直接或間接我幾乎都不曾耳聞。只有前年據說在鎌倉的避暑別墅和市藏打過照面令市藏不快的高木，因為市藏與千代子都提過這個名字，所以我還記得。我突然問田口此人後來怎樣了。田口親切地笑著說，「高木打從一開始就未被列入考慮名單。不過只要有相當的身分與教育的單身男士，人人都有爭取的權利，所以無法斷言絕對沒有希望。」我又仔細追問此人的事，確知他如今待在上海。也得知他在上海不知幾時才會回國。他與千代子之間後來雖無發展，但迄今仍保持書信往來，而且我甚至得知這是基於父母會先審閱來信才交給本人的條件下，才同意書信往來。我當下不假思索說，「千代子該不會喜歡此人吧？」田口不知是有所企圖還是另有想法，並未表明有此打算。我對高木這個人完全不了解，也沒資格繼續勸說，所以就此告辭。

後來我和市藏久未見面。不過說久也僅僅是一個半月而已，但我很擔心要準備畢業考又得煩惱家庭問題的他。我悄悄去看姊姊，不動聲色地打聽他的近況。姊姊倒是不以為意，一臉無辜說，「他好像很忙喔，不過就要畢業了也難怪啦。」即便如此我還是不放心，某天特地讓他抽出一小時的時間，和我在他家附近的西餐廳共進晚餐，趁機偷偷打量他的模樣。他和往常一樣鎮定。並且打包票說，「小意思，考試隨便都能搞定。」看起來也不盡然是虛張聲勢。我不放心地追問：「真的沒問題嗎？」他忽然面露悲哀說，「人的腦袋比想像中更堅固呢，其實我自己也很害怕，但是神奇的是腦子到現在都沒壞掉，看樣子應該還可以再用上一陣子吧。」他這番似認真似玩笑的發言，令我產生莫名的憐憫。

八

新綠時節已過，轉眼到了洗完澡會想拿團扇對著穿單衣的胸口搧風的時候，某天市藏忽然又來了。我一看到他，開口第一句話就是問他考試考得如何。他說昨天終於考完了。然後告訴我，他明天打算去旅行，所以是來辭行的。我有點懷疑他成績都還沒公布就急著遠行的心理狀態，多少也有些不放心。他說想從京都附近經過須磨、明石，說不定還會去廣島一帶。他這趟旅行的規模之大讓我很驚訝。於是我勸他不如等確定考試通過之後再去也不遲，藉此間接暗示我的不贊成，但他對考試結果意外地冷淡。他說計較那種事情的舅舅好像一點也不像平日的作風，幾乎把我的勸告當成耳邊風。後來說著說著，我發現他臨時起意去旅行與考試成績無關，是出自另一種動機。

「其實那次事件後，我就成天胡思亂想，最近就連安心坐在書房都很困難。真的很需要去旅行，所以我沒有中途放棄考試就已經很好了，舅舅該讚許我才對。」

「你是用自己的錢去你想去的地方所以當然無所謂。仔細想想，你出去走一走散散心也好。那你就去吧。」

「是。」市藏說著，露出有點滿足的神情，但他又補充說：「其實我平時連對我媽大聲說話都會覺得抱歉，可是自從聽舅舅說了那件事之後，每次看到我媽，心情就會變得很怪。」

「會很不愉快嗎？」我毋寧是嚴肅地質問。

「不是，只是感到愧疚。起初非常寂寞，漸漸就變成愧疚。偷偷告訴您吧，最近早晚看到我媽都覺得痛苦。這次的旅行，本來也是打算畢業後讓我媽去京都大阪和宮島觀光，如果是從前的我，可能會陪她一起去，委託舅舅幫忙看家，可是現在這樣，關係完全顛倒了，所以我滿腦子只想著離開我媽身邊。」

「變成這樣真是傷腦筋。」

「我想等我走了肯定又會思念我媽，您說呢？不可能那麼順利嗎？」

市藏似乎很擔憂地問。就連自負比他年長且經驗更豐富的我，也幾乎無法想像他在這方面的日後發展。我只是很同情他這樣自己沒主意，只能向他人尋求解答期盼藉此安心的心態。因為外表看來非常溫文儒雅，實際卻極為倔強的他，幾乎從未這樣示弱過。我盡我所能向他保證讓他安心。

「你這根本是瞎操心嘛。我可以向你打包票。絕對不會有事，你儘管去玩吧。你母親可是我姊姊。而且她書念得比我少，所以性情格外純良。是個人人敬愛的好女人。那樣的姊姊和你這麼孝順的孩子怎麼可能就此分離。絕對沒事的，你放心吧。」

市藏聽了我的話似乎真的安心了。我也稍微放下心。但另一方面，我也開始懷疑，我這麼空泛的安慰，若說真能夠給頭腦聰穎的市藏造成這麼大的影響，那恐怕是因為他已經有點神經失常了吧。我突然想像最壞的事態發展，開始擔憂他的單身旅行。

「乾脆我跟你一起去吧？」

「舅舅也去的話——」市藏苦笑。

「不行嗎？」

「換做平日我還想主動邀舅舅一起去呢，可是這次我連幾時去何處都還沒想好，等於是隨興旅行，所以很抱歉。況且如果有舅舅在，我也會覺得比較拘束不好玩……」

「那就算了。」我立刻收回提議。

九

市藏走後，我還是為他擔心了老半天。因為我既已把身世祕密告訴他，之後發生的一切責任，當然該由我來背負。我決定去見姊姊，一方面是探望她，同時也順便打聽市藏的近況。我把待在起居室的妻子叫來，找她商量順便告訴她原因，意外淡定的妻子說，「都是因為你多嘴。」一起初幾乎懶得理我，最後，她自己很有自信地說，「阿市怎麼可能會出差錯，他雖然年輕，但是比你懂事多了。」

「如此說來反而是市藏在擔心我囉？」

「那當然，任誰看到你整天袖手叼著船來菸斗都會擔心。」

後來小孩放學回來，家中突然熱鬧起來，我也就忘了市藏的事，直到傍晚都無暇想起。所以當姊姊突然自己找上門時，我不禁嚇了一跳。

姊姊一如往常，坐在全家人的中央，忙著和妻子互相問候、寒暄時令冷暖云云客套了半天。我呆坐在那裡始終沒機會行動。

「不是聽說市藏明天就要去旅行嗎？」我終於找到時機詢問。

「關於那個啊……」姊姊臉色一正看著我。我不等姊姊把話全部說完，就像要替市藏的行為辯護似地說，「哎呀，他想去妳就讓他去嘛。他剛考完試費了不少腦力。不讓他輕鬆一下會有害身體健康。」姊姊說她也是這麼想。只是擔心他的健康狀態是否能承受旅途奔波。最後她問我覺得有無問題。我說絕對沒問題。妻子也說沒問題。姊姊的表情與其說安心毋寧是不滿。我認為姊姊用的「健康」這個字眼，肯定是指與身體無關的精神方面，不免暗自感到痛苦。姊姊似乎直覺我的表情不對勁，惶恐無助地皺起眉頭問：「阿恒，之前市藏來你家時，有沒有哪裡怪怪的？」

「怎麼可能。還是跟他平常一樣啊。對吧，阿仙？」

「對，完全沒有不對勁。」

「我也這麼想，但他好像打從之前就怪怪的。」

「怎樣怪怪的？」

「我也說不上來到底是哪裡怪。」

「都是考試的關係啦。」我立刻否決她的懷疑。

「是姊姊想太多了啦。」妻子也說。

我們夫妻聯合起來安慰姊姊。姊姊最後終於稍微釋懷，和大家吃晚餐時還聊得很熱絡。她要回去時，我也帶著小孩順便散步送她去搭電車，但我想想還是不放心，讓小孩先回家，自己不顧姊姊的推辭也坐上電車，陪她一起回到家。

我當著姊姊的面把正好在二樓的市藏叫來。我說，「你母親很擔心你，特地來我家，剛剛我勸了老半天總算讓她安心。」我又說，「因此你出門旅行我得負責，你要盡量別讓老人家擔心，抵達何處，或者要出發、逗留時務必都要保持書信通知，好讓家裡有甚麼事可以隨時連絡你。」市藏說用不著我提醒他也會記得這麼做，看著他母親露出微笑。

這下子我相信姊姊總該比較放心了，於是十一點左右又搭電車回到矢來。

妻子到玄關迎接我，迫不及待問我結果如何。我說應該安心了。實際上我的確感到很安心。於是，翌日我也沒去新橋車站送行。

十

他果然信守承諾，所到之處皆有寄信回來。平均起來大抵一天一封。不過多半只是在風景明信片上簡單寫個三言兩語。每次收到明信片，我就會先露出安心的表情，經常被妻子嘲笑。有一次我說這樣看來應該沒問題，果然還是被妳說中了。妻子板著臉說，那當然，像那種報紙社會版新聞或小說的情節怎麼可能經常發生。我的妻子是個把小說和社會版新聞視作等同的女人。而且她深信二者都是騙人的，是個毫無浪漫情懷的女人。

收到明信片就已滿足的我，接到他裝在信封的來信時更是眉開眼笑。因為從他的來信，看不出任何我原先擔憂的陰鬱色彩。至於他信中的內容，是否比他的明信片更生動地顯示出他的心情變化，那得實際看了才知道。在此我可以給各位看兩三封。

在京都的空氣、宇治的水等等有助於讓他心情產生變化的事物中，似乎是關西人使用的語言，對他這個土生土長的東京人造成最感興趣的刺激。在經常去那一帶的人看來或許很可笑，但就市藏當時的神經狀態而言，那種流暢沉靜的語調，或許帶給他的溫和影響比鎮靜劑還管用。甚麼？年輕女人？那我不知道。當然從年輕女人嘴裡說出來應該更有效吧。市藏也是年輕男人，或許是追求女孩子才會去那一帶。不過他在信中舉的例子，很不可思議的竟是老太太。

——

「我聽到本地人說話就會有微醺之感。某人說聽起來黏糊糊的很討厭，但我的感覺正好相反。討人厭的是東京腔。東京人最喜歡用那種有稜有角像硬糖一樣的語調。聽起來粗暴無禮又囂張。我昨天從京都來到大阪。今天去找在朝日新聞報社上班的友人，友人帶我去箕面這個賞楓的名勝景點。可惜季節不對，現在當然看不見紅葉，不過有溪流，有青山，山的盡頭有瀑布，我很喜歡那裡。友人帶我去據說是報社俱樂部的雙層樓房歇腳。進去一看，寬敞的走道一路貫穿玄關口。而且鋪滿了地磚，就像去中國的廟宇那般令我心情沉靜。據說這本來是某人建造的別墅，後來被朝日新聞買下來當作俱樂部，但就算是別墅，這個鋪滿地磚的寬闊走道又是做甚麼用途呢?因為太奇怪了，我忍不住問友人。結果友人也說不知道。此事當然無關緊要。只是我想舅舅對這方面很了解，或許會知道，因此隨信添上一筆。我想告訴您的其實不是這寬闊的走道。走道上的老太太才是問題所在。老太太有二人。一人站著，一人坐在椅子上。但二人都是光頭。站著的那個，一看到我們進去，就對我的朋友打招呼。並且說，『哎呀不好意思哪，我正在給八十六歲的阿婆剃頭欸。——阿婆別動喔，馬上就好了——剃得很乾淨，一根頭髮也沒有喔，沒甚麼好怕的。』坐在椅子上的老太太摸著腦袋說：『謝謝您哪。』朋友回頭笑著對我說，『很有野趣。』我也笑了。不只是笑。還有種彷彿成為百年前古人的悠然心境。我想把這種心境當成紀念品帶回東京。」

我也希望市藏能夠把這種心境帶回來送給姊姊。

十一

接著是從明石寄來的信，內容比之前略顯複雜，因此更鮮明呈現出市藏的個性。

「今晚我來到此地。月光照得院子明亮，但我的房間在陰影處，心情反而有點晦暗。吃過飯抽菸眺望海上——海就在院子前方。這是個平靜無波的夜晚，所以岸邊景色分不清是河邊還是池邊，這時有一艘納涼船漂來。夜色中看不清船隻的外形，但是寬闊的船底平坦，平穩得簡直不像是漂浮海上。我記得也有屋頂。簷下掛著許多用顏料著色的燈籠。微光深處當然有人坐著。也傳來三弦琴聲。整條船非常安穩，滑行似地從我面前輕快漂過。我靜靜目送船影，想起外祖父年輕時的故事。舅舅應該也知道外祖父如古代雅士那樣坐船賞月的故事吧。我聽母親說過兩三次。聽說外祖父搭乘畫舫上行至綾瀨川，站在靜月與靜水相輝映的中央，打開事先準備的銀扇，擲向夜光的遠處。扇柄不停旋轉，塗在扇面的銀泥閃爍冷光落入水中的景色肯定很美。而且那還只是一把扇子的情況下，想像全船的人如果都競相擲丟出閃爍銀光，那種情景簡直是淒豔。據說外祖父還曾在銅壺裝滿酒，用來熱酒後就把銅壺的酒悉數扔棄，作風非常奢豪，所以就算將一百把銀扇同時扔進水裡想必也不當回事。說到這裡，不知該說是遺傳還是甚麼，舅舅雖然貧窮（很抱歉）卻好像也有點奢侈，就連那麼內向的母親，也是打從以前就莫名地喜歡熱鬧。只有我不同——這麼說，或許您立刻以為我又要提起那個問題，但我對那件事已經不像舅舅擔心的那麼在意，所以請放心吧。我說只有我不同，絕非是那種苦澀的意義。我只是想說，在這點，我與舅舅和母親生來就不同。我是在比較富裕的環境長大，物質方面很幸福，所以我坦然過著奢華生活卻不自知。就拿衣服來說吧，在母親的注意下，我穿著在人前不會丟臉的體面服裝，並且視之為理所當然。但那其實是長年養成的習慣，來自我的懵懂無知，因此一旦察覺，頓感不安。吃穿也就算了，可我最近聽說某富豪揮金如土的樣子不禁有點害怕。此人召集大批藝妓和幫閒，當著眾人的面從皮包取出成捆鈔票撕碎，說是見面禮，分送給大家。然後穿著體面的好衣服去泡澡，聽說後來把衣服給了澡堂搓背的長工。此人的誇張行徑還有很多，總之都是不怕遭到天譴的極盡傲慢之舉。我聽到時當然很討厭他。但缺乏氣概的我，與其說厭惡毋寧是害怕。在我看來，他的行為就像強盜把刀子插在榻榻米上脅迫良民。我其實是基於愧對上天或人道、乃至神佛這種宗教上的意義而害怕。我就是這麼膽小的人。想像從不近驕奢一轉為驕奢至極的狂人後的下場，簡直太可怕了。——我如此思忖，目送行過靜水上的船隻，這點程度的消遣想必對人們來說恰恰好吧。我也漸如舅舅提醒的那樣變得快活多情。請誇獎我吧。月光照亮二樓，二樓的客人據說是從神戶來玩的，他們操著我厭惡的東京腔不時吟詩作對。其中也夾雜鶯聲燕語，但

二、三十分鐘前突然變得安靜。詢問女服務生才知他們已經回神戶去了。夜已深，我該睡了。」

十二

「昨晚也寫了信。今天也要報告早晨以來發生的事。這樣持續給舅舅一人寫信，舅舅想必會露出嘲諷的淺笑，在心中暗道『這小子八成沒對象可以寫信，所以只好把時間都花在寫信給姊姊和我身上』吧。此刻我在執筆的同時，也稍微萌生這種想法。但我如果有了那種戀人，舅舅就算沒收到我的信，一定也會為我高興吧。我也認為就算不寫信給舅舅，那樣想必更幸福。其實今早醒來上二樓俯瞰海面時，正好看見這樣一對幸福的情侶沿著海邊向西走去。說不定是和我住在同一家旅館的房客。我羨慕地望著女人撐著奶油色洋傘，打赤腳稍微撩起衣擺，在淺水中和男人並肩同行的背影。海水非常清澈，因此從高處俯瞰，靠近陸地的淺灘一如陽光照射的空氣非常透明。甚至可以清楚看見漂浮的水母。有二個旅館的客人出來四處游泳，他們在水中的動作，一舉一動悉數看得分明，就游泳技術而言非常拙劣。（早上七點半）」

「這次是一個西洋人在水中。後來出現年輕女人。那個女人站在水中，呼喚二樓另一個西洋人。還用英文說：『You, Come here!』然後又頻呼：『It is very nice in water!』她的英語相當流利，甚至令人羨慕。我心想自己望塵莫及，聽得非常佩服。但這個英語流利的女人呼喚的西洋人始終沒下樓來。女人不知是不會游泳還是不想游泳，只是站著將胸部以下泡在水中。這時先下來的那個西洋人拉起女人的手，想帶她去水深處。女人縮起身子抗拒。最後西洋人乾脆在海中橫抱起女人。女人掙扎的踢水聲和笑鬧尖叫聲響徹遠方。（上午十點）」

「這次是樓下帶著二個藝妓來過夜的客人划小艇出現。這艘小艇不知是哪來的，看起來非常小且頗為靠不住。客人說要自己划船，催藝妓上船，但藝妓說會怕，始終不肯上船。不過最後還是照客人的意思上船了。這時年紀較輕的那個故意做出害怕的模樣，真是可笑。小艇在附近划了幾圈回來後，年長的藝妓大聲問繫在旅館後面的日本船：『船家，那艘船閒著嗎？』好像在商量要把酒菜拿到船上再出海。定睛一看，藝妓使喚旅館的女服務生把啤酒、水果、三弦琴甚麼的都搬到船上，最後自己也上了船。可是身為主角的客人精力相當旺盛，還在遙遠的彼方繼續划小艇。大概是沒人肯坐他的船，最後他硬拉了一個海邊的黝黑小孩上船。藝妓目瞪口呆，朝那頭看了一會，最後放聲大喊「笨蛋」。被喊成笨蛋的客人終於把小艇划回來。我覺得這個藝妓很有趣，客人也很有趣。（上午十一點）」

「我把這種瑣事當成奇珍異聞報告，舅舅肯定又會苦笑著說我太好奇吧。不過這證明這趟旅行改變了我。我開始學著與自由的空氣共存。一一記述這麼無聊的瑣事也不厭其煩，或許是因為我只看不想吧。只看不想，對於現在的我是最有效的良藥。如果說這趟小小的旅行就矯正了我的神經或癖性，這個藥方未免廉價得令我臉紅。不過，我比現在更廉價十倍地期盼自己是母親的親生子。白帆如雲簇擁著經過淡路島前。對面的松山上據說有人丸的神社[1]。我對人丸所知不多，不過如果有空我打算順便去參觀一下。」

1 人丸的神社，位於兵庫縣明石，祭祀歌人柿本人麻呂的神社。

結尾

敬太郎的冒險以故事開始也以故事結束。他想知道的世界起初遠在天邊。最近近在眼前。但他終於進入其中，就像甚麼都不會演的門外漢。他的任務只不過是不斷把話筒貼在耳邊傾聽「世間」的一種採訪罷了。

他透過森本之口聽來浪遊生活的片段。但那些片段只是輪廓和表面構成的浮光掠影。因此只是在他充滿野性好奇心的腦中灌輸無害的趣味性。但在他的頭腦縫隙間，冒險奇談如瓦斯膨脹，他得以半夢半醒地窺見森本身為一個人的某一面。也給同樣身為一個人的他帶來知識以外的同情與反感。

他透過田口這個現實主義者之口，略微窺知他是如何看待社會。同時也從自稱高等遊民的松本口中得知他的部分人生觀。他暗自將這二個雖有親密的社會關係卻截然不同的人物對比，感覺自己的社會經驗也拓展了幾分。但那個經驗只是在廣度上擴大，似乎並未增加深度。

他透過千代子這個女人得知一名幼兒之死。千代子敘述的「死」，與一般人的想像不同，倒像是觀賞美麗的繪畫，勾起他的快感。但那種快感之中摻雜淚水。不是為了逃避痛苦不得不流淚，那是想盡可能延長悲傷才流下的眼淚。他單身。對幼兒極度欠缺同情。但是對美麗的事物美麗地死去美麗地埋葬還是感到憐惜。在他聽來，生於女兒節夜晚的小女孩，命運恰如女兒節的人偶一樣可憐。

他從須永口中得知不尋常的母子關係大吃一驚。他也有留在家鄉的母親。但他與母親的關係，不像須永母子那麼親密，相對的也沒有須永那樣糾纏的因果。他深信自己既然身為人子，當然懂得親子關係。同時也認為親子之間本就平凡。就算能夠想像更親密的親子關係，也無法有切身感受。他覺得是因為須永才讓他得以深入探究。

他也從須永那裡得知須永與千代子的關係。他懷疑二人究竟是會結為夫妻，還是該做朋友，或者該成為敵人。結果，他半帶好奇半是好意地跑去找松本。意外地發現松本並非只是叼著洋菸斗冷眼旁觀世間的男人。他詳細詢問松本對須永是抱著甚麼想法採取甚麼樣的處置。也理解了松本不得不這麼處置的原委。

回顧起來，他畢業之後，開始立志接觸現實社會直至今日的經歷，只不過是到處聽旁人說話罷了。無法透過耳朵接收知識或感情時，頂多也只是在小川町車站慎重其事地拄著手杖，跟蹤下了電車的白點外套男人與年輕女人一起去西餐廳而已。如今遠眺這段回憶，幾乎是算不上冒險或探險的兒戲。他因此找到了工作。但就個人經驗而言除了滑稽別無用處。只不過是對自己一人有認真意義的行動罷了。

簡而言之，他最近對人世的知識與感情悉數來自耳朵。從森本到松本的幾席長談，起初只是淺薄廣泛地打動他，逐漸深入集中地打動他時使戛然而止。但他終究未能進入其中。這是他不滿之處，同時也是他的幸運。他就不滿的意味詛咒蛇頭，基於幸運的意味感謝蛇頭。然後他仰望長空，思忖在他面前看似戛然而止的這齣戲，今後將會如何永久流傳下去。

彼岸過迄

作　　者　夏目漱石
譯　　者　劉子倩
主　　編　林玟萱

總 編 輯　李映慧
執 行 長　陳旭華（ymal@ms14.hinet.net）

社　　長　郭重興
發行人兼出版總監　曾大福
出　　版　大牌出版 / 遠足文化事業股份有限公司
發　　行　遠足文化事業股份有限公司
地　　址　23141 新北市新店區民權路108-2號9樓
電　　話　+886-2-2218-1417
傳　　真　+886-2-8667-1851

印務協理　江域平
封面設計　莊謹銘
排　　版　新鑫電腦排版工作室
印　　製　成陽印刷股份有限公司
法律顧問　華洋法律事務所　蘇文生律師

定　　價　380 元
一　　版　2020年7月
二　　版　2022年11月

電子書E-ISBN
9786267191347 (PDF)
9786267191354 (EPUB)

國家圖書館出版品預行編目資料

彼岸過迄 / 夏目漱石 著 ; 劉子倩 譯. -- 二版. -- 新北市 : 大牌出版 :
遠足文化事業股份有限公司發行, 2022.11
面；　公分
ISBN 978-626-7191-28-6 (平裝)

861.57　　111016406